ちくま文庫

最終戦争／空族館

今日泊亜蘭
日下三蔵 編

筑摩書房

目次

PARTⅢ

最終戦争／空族館

PART

I

完璧な侵略

◈

表扉《ど》をあけたときから十里の顔いろが只事でないのを、出迎へたかれの妻はすぐ見てとった。

「どうしたの？」

夫は返事をせず、そのまま駈込むやうに電話にとりついて受話器を把んだので、彼女はまた言った。

「どうしたのよ？」

十里は振返らずに歯のあひだから
「あとで話す！」

と答へた。そして忙がしく或る番号を廻しはじめたが、やがてその手が宙で停り——ガチヤンと受話器を元へ返した。

「無駄なことだ！」

とかれは呟いた、

「もし警視庁もやられてるとしたら、おれが真ッ先に片づけられるだけだ！」

ミカは夫にとり縋ってゆさぶった。

「一たい何なのよ！　顔いろを変へて――いつもどほり抱いて妾の眼《め》を賞めてくれられないほど大変なことなの？」

十里は機械的に妻をだいてその眼《め》に接吻した。

「ウン、あひ変らず魅力的だヨ。しかし、その目のことなんだ。そしてそれは、お前の目がこのごろ馬鹿に美しくなった、なんて甘ッたるい話ぢゃないんだ」

ミカはツンとした。

「眼《め》が夫に気に入られてゐるかどうかは妻にとって『甘ッたるい』だけの話ぢゃないわ」

「まァお待ち、ミカ」

と十里は説得するやうに言った、

「おれは君の眼《め》を取るに足らんことだと言ってるんぢゃない。こいつは問題の性質がぜんぜん違ふんだ。おれにも、お前にも、その他の誰にも――これは地球ぢゅうの眼《め》が驚きと恐怖で開きッぱなしになっちまふほどのことなんだヨ」

ミカは堪へきれぬ様子で叫んだ、

「だから何だとさッきから尋《き》いてるぢゃないの!?」

「いま話す」

十里は半ば自分を落ちつかすやうに椅子をひき出し、腰を下ろしながら努《つと》めて押静めた声でユックリ言った。

「まアお坐り、ミカ。これは急《いそ》いだからって何かが間にあふ相談とはまるッきり別なんだ」

妻はジッと自分を抑へるやうに坐りかけてやめ、卓のうへを一寸拭いた。

「ご飯《はん》は?」

「飯《めし》どころぢゃない」

と夫は答へた、

「おれはまだ世界の九〇%が知らない破滅の始まりを見届けてきた男だ」

卓子を拭いてゐるミカの手が停った。

「だがナ、それは今さら警察や政府に報せてみたところで、どうなる事でもないんだ」

ミカはジッと、停めた手をそのままにした形で、低い、抑へた声で言った。

「何なの?　それは。——瞞してゐるんぢゃないでせうネ?」

「お前を瞞すいつもの冗談にこれが変へてもらへるものなら、おれは残りの命の半分ぐらゐ悪魔にくれてやってもいゝぜ」

「貴郎《あなた》の命を貴郎だけのもの、やうに言って貰いたくないわ!」

ミカは引き千切るやうに叫んで卓布を投げつけ、急いでピッタリ夫のそばへ坐った。

「サア話して頂戴！　一体どうしたというの⁉」

夫は話の糸口をさがすやうに一寸口籠って黙り、それから不意にきいた。

「シベリヤへ円盤が着陸したことは知ってるネ？」

ミカはピクリと頰を引釣らしたが、落ちついて答へた。

「知ってるわ。去年の夏でせう？　でもあれは結局地球のだってことになったのぢゃない？」

「どうしてだ」

「何も出て来なかったからでせう？　だからどこかの国が何か実験に飛ばしたのが落ちたのだといふことに落着したんですわ」

「そのとほりだ」

と十里は唇《くち》をひきしめて静かに言った、

「それから一年、何事もなかった。で人々はそれを忘れた。――がそれは間違ひだったんだ。い、い、い、何事もなかったどころぢゃないんだ。外見は真実といつも同一ではない。そしておれは真相を知ってるんだ」

「真相ッて？」

夫はもう一度言葉をさがした。

「あれは地球の或る国の実験なんかぢゃないんだ。それでは目撃例が数万にのぼる他の円盤と話が合はなくなる。地球のまはりを瀕りに飛んでゐる円盤が他天界のものであることは明白なんだ。着陸したのはその一つなんだヨ」

　恐怖と信じ難さが同時に妻の顔に浮んだ。

「ぢゃどうして誰も乗ってゐなかったの？　なぜ何も出て来なかったの？」

「乗ってゐたんだ。出なかったんぢゃない。出たんだ」

「どうして？　それだったら調べた人たちに判るわけぢゃない？」

「人間が考へてゐるやうな出入口を使ったんぢゃないからさ、ロシヤの科学者達がそいつを外から開《あ》けたときは、中のものはもう出てしまった後《あと》だったんだ」

「どうしてそんなことが判るの？　それに何かが出たとしたら、その出たものは一たいどうなったの？　どうして何事も起こらないの？」

「答へは一つだ。出たものが地球上に、われわれの知らない間にどん〳〵拡がってゐるからなんだヨ」

　――ミカの顔いろも遂に変った。

　しばらくして、やっと彼女は言った。

「何なの？　それは――そして何処からやって来たの？　どうして貴郎はそれを知ってるの？」

「それをこれから話すところだ」

　と十里が重苦しく答へた。

「おれの学友の支門を知ってるネ。けふ、街《まち》であいつに遇ったんだ」――

——おれは街《まち》であいつに遇ったんだ、
と十里は話した。

——学校では仲の良かったはうだが、その後は一二度しか会ってゐない。

「いま何をしてるんだ」

と彼れがきいた。

「前とおなじだ。君は？」

おれが尋返すと、かれは「宇宙研究所」にゐると答へた。

おれは「宇宙研究所」へ行ったことがある。いやに深刻な顔付をした科学者どもが年中何かを眺めて調べたり考えこんだりしてゐて誰もかれも妙にヂッと探るやうに人を見つめる癖のある、気持のわるい研究所だ。

かれは自分の下宿へ来いと言った。

行かなければ好かったんだ。

が行かない理由はなかったし、やつは計画的に誘ったんだと思ふ。

かれの部屋は勤めるための間借りだと言ったが、ある家の離れで仕事用の器具と機械設備は大半おれに判《う》らないほど多かった。

「どうだ君も研究所《うち》へ来んか」

とかれはすゝめた、

「給料はいゝし、われわれは有能な技術者を探してゐるんだ」

「そうさナア——あまり気が向かんナア」

とおれは壁ぢゅうに貼りまはしてある天体写真だの、図や記号の表だのを眺めながら言った。

「大たい僕には今の宇宙物理学はぜんぜん解らん——これゃ一たい何だネ？」

おれが指し示したのは、なかでも一ばん判断のつかない或る機械図とその註らしい文字の群だった。図はまだいゝ。判らん機械は要するに判らん機械で、図だらうと実物だらうとそれは構造の問題にすぎない。おれが変に思ったのはその下にある一群れの文字なんだ。それは何と云へばいゝか……つまり有り得ない並び方をしてゐるんだネ。

正確ぢゃないかも知れないが、話を判りやすくするために、出来るだけそれを思ひ出してこゝへ書いてみよう。原文のとほりでなくても、おれの言ふ意味が汲取れゝばそれでいゝんだ。いゝか、それは一寸、こんな風なんだヨ：

『PS|TR　GNM　F‘　MZ　K|L　BRZDR、GBH　WY—K|L　SGHLM　B
Z|K　FLS|R　VR‘　K|L　WZDRGH‘　M。』——

どうだ、読めるかい？　この調子で何行となく続くんだ。むろんこんな母韻《アイウエオ》のない言葉がある筈はないんだから、これゃ暗号か、でなけれゃ何かの方程式だと誰しも思ふだらう。ところがお前も知ってるやうに、おれも少しは数式のわかる人間だが、方式だらうと暗号だらうと、こんな莫迦な文字の配列といふものはある筈がないんだ…

第一に、これは式記号ではない。読点《コンマ》と句点《ピリオド》のあるのを見てくれ、方程式はこんな、何かの言葉の綴りのやうに断続するものぢやない。どんな複雑な化学式のやうな長いものでも、終結記号は要るかも知れんが、中断・出直しの合図なぞは要らないんだ。反対に何かの式なら必ずどこかで数字か符号になるのに、こゝには文字のほかには符号がない。そして『KL』といふ短い組合《コンビネーション》せが、まるで「である」の「ある」みたいに何度も出て来るのはどういふものだ。

第二の場合は、これが意味のある言語をあらはす暗号だといふ仮定だが、暗号とは畢竟文字の置換へだから、母音は他の何に置換へられてゐるにせよ何処かへ、その代りに出て来なくちゃならない。母音だけを全的に省くといふことはセミチック語にもないことで、そういふことを敢てすれば、必要な字数が足りなくなって暗号は成立たない。

まだ無いものがある。XとQとCだ。そしてその代りに妙な付加記号と喉気音符《アスピラテイフ》があるんだ。

これらが何を意味するか判るかネ？　たった一つの答へはそれが、母音を欠いてはゐるがとにかく自身言葉だといふことなんだ。それを書きあらはすにはXやQ、Cのやうな、他の文字と等価なものは必要がない、そして「・」は多分現存の字では表はせない音なんだ。KやS・Zに付加記号のつくのも、この答の場合にだけ辻褄があふ。それらが実際上どんな音なのかは判らないがネ。

おれは此奴を眺めてゐるうちに気持が悪くなってきたよ。

「これゃ一体何だ!?」

おれがきいた調子は、きっと不自然に緊張してゐたと思ふ。といふのは質問をうけた文門の態度も不自然だったからだ。

「ア、それか?」

かれの顔には〈これを此奴に見られたのは拙かった〉といふやうな狼狽の色が、次いで妙な不貞腐《フテ》れじみた薄笑ひが浮んだ。

「話しておかうか、君には特別に」

とかれは言った、

「だがそれには先づ、きみ研究所《うち》へ来るかネ?」

「約束は出来ない」

とおれは答へた、

「がもっと好い所へ移《かは》りたい気持はある」

「よし、その答へで満足しよう」

とかれは頷いて話しはじめた、

「最初に言ひたいことはネ、広い宇宙では地球だけが人間や文明を持ってゐるのぢゃないことだ。例へばΣ《シグマ》16が無気・無生物の無害な小遊星だといふのはまったくの地球的認識不足さ」

「他天体に智能生物が存在してゐることぐらい知ってるヨ」

とおれは言返した、

「ぢゃあれはやっぱり言葉なんだナ？」

「そうだ。そしてご推察どほり地球のぢゃない」

かれは頷いたが、中途からきふに調子を鋭くした、

「だが知ってゐるだけでは充分ぢゃない。問題はその不充分にきみらが満足してゐることなんだ――

地球は安全ぢゃない！　徹頭徹尾自身の型のものぢゃあるがあらゆる生物の繁栄に適してゐるこの星はつねに侵略の危険に曝されてゐる。しかも君らは果しのない内輪喧嘩をけっしてやめようとしないんだ」

「それは安全だったからだ」

とおれは言った、

「今までずっと安全だった以上、事実の……」

「たった数千年の歴史でか？」

と支門は押し潰すやうに言った、

「そんな短いあいだの事実が何になる!?　人間が出来上ってから二万五千年間は安全で、二万六千目に最初の危険がやって来るかも知れんぢゃないか。ガスや細菌や核エネルギーで殺しあひ、豪《エラ》さうに外界まで征服しに行く気でゐたって、まだ出来もしない時に出来る奴に侵

入されたらどうするんだ。現に一九〇〇年には欧州へ火星が侵入したぢゃないか」

「だが失敗した」

「火星人はそうだった」

支門は落つき払って言った、

「だがΣ《シグマ》16からの客はそうぢゃないだろうヨ。Σ星人は地球の尺度を超へた高さまで物質文明を発達させ、固有の天地だけでは不足を来しはじめたので、地球の人間が自分の海も渡れなかった時分から宇宙を旅行して植民地を開拓してゐた。かれらは火星人のやうに矢鱈な環境のなかへぢかに踏込んで風土病にやられるほど未熟あるひは性急《せっかち》ではない。資料が充足するまで対象の周囲で観測をつづけるんだ。地球でもそれは住民の目にふれ、昔から異星や怪光として記録されてゐるものが少なくない」

「それぢゃ……」

支門はユックリ頷いた。

「さうだ。運動の原理と機能が地球には理解さへ出来ない『円盤』はそれなんだ。かれらは移住を企てゝゐる。天体的・物理的諸条件がもっとも彼等の母星に近似してゐるのはむしろ火星なのだが、火星には充分な水がなく、人間が利用すべき資源と動植物が少いのでかれらは地球を選んだのだ」

「しかし、そんならどうして今まで何事もなかったんだ。奴等が早くから進んでゐたなら、なぜもっと早く侵入が起らなかったんだ」

「かれらを阻んでいたものが一つあるんだ」と支門が答へた、「何だと云ふと、つまり空気なんだ。地球の大気は酸が多過ぎるので、かれらには有毒になる：酸はかれらを錆びさすんだ」

「酸がかれらを何だって⁉」

「錆びつかす──かれらは金属の生命なんだヨ」

おれは驚いてながいこと黙ってゐた。それからやッと言った。

「それぢゃ来られッこないネ──少くともその躰の酸化問題を解決しないかぎり」

「ところがもう来てる！」

支門はアッサリ言った、

「最初の円盤が着陸したことは知ってるだらう？　かれらは今世紀から急にハッキリ地球に興味を示して多数が陽動しはじめたが、これは酸化の防禦法を見つけたからだと見るべきだ。しかし、すぐには上陸せず、長いこと周囲だけ飛んでゐた──何をしてゐたと思ふ？」

「偵察行動さ。愚問だヨ！」

「それ以上に愚答だ。侵入の前に偵察するのは無論の話だ。それは夙《とう》に済んでゐる。幼稚な飛行機を作ってゐるが、引力からは決して出られず、かれらの目にはヨタヨタと空中を『這ひ〳〵』してゐる地球人を捕《つか》まへてゐたのさ：『円盤』を追かけては行方不明になる者が続出してゐるだらう？」

「捕まへてどうするんだ！」

おれは癪にさはって来て怒鳴りだした、

「躰が錆つくから来ない。防止法が出来たから来る——そりゃ一たい何のことだ！　地球を誰のものだと思ってゐるんだ！　奴らの『移住』を誰が認めたんだ！　奴らはやって来て、どこでどう暮すつもりなんだ！　地球は地球人だけで一杯だぞ！」

支門は唇をまげて笑った。

「同じことを南阿の土人やアメリカ・インデアンが言はなかったとどうして思ふんだ。第一おれ達は、同じ形の人間ならともかく、猿や牛馬しかゐない島一つ気に入れば、そこへ上り込むのに誰に遠慮するんだ。牛馬はコキ使って、豚や雉子は食ひ、猿は飼って玩具《おもちゃ》と実験に使うだらう」

「何だと!?」

おれは勘忍袋の緒が切れた、

「それぢゃ吾々を獣同然まったく無視して来るんだナ!?——貴様ら『宇宙研究所』の穀潰しどもはそれまで何してゐたんだ？　どうして何もしないんだ。何だって豪さうに話ばかりして聞かすんだ！」

「Σ星人は地球の人類を無視しちゃゐないヨ」

と支門は子供に言聴かすやうにおれを宥めて言った、

「数が多くて無視できないんだ。そのうへ彼等は無智であらゆる病気を引起し、意識が不安定で年中イガミあひ……要するにΣ人にとっては邪魔になるばかりで、同居に耐へない代物《しろもの》なんだ。でかれらは移住に際して、これを掃蕩する必要を感じてゐる。そしてそれは『宇宙研究所』の力では歯が立たないことなんだヨ」

「……」

おれは口も利けなかった。

「掃蕩する⁉」

怒りで震へながらおれはやッと言った、

「どうやってだ。吾れこゝにだって頭も手足もあるぞ。今よりもっと高度のコバルト……」

「核兵器は密集しない敵には何にもならん！」

支門は一言のもとに却けた、

「地球側が害を受けるだけだ。かれらには銃剣はもちろん、細菌もガスも役に立たない。一発づつの大砲か爆薬をそれぞれ一人のΣ星人に命中させれば、かれらの個体金属機構は破壊できる。しかしそれはその前に此方がやられてしまふ戦闘では現実的に困難だらう。これは単純な個体と個体の接触で決まる勝負なんだヨ：地球人はΣ星人には勝てないんだ」

「どうして」

「衝撃《ショック》で仆《たお》されるからさ」

「どんな衝撃《ショック》だ」

「いゝ、しびれえいや電気鰻を知ってゐるだらう？」と支門はこたへた、

「あれだと思へばいゝ。地球上ではまだ人の自由になってゐない非常に長い電磁波だ。つま

り吾れこゝの意識作用自体が一種の電波なので、かれらはこれを意通《コムニケーション》のために実質的に駆使することを夙からやってるんだ。かれらが今度の目的に使用してゐる衝撃波は、その図のやうな発生機《ゼネレーター》から充電線を通して体内（蛋白質で出来てゐる地球型の肉体を考へないでくれよ…連中の躰は精密に組立てられた器機が生きてゐるものだと思ひたまへ）に人工的に装置された蓄電器《バッテリー》に貯へられる。かれらがその蓄電器の隔壁をあけて回路を与へないかぎりこの電波は逸散しないで、非常に長いあひだ・徐々に減退しながら滞留する。そして必要に応じて、直接にでも何かの導体を介してゞも、接触する地球動物に放流され、これを瞬間に仆す。そこに書いてあるのは、君が怪しんだとほり彼らの言葉で、その衝撃波を使ふときの注意書きなんだ」

「どんな注意だ」

「いろ〳〵ある。がまづ第一に必要なことは放電の用意をするとき…つまり蓄電室の隔壁をあけるときに、体内で音がするんだ。また平常《ふだん》でも急に手足を動かすと、関節が金属的に鳴ることがある――これらを地球人に覚《さと》られぬやうにしろ、と云ふんだ」

「そこまで調べたのか――」

とおれは後悔して言ひ直した、

「それは君ら宇宙研究所の功績だ。さッきの暴言はとり消す」

「来るかネ？」

と支門は熱心にまたすゝめた、

「われわれ技士にふさはしい、有意義な仕事だぜ」

「有能なきみらだけで充分だヨ」

おれは恐縮して謙遜に答へた、

「それに、いくら彼らが力で勝《まさ》ってゐても宇宙と自然の法則は破れないやうに思へるがナ。火星人は地球の有りふれた細菌のために自滅した。おなじ地球の上でさへおれ達は一寸暑くても寒くても棲めないぢゃないか」

支門は深く頷いた。

「それは本当だ。宇宙間の移住はしかく容易ではない。アフリカの熱帯や西蔵《チベット》の高原へ移住すると、ふつうの温帯の人間は神経がヘンになるさうだが、原因は一つ自然の中のたッた十度か廿《にじゅう》度の温度や十%にも充たない気圧の、天体的条件から見れば無に近い環境の差異にすぎない。もし大気と物質の成分、重力、気温や、受ける太陽の光線そのものが違ってゐたら、もっとも近似した世界ですら同じ人間が生活することは出来ないだらう。だがそれで安心することは出来ない。Σ星人の能力はそれを簡単に解決してゐるんだから」

「どうやってだ」

「実に単純なことさ」

と支門はくり返した、

「地球人だって千年も前から知ってゐることだ。『郷に入ては郷にしたがへ』…つまり地球人のとほりに生活するんだ。もちろんそれにはたゞ様式だけを踏襲するのでは駄目だ。まったく地球の環境・条件に順応して、地球人の形態をとらなければならない。かれらが入代《いれかわ》るのはその為めだ」

「何だと!?」

おれはマゴついた、

「もう一ぺん言ってくれ。『入代る』と聞えた」

「そ、そ、その通りだ」

「よく解らんが……。何がどこへ入代るんだ」

「Σ星人が地球人に文字どほり入代るのさ」支門は丁寧に説明した、「かれらは金属の命を持ってゐるが、固体ではない。Σ星の文明では活動が筋肉に依拠する時代はとうに過ぎ去ってゐるので、かれら自身の躰は脆弱きはまるものに退化してゐる。固有の体だけになったΣ星人といふものは、地球の概念では軟体動物そっくりだ。かれらは必要に応じて、地球人が着物を着るやうに色ゝな機械を着るんだ。水銀の化物のやうなやつが人間の中へはいって人間を着ることを考へたまへ。特殊な機械を着るのとおなじに、彼等にはそれは可能なんだ」

「……………」

おれは冷汗をかきながら黙ってゐた。――支門はつゞけた。

「そして彼等はかれらがΣ星人であること以外、すべて地球人になりきって此方の生活に準《のつと》って暮す。かれらには性別はない。しかし男の躰へはいった奴は男のやうに、女にはいった奴は女のやうに暮してゆくから問題はない。一さい地球生命の形態を踏襲してゆくんだからね」

「……………」

「考へてみろ、これほど完璧な侵寇といふものが他にあるだらうか。環境条件が本質的に違ふ天体へ移るといふことは、その儘では尨大な設備と冒険を要するだらう。たゞ一つ、その生命自体になりさへすれば、一さいの面倒《めんどう》が要らないのだ。もちろん植民工作があらかた片付くまでは、地球人に覚《さと》られないために、かれらのとほりの愚劣な喜怒哀楽や、学問芸術や、政治や戦争の芝居をつゞけなければならない。地上の生活の形はそのまゝ持続し、繁栄してゐる。しかし誰も知らないうちに、だんだん入代って地球人はゐなくなるんだ。今までどほり事務所に通ひ、船や車を動かし、制服を着て戦闘に従ってゐるのは、すべてΣ星人になるんだ。侵入して来たΣ星が地球の形をとってその生活を続けてゆくにすぎない。吾れわれは無くなり、あとにはΣ星が残るんだ」――

おれは故郷のおれの家の前で、海鼠《なまこ》のやうな柔かい金属でできた動物が、母韻のない・音《おと》だけの言葉で

「FLSR――VZDRGH，MZ――」

と喋ってゐるのを想像して、吐きさうになってきた――

◆

ミカは凝然と目を見張って、囁くやうに言った。

「ぢゃ、そうやって這入りこんだΣ星人は、妾たち地球人とぜんぜん見分けがつかないの？」

「外面的にはある二つのことしか違はない、と支門は言った」

　と十里は答へた、

「一つは飲食物だ。かれらはもちろん地球へ来ては地球なりに暮すけれども、生命の組成の本質と習慣ばかりは急に変へることができない。かれらの食餌は蛋白質の吸収ではなく、必要な等位元素の同化なんだ。だから地球的食物はもともとかれらの構造には有害な夾雑物で、銅や鉛、水銀や硫黄・マンガンのやうな、強い酸以外のすべての鉱物がかれらの営養源なんだ。これは互ひの毒と薬がほとんど逆だといふことを意味する。さらに彼らが好むのは石油、シンナーテンペル抔《など》といふ、かれらの金属性体組織を潤滑・加速する油性物質やアルカロイドだ。だから地球人には有り得ない毒嗜好を暴露したり、化猫のやうにソッと油を嘗めたりしたら、そいつはΣ星人なんだ」

「もう一つは？」

「もう一つは」と十里が答へた、「支門が言ふには連中はまばたきをしないさうだ」

「エ!?」

　ミカは驚いたやうにその美しい目をパチつかした、

「瞬《まばた》きをしないッて……どうしてなの？」

「知らん。組織が根本的に違ふせゐだらう。われわれはそれが気になればなるほど、神経質な老嬢が茶箪笥《だんす》を拭くやうに、目玉をしじう瞼で拭かずにゐられない。一分間瞬かないでゐろといふことは、地球人には殆ど苦痛なんだ。が奴等はそうぢゃない。おれはいつか言ったらう？ お前の眼が結婚してから一層魅力的になったッて。奴等はそういふ何か情緒的なもので視覚器官と結びついてゐないんだ。奴等の目はジッと見開いたきりなんだ。それは中の地球人が死んでしまってゐるからなんだ。これは特に気をつけてゐなければ判り難いことだ。しかしその眼《め》が決して瞬《まばた》かないのは、それはΣ星人に入代られてゐる地球人の遺骸なんだ」

「怖い！」

ミカは金切声をたて、夫に獅咬《しが》みついた、

「そんなぜったい瞬きをしない眼に見つめられたら、妾死んでしまふわ！」

「絶対に瞬かないわけではないヨ」

と十里は答へた、

「――と、支門が言ふのさ‥『といふのはそれは彼等に瞬きができないのではなくて、べつに地球人のやうに始終瞬《まばた》きをしたくないからなんだ。かれらは君たち間抜けな地球人どもを瞞すときは、わざとユックリ瞬くさうだヨ』とネ。そして支門はそう言ってジッとおれを見つめながら、そばの機械の横にあったベンゾールをグイッと飲んだんだ！」

ミカはもう一度叫ぼうとしたが、声は出なかった。

「そうなんだ」

と十里は蒼い顔に汗を滲《にじ》まして言った、

「そう言って奴は、さも旨さうに石油を呑みながら、ギーッとおれを十分の余も開いたきりの目で見つめ、それから嘲笑ふやうにユックリ一度だけ瞬きをした――それと同時に奴の腹の中で、何か器械の動きだすやうな音がしはじめた――」

ミカは飛びあがった。

「おれもお前のやうに飛上ったよ」

と十里は冷汗を拭いた、

「その眼《め》は廿年間識ってゐる支門の眼《め》ぢゃなかった！　おれには途端に一さいが判った‥なぜ『宇宙研究所』の科学者どもが瞬《また》きの遅い気味の悪い眼《め》をしてゐるか。なぜ奴等がΣ星のことを「彼等」とは云ふけれども、吾と自身のことを・殊更に同類をよそほふとき以外決して「われわれ」とは言はないか。どういふ下心で支門がおれを誘ひ、話してゐるうちにどうする気だったか――この部屋の装置のどれかに、奴らの宇宙研究所の保存室から来る、次ぎの地球人の躰へはいる生《なま》のΣが貯えられてゐるのだ。

「だがおれがそこにあったスパナを把むはうが一瞬早かったんだ！　おれは奴を殺して来た。といふのは奴の脳のはいっている所を叩き壊してきたことなんだが、しかしそうしたって駄目なんだ。どうせ奴等はすぐ修理するか、部品を代へるかして了ふだらうから。

「おれは瞬きをしない人間がおれ達のまはりに沢山ゐるのを思い出した‥

「社の課長がしない！　受付の女もしない！　おれが毎日ゆく酒場のバーテンがしない！　そして奴がシェーカーを振るたびに必ず何か余分な音がするのを、おれは奴が年中衣嚢《かくし》に金物の道具か小銭を詰込んでゐるのだとばかり思ってゐた。そして、いま帰ってくる電車の中では向う側に坐ってゐる奴の⅓が、いくら見てゐても瞬きをしない目で新聞を読んでゐた——

「ミカ、奴等はみんなΣ星人なんだ。もう地球はどん〳〵奴等に入代られてゐるんだ。おれが警察も役場も呼ばなかったのはこの理由からだ。奴等は何食はぬ顔をしてわれわれ地球人に混《まじ》って「生活」してゐる。そして機会を狙って突然襲ひかゝるんだ！——ミカ、一体おれ達はどうすればいゝんだ！」

「どうしようも無いわ。まづ晩御飯を召上れ」

ミカは静かに答へると盆をとって立上り、扉をあけて台所へ行った。そしてそこから続けた。

「そうと決まれば同じことよ。妾たち……ぢゃない、貴郎一人が騒いだって駄目よ」

そう言って彼女は、ガスの火加減をしながら晒し粉のクロール石灰を手摑みで続けざまに口へ押込み、DDTの瓶をとってゴクゴクと喉を鳴らして喇叭《らっぱ》飲みをした。

そして体内で歯車の嚙合ふやうな音をさしながら、ジッと境の扉《と》口越しに男を見つめた——いつの頃からか『奇妙に魅力的』になった、その食ひ入るやうな瞬《また》かぬ眼で。

次に来るもの

◈

東部防衛司令長官・権田直純少将は真夜中の急電話に不きげんだったばかりでなく、その内容に腹をたてはじめた。

「なにを言ってるんだ、中佐！」

とかれはどなった。「きみ、寝ぼけとるのと違うか!?　いまどき『空とぶ円盤』だなんて！ばかばかしいにもほどがある」

「そうおっしゃられるのを覚悟のうえでお起こししました」

第×管区司令、森中佐の答は、興奮にうわずってはいたが、語調にすこしの乱れもなかった。

「さような物を浮説流言や妄想のたぐいとしか考えておらぬことでは小官も閣下とまったく

同じであります。しかしただいまご報告申し上げている物体がうたがう余地のない実在であることも閣下ならびに小官同様なのでありまして、小官は『空とぶ円盤が』とは申し上げませんでした。世間でそう言われているいいいい飛行物体にそっくりのものが、巡査と民間人ひとりを殺し、小官部隊の派遣した一コ小隊を殲滅《せんめつ》した、とご報告しているのであります！」

「……」

しゃれや冗談でないことは明らかだった。だいゝちそんな時刻でも間柄でもないのである。少将はしだいに目がほんとうに覚めてくると同時に、妾宅で二号と寝ているところを叩きおこされた憤懣が、軽くない現実の認識にだんだんいれかわった。

「わかった——すぐ行く」

とかれは手短かにいった。「F村だといったネ。きみは現場からかけているのか？」

「そうであります。I県境にちかい海岸の半農地ですが、この村のはずれの丘に昨夜から着陸しているのであります」

「飛行物体だという証拠は？」

「地上を移行した形跡がなく、どこから来たかも全然わからず、明け方村民により突然発見されましたので、夜中そこへ飛来したとしか考えられません。ただし、物体は発見されてからはずっとそのまま同一個所に居坐り、まったく移動しておりません」

「よし。ゆく」

と権田は電話をうちきり、これがなにか重大事件のはじまりでなければよいがと心配しながら車に乗った。

◆

その円盤がF村に「着陸」したのを見届けたものはいなかった。また附近の空をおなじような物が飛んだことも、すくなくともこの村の「公的な」歴史のうえではかつてなかった。しかし、それは、この国のながい霖雨《りんう》期のあけたある夏のあさ、とつぜん人々のまえに姿を現わしたのである。

さいしょに「それ」を発見したのは、部落でいちばん畠の遠い、したがって家を出るのが他より早い吾作たちだった。かれらはいつものように誘いあわせて、いつものように隣村ざかいの丘陵地のふもとを通ったのである。

「ア……あれゃいったい何だ!?」

とだしぬけに叫んだ留次の声に話の腰をおられて吾作と正吉は、「なんだばかやろう、おどろくじゃねえか」と叱りながら不気嫌にそちらを見やり、ついでポカンと口をあけて「ばかやろう、お……」までしか言えなくなった——見たこともない奇妙きてれつな物が丘の中腹、すこし平らな草地になっているところに、デンと腰を据えている。

それは巨大な銀の釜をふせたような、中がわの丸い高山をゆるい傾斜の腰山がふちになってとりまいている、見ようによっては金属製の巨人の帽子みたいにもみえる、底の平たいらしい物体だった。大きさはというと、中心で高さ約七メートル、地面に接したやはり円形の底面積が直径十メートルはありそうな、なんのことはないちょっとした二階家ほどの建造物である。これも丸い、窓みたいなものが横に並んでいる——そんなお釜や帽子はない！

「ナ、ナ、ナ、ナ、なんだ、あれゃ……」

正吉がもうめちゃくちゃに吃って言った。指さそうとして右手をつきだしているが、指がふるえてさす形にならない状態である。「ミ、ミ、ミ、みたことのねえ代物だ」

「家じゃアねえナア」

と吾作も思いあぐねて呟いた。

「ひと晩であんな物がおったつ訳はねえ」

そのとおり。彼等がきのうの夕方畑帰りにとおったときは影も形もなかったのである。

もしこの連れに小説好きの若い者か、映画やマンガをよく見る子供がいたら、驚きは同じでもこうはならなかったろう。

彼らはこれを見るなり、一瞬の遅滞もなく、

「アッ、空とぶ円盤だ！」

と叫んだに違いない。それはまったく、興味本位の新聞雑誌の科学記事などでよく写真（？）までが出たりする、あの悪名高き飛行物そっくりだったから。しかし吾作たち三人の明治大正生まれの親父どもは、そんなものに関する知識はまるで持ち合わさなかったのである。

しかしそれだけにまた、彼らは幼な子やむこう見ずの若い者よりはましな「大人の分別」

を持ち合わせていた。

「あんまりそばへ寄んな。あぶねえもんかも知んねえぞ」

そう戒めあって、三人はそれぞれの驚異と好奇心を、せいぜい数メートルの範囲まで近づけてしげしげと眺めるていどにとどめたのである——物体は小ゆるぎもせず、ただシンと静まりかえっていた。

「駐在にしらせたほうが良かっぺえナ」

と留次がややあって言った。

「そうだナ」

と吾作がうなずいた。「そうだ！　岡村先生ん家《ち》から電話かけて、ついでに先生に来て見てもらえばええ。留次、われこけへ残って、なにか変わりがねえか見張ってろ。ロシヤかアメリカの人工衛星かも知んねえからナ」

「おら、やだナア——爆弾かも知んねえじゃねえか」

「こんな妙てけれんな爆弾あるかよ！　爆弾なんてもんはもっと細長ッきゃアもんだ」

「だっても原爆だらそうとは限るめえ」

「原爆がこんなとけへ降って涌くか、ばかやろう。あれゃ太平洋か砂漠でやらかすと決ったもんだ。何でもえゝからそこに居ろっちゃ！　おらたちすぐ行って来《く》ッから」

だが、おどろいて一緒にやってきた小学教師はこれらの意見にはまったく反対だった。かれは職業上、子供たちの好んで読むものにはひとゝおりの知識をもっていたのである。

「これゃどうも、よく言う『空とぶ円盤』というやつじゃないかナア」

とかれはためらいがちにではあったが、物体を目にするなり、すぐそう言った。

「絵や写真でみるのとは山の高いところがちょっと違ってもいるようだが、しかし全体的に見ればそっくりそのままだ——おどろいたナア！　ほんとうに有ったんだナア。『円盤』なんて、実在しないんだと思っていたが」

そこで三人が

「『円盤』て、何だネ」

ときき、教師が一席ぶっているとき、またぞろ留次が

「ウワッ！　何かいるぞ！」

とその、まるい二階家の「窓」のほうをさして叫んだのである。「こっちを覗きやがった！冗談じゃねえ。キビィわりい。おらア帰《けえ》る！」

「何だと!?」

他の三人が話を中断してそちらを一所懸命にらんでいるうちに、それはまたチラと丸窓の一つに「顔」をみせた。

顔——といえるかどうか。人のようでもあり、なにか爬虫類じみた他の動物のようでもあって、透明な「窓ガラス」に相当する物質が、あいにくそろそろ高くなりだした陽光に反射しているので、一瞬のうちには見定めにくかったのである。

F村側は議論沸騰——

「人間だった」

「なにが人間なものか。怪獣映画のゴヂゴンラーみてえな化物だったでねえか」

「だけんど、笑ってたぞ」

「あれが笑った面《つら》かヨ、ばかたれ。大江山の赤鬼が牙むいたほうがよっぽど愛嬌があるワ」

小学教師はしかし他の議員たちより哲学的だった。

「イヤ、笑ったのかも知れないよ」

とかれは腕組みをしてしばらく考えたのち、言った。

「どんなに異様に見えても、実さいに空とぶ円盤で来た異世界の人間なら、われわれのとは違う形相をしていてふしぎはない。ひと口に怪物扱いにしては間違いだ。そしてもし、あれが事故で不時着かなにかした乗物なら、なかの人間がこちらに援助を求めようとして、まず平和に交渉を開始するために笑ってみせる可能性はじゅうぶんに考えられるネ」

「そうかネ」

「んじゃァ交渉カイシすッか――なにかくれるかも知んねえぞ」

「この助平野郎。そううまく行くもんけえ」

「しかし今のはただ、こちらだけの想像だからネ。実さいには危険だってあるかも知れない」

「何だナア先生。そいじゃアハアわかんねえじゃねえか。どっちなのか決めてくんなせえよ！」

そんなふうに村会が票決できないでいるところへ、しらせをうけた駐在のM巡査が自転車でかけつけた。

「それではどうだろう」かれは事情を逐一ききとってから決論をくだすように言った。「いちおうじゅうぶん危険にたいする予測態勢もととのえて、入り口を叩いてみたら――そんな訳ならどこかに出入口があると思うが」

それがいいだろうと四人が賛成し、岡村氏が「そ……」と言いかけたとき、叩く音が先方から、、、、、おこった。

「叩いてるぞ！　むこうも」

「合図してるのかも知れんぞ」と巡査が言った。「あれはなにかこちらでいえば漂流か難船したといったようなもので、救助を求めているのかも知れん。どこかが壊れて、出られなくなっていることも考えられる」

「しかしそれにしては叩き方が不規則ですよ」と教師が註をいれた。「救助や呼びかけの信号はどこの世界でもたいがい二つか三つの間《かん》歇《けつ》連打になると思うけどな」

なるほどそういえばその音は、なお間をおいて続いていたが、不定律で、むしろ気まぐれな感じだった。

「アソビか仕事の音のようですネ」とかれは言った。「叩く必要のある工作をしてるのかも知れない――どっちにしても念のため拳銃はもって、くださいい」

「ウン」

そう話しながら二人が物体に近づき、戸口をさがしてその周囲を廻りはじめたとき、それが起った――

円盤からとつぜん一条の怪光がほとばしり、アッというまに二人を塵《ちり》のような粉末にしてしまったのだ。

人間がふたつ、埃になって空に舞い散るのを見た三人の村びとは、獣みたいな喚き声をあげて逃げた。

◆

百メートルの間隔をおいて円盤をとりまいている防衛軍陣地についた権田少将は、車を下りながらフト空をみて眉をひそめた。

「何だ、あれは――」

とかれは怪訝《けげん》な面持で出迎えた士官たちにたずねた。すでに交戦状態にはいっていると聞かされてきた現場にしてはあまりふさわしからぬ変妙なものが、しかもプカリと空中に浮かんでいたからである。

「わかりません」

と指揮官の森中佐が、おなじように当惑げな視線でその空中の自転車を見やりながら答えた。

「なにかレーザー様の光線で虚像をつくっているらしいのですが、意味も理由もまったく不明です。いまはあれが浮かんで居りますが、しばらく前には兵士や機関砲の像をむすんでみせました。なにかわれ〳〵の武備にたいして「こちらにもあるぞ」と示威しているのかとも思われますが、自転車まで出てくるのでは、どうにも判断がつきかねます」

――事件をしらされた当局がさいしょに差し向けた・警戒のための小隊が前の例とおなじように一挙に殲滅されてから、事態は重大化した。F村はたちまち機械兵団の集結地になり、地区は一部戒厳令下にはいった。それがかえって相手を刺戟したのかもしれない。とにかく「円盤」はそのころから急に兇暴な「敵性」を発揮しはじめた。近づく者ばかりでなく、付近で目にはいる生物はみんな煙にするのである。

国土防衛軍は手をこまねいているわけにはゆかなかった。午後にはいって、双方はついに完全な交戦状態に突入した。

しかし戦闘といっては、これほど奇妙な戦闘もなかった。「敵」は、近づく戦闘機をかたはしから、なにやら自由自在にすばやく飛びまわる奇妙な豆つぶみたいな空中魚雷ようの武器で爆破してしまうかと思うと、そのあとでは、

「どうだ、大したもんだろう！」

と見せびらかしでもするように、いつまでもその豆粒爆雷を、風にまう粉雪みたいに空い

ちめん無数にとびめぐらしていたりするのである。

森中佐は戦闘機の敗北とどうじに攻撃をすぐメイザー線の集中照射にきりかえた。

しかし敵はそれ以上だった。円盤はたちまちそれを反射するように一種異様な紫いろの光線を射《い》だしてきて、こちらのメイザー線はみなそれに電磁力を吸収されてしまうばかりでなく、同時にそれを伝わって敵のエネルギーがこちらの放出機に注ぎ込まれ、発射装置を操作兵もろとも壊滅してしまうのだった。

そしてそのあとでは、またしてもこの得体の知れぬ異界の敵は、奇妙な示威か遊戯のように、あたりの立木や丘斜面の草地、さてはとんでいる鳥などを事のついでのようにその光線で焼きちらし、煙にしてみせたうえでまた同じものの虚像をそのあとへすぐ作ってみせたりするのだ。

「わからん！　まったくわからん！」

到着後ずっと双眼鏡をはなさずこの戦況を注視しつゞけてきた権田少将は、夕方ちかくとうとうサジをなげたように歎息して言った。

「とにかく何かの意志表示か、すくなくともどこかに理由と意味をもつ行為のはずだとは思うが、これではまったくそれがわからん！　敵の心理状態がつかめない戦闘は最悪だ」

「レーダーをつかって心象検査をやってみてはどうでしょう」

と森中佐の副官が言った。

「土地の人の話によると、いちばん始めの発見当時、チラリと中の人間らしいものが顔をみせたそうです。動物ならイヌ・ネコの感情でも検出できるのですから、あれだけの科学兵器をつかいこなす知能生物の脳波がとれないはずはありません」

「そうだな。科学班をよんでくれ」

「は」

科学技術団がその仕事をすすめているとき、中央がいそがしく司令官をよびたてる急電がかかってきた。権田は出た。

「なに!? 東海上空にさらに大型のやつが現われた? しかも二つだと?――ウーム、処置ナシだな」

少将が苦渋に顔をゆがめて電話をおいたところへ、科学班長のT博士が活気づいた様子でやってきた。

「わかりましたよ、司令」

と博士は喜ばしげに言った。「あれは子供です。それも赤ん坊ていどの心象しか投射しませんから、おそらく非常に科学の発達した世界の赤ん坊が、まわりにある大人の器具をもてあそんでいるのでしょう。ですから深甚な敵意はありません。はじめに何か、ひどく無意味に叩いていたそうですが、それも赤ん坊ならごく自然なことです。しきりに自転車や大砲の影像をうつし出しているのもわれわれの子供が船や電車をみてすぐ絵にかくのと同じで、自分のみた珍しいものを映写して自分で見ているのです。戦闘の仕方が気紛れだったのもこれでわかりますネ。未教育の幼な児がすぐ虫などを殺してあそぶのと同じことで、先方ではべつに戦いと思っていないことも充分考えられます。真の敵性はないのですから、こちらが上手にだましすかしてやれば、事は平穏に解決します」

——が権田司令の顔はくもったままだった。

「そうだろうか——」

と彼は言った。

「赤ん坊とすれば、それをおいていった親がいるはずだ。あの宇宙機はわれわれが遠足や遊山のとき、ちょっと坊やを入れておく乳母車みたいな物ではないのかね。そうしたばあい親はそんなに遠くまで行かないはずだ。げんにそれらしいずっと大型のものが両親のように二つならんで近づいている。あの大きさに比較すれば、我ゝはセミかトンボでしかあるまい。おそらくこの戦闘のことも知っているだろう。貴方がたは雛を攻撃された鳥や獣の親がどんなに物凄く敵に襲いかかるか知らんのか？　たとえ子供のほうから手を出したにせよ、子供を刺した蜂の巣は熊なら叩きつぶすだろう」

そしてジッと天の一角に目をそそぐと、くらい表情でそれを他の者にさし示しながら言った。

「見ろ。もうやって来た！」

——少将の指さすはるか東の上空に、地上のものの数十倍もありそうな大きな宇宙機がふたつ浮かび、しだいにこちらへむかって舞いおりて来はじめた。

博士の粉砕機

〝まるで血溜りだな〟

ひろい工場内部がひと目で見わたせる上層通路へでると、内務大臣はハンケチで鼻をおさえながら言った。

〝どうしてロボットがこんな有機物みたいな臭いを出すのだろう〟

〝接着剤のにかわは有機質ですよ〟

とグル博士がこたえた。

〝体内いたるところの合成樹脂、接合部や電気部品にもちいられる各種のゴム、それから各様のおびたゞしい潤滑油と衝撃吸収液――みんな有機質です。あなたはロボットというものを、大昔の五百円の玩具《おもちゃ》のように、全部ブリキで出来てるとでも思ってらしたんですか？〟

内務大臣は、そうではないが、それにしても荒ッぽすぎる、というような事をつぶやいた。

〝私はソノ、ロボットの解体というものはもう少し……これではまるでポンコツ屋だ〟

グル博士はちょっと色をなした。

〝それはそうしなければならないからです〟とかれは憤然と答えた。〝貴方はたぶん、ふつうの手押し料理機を自働式に改造するというふうな、分解的な機械作業か化学処理を想像しておられたんでしょう。そんな悠長《ゆうちょう》なことをしている暇はありません。戦いがちょっとでも後手に廻れば人間は負けますヨ〟

内務大臣は口ごもった。

〝それは……そうでないとは言わないが……〟

〝新《ネオ》ロボットとの戦争は遊びごとではありません〟とグル博士はつゞけた。〝これは活きるか死ぬか、どっちが勝残るかの闘いです。こうしている間も、一秒ごとに人間は新ロボットに取って代られているのです。時間はありません。見付かった新ロボットは即座に止動《しどう》され、ここへ運びこまれて、あの大輪転機で一挙に粉砕されるのです。そうしなければならんからです――それきりです！〟

〝そうかも知れない〟

と警視総監が合槌《あいづち》をうったとき、三人は通路のほぼ中ほどにある扉口の前まで来た。〝我われがこうして視察に来ているのも、我ゝのあいだでもその意見が有力だからです〟

〝それは結構――どうぞ〟

グル博士はややこれに気持を直したふうで、先にたって扉をあけ、二人を招《しょう》じ入れた。

＊

彼等がはいった部屋は工場機能の主管室らしく、通路にめんした一方の壁は、全体にカーテンのかかった総ガラスになっていて、必要に応じてすぐ、階下にひろがっている、三人の見てきた工場内部が見渡せるようになっていた。他のがわには大きな操作盤があり、その前には管理者用とおぼしい事務机と客用の椅子があった。

〝ぜんたい新ロボット等というものは造るべきではなかったのだ〟

と内務大臣が、すすめられた椅子に腰をおろしながら、愚痴《ぐち》ッぽく言った。

〝人間とそっくり、何から何まで同じ、というのは、良いようで不可《いか》ん。やたらに進歩だの改良だのと言って、到頭こんな怪物《ばけ》を出来《でか》してしまったのは、貴方がた科学者の責任ですぞ！〟

〝こうして事態対策に努力しているのも我とです〟

と博士が言いかえした。

〝マアマアそんな言いあいは後のことにして〟と総監。〝一たい何が、彼ら新ロボットを今のように主体的、言換えれば自我のあるものにしたのでしょうかね〟

〝判りません〟とグル博士がこたえた。〝原因の究明より事態の緊迫《きんぱく》のほうが優先しているからです。それが一昨年の秋とつぜん高原地区のある都市ではじまったことから、科学者のあいだでは彼らの電子性の脳に宇宙線のある量がとつぜん何かの作用を及ぼしたのではないか、という説が有力ですが、地球に敵意ないし侵略の意志をもった天体は一つならず有り、円盤人やΣ《シグマ》星人の計画的工作でないとは言いきれません。とにかく、完璧に近いといわれた第二型ロボットが、完璧に近いがゆえにとつぜん自発的意志と感性、すなわち自我を持ちはじめて自分たちの主体的生活のために反乱を起したことが目前の現実なのです。それとも貴方がたはかれらの言うなりになり、その優越性をみとめてこれに従属して暮そう、とでも仰言るのですか？〟

内務大臣は、そうではないが然しこうまで屑鉄《くずてつ》のように扱わなくても、というような事を言った。〝第一これでは、使える部品がもったいない〟

グル博士は憐れむような薄笑いを浮べた。

〝貴方がたは――イヤ総監はだいたいご承知でしょうが、事態の重大性を無視しておられる。彼等はロボットであるがゆえに構造上我ゝより圧倒的に強く、すでに地上$\frac{1}{2}$の地域を勝取っています。そこでは人間は逆にかれらの奴隷となって、みじめな生存を許されているにすぎない。我ゝは残る$\frac{1}{2}$を、人類の命運《めいうん》をかけて競《せ》りあっているのですよ――そうです、まだ人間の支配がつゞいている我ゝの地区では、新ロボットは見付けしだい破壊してしまわなくてはならんのです〟

〝しかしどうやって見別けます〟警視総監が気づかわしげに尋ねた。〝新型ロボットは我ゝとそっくり同じ形なのですよ。やつらの第五列を見付けだすのに我ゝはもうヘト〳〵だ〟

〝それだけが難点です〟と博士は頷《うなず》いた。〝実際上ロボットは、外見はいくら人間どおりでも身体構造は機械ですから、壊しさえすればすぐ判ります。しかし外から見別けが付かないからと言って、我〻人間を壊してみるわけには行きません。がそれは一般の話で、ここでは問題はないのです。ここへは、外でいろんな識別法ですでに見付け出されたロボットだけが来るのですから。それに人間の躰《からだ》は、生命を失ってもなお激しい変化をつゞける有機体ですから、その死体がロボットと間違えられることも万ありません〟

＊

博士が部屋のすみにいた助手にちょっと合図すると、隣室からひと足ごとにガチャガチャ金属的な音をたてる旧式ロボットがひとつ、赤ン坊のように軽々と一体の死骸をかゝえてはいって来た。

〝千九百年代の騒々しいやつですが〟と博士は紹介するように言った。〝これなら機械なことが一目瞭然《いちもくりようぜん》ですし、それに古いやつほど丈夫なので――〟

ふたりの客はしかしその抱いている物にギョッとしたように後退りした――

〝これは……〟

〝むろん新ロボットです〟と博士は笑って、かれらに代るがわる死体に触らせて言った。

〝人間の死骸より硬いし、冷たいでしょう？　――ごらん下さい、こういう風にするのです〟

ふたゝび博士の合図で助手が操作盤をうごかすとカーテンが開き、二階じゅうの各室から階下中央の山のような大粉砕機にむかって夥《おびた》だしいコンベヤーの群れが流れだすのが見えた。

それと同時にこの部屋でも、一方の壁にパックリあいた小さな戸口にロボットが進みよったと見るまに、その抱えていた屍体《したい》はもう吸込まれるようにその中へ辷《すべ》りおちていった。

〝手早いでしょう？　戦いは待ちませんからネ〟

と博士が説明を加えたとき、ガラス越しに見下ろせる階下の巨大な機械のほうから、ガリガリと、つき砕《くだ》くような、摺《す》りつぶすような気味のわるい音が凄まじく聞こえてきた。

〝これはたまらん。まるで骨を噛むような音だ〟

内務大臣は額をおさえて、椅子をさがした。

〝ご気分がお悪いようですナ〟

大臣が、機械から何やら赤いものが——というような事をつぶやくと、博士はわらった。

〝アアあれですか。分解に硫酸を使うものですから、どうしても排棄廃液が赤くなるのです——しかし、それでは少し外の空気にあたってお休みになったほうが宜しいでしょう。階下のテラスでコーヒーのご接待をしております〟

そう言ってかれは通路への出口をあけて、客を送り出した。

〝では又。よくおいで下さいました。他の全大臣がたも、ぜひご参観下さるように——〟

廊下へ出た二人は、うしろで部屋の扉がしまると同時に顔を見合した。

〝変ですネ〟

警視総監が、なにか屋根型の被《おお》いのある階段のほうへ歩き出しながら言った。〝人間が死ねば冷たくなるのは解る。ロボットも機能を停止されるとあんな低温度になるんですかネ。

あれはまるで冷凍された動物の死体みたい……〃

彼はそこまでしか言わなかった。そこは階段ではなかった。ただその様に見えた太いトンネルコンベヤーの流れ下る傾斜があり、後ろから壁の一部がせり出してきて、ドンと彼等をそちらへ突飛ばしたのである。ふたりの人間は五、六秒もの凄い音波でワメいたが、その声はたちまち続いて起った、ある固いような柔かいような響きに入代って、消えた。

＊

〃フフフフフ〃というような声が、ガラス越しにそれを見ていたグル博士の口から出た。

〃骨を嚙むような音だ――か〃

彼はそう言って、触れていた操作盤のボタンから離れ、ガラス壁に近よって、轟々《ごうごう》と回転している巨大な機械をジッと見下ろした。そしてニコリともしない無表情な顔に、ピアノの鍵盤のように正しくそろった真っ白な歯をむき出して言った。

〃その通りさ――〃

地球は赤かった

＊

「あの小屋だね？　よしわかった」

状況検察官森悠一郎は車を出ながらうなずいて言った。「おれが行って話してくる。ひとりのほうが穏やかでいい。みなは銃を見せないようにおれを掩護《えんご》し、十分間なにごとも起こらなかったら体制をとけ」

そう言って部下を付近に散開させると、森は静かにその家へ単身近づいていった――彼の来るのをどこからか見ていたとみえ、扉をたゝかぬうちに一人の男が顔を出した。

「昨日《きのう》さんですネ？」

「そうだが――何の用です？」

男の返事は無愛想をきわめていた。「ここはわたしの所有地で、外客は一切断わっています。境界の立札を見なかったんですか？」

「見ましたが、わたしはそうしたことを調査して歩いている役人です」

森は上着の襟裏を返してそこにつけてある国土省の徽章《きしよう》を見せながら、さらに近づいた。

「あなたは自然庁に協力しないで、防護班を追い返すそうですネ――なぜです？」

男はじっときつい視線で彼を見つめたが、官吏が敵意のない微笑を浮かべているのを見ると、態度をやわらげ、扉を大きくあけた。

「ア、そのことでみえたのですか――一口には話しにくいナ。マア、はいりませんか」

森は部下に無事の合図をして寛《くつろ》がし、はいった。

小屋はいかにも世捨人の住居らしく、外見と同じく内部も粗末だったが、それなりに独り《ひと》暮しの便はと、のっていた。森は地域防護本部から、この本州最後の僻地《へきち》でしきりに反人類的妨害を続ける不埒者《ふらち》がいるという情報を受けて出動してきたのだった。説得に応じなければ逮捕、抵抗のしようによっては射殺、という内命も受けている。が、森はこの、いうなればおなじ人間の種族的危機にさいして、そうはしたくなかったのだ。

しかり。それはまさに人類の危急存亡の秋ともいうべき事態だった。

自然はもうなかった。

鳥も獣も、魚も虫もいなくなった。

花というものは、人この記憶からも消え去り、残されている絵画や写真などを見てわずかな想像をかきたてられても、もはや満足な実感はもてないという人のほうが多くなりつ、あった。そして植物は、その花を咲かさない種類のものまで、人間が食用の五穀野菜を守るために必死になって育成と培養を続けているドームの中でしか見ることができなかった。地球全体が、ただ合金とガラスとコンクリートだけでできた工場地帯になり、塩化しすぎて有毒になっている海に浮かぶ陸地には、どこへいっても人間だけがひしめきあっているのだった。

政府と民間団体は地上いたるところで死にもの狂いの打開活動を続けていたが、事態はいさゝかも好転のきざしをみせなかった。

＊

「これはいったい何のためだと思います」

昨日《きのう》というへんくつな男は、それでも彼なりの待遇《もてなし》のつもりか、飲物を一杯ついでよこしながら言った。

「みんなあなた方政府の責任じゃありませんか。無能で恥しらずな為政者が、集中資本でふくれあがった企業となれあいの放漫政策を一世紀ものあいだ続けたからなんです。企業だってもちろん悪いものばかりじゃない。医薬品の製造とか、良書の出版とかはもと〳〵有益なものだった筈だとおっしゃるでしょうが、それを言えばそれじゃ有害な物をつくって売り出そうとした企業だって、もともとありはしなかったでしょう。営利という利己的な商業主義が不確実なワクチンや、赤ん坊を奇形にするほど副作用のある薬を平気で売り出させ、何十万という流域の居住者を不治の病にかゝらす毒液で川をよごしながら『それは当社《うち》のせいではない』と嘯《うそぶ》かせるのです。あなた方はそれを〝公害〟などと人ごとのようにおっしゃる。なにが公害です！　完全な私利私欲の私害じゃありませんか。海という海をゴミだらけにし、用もない原水爆をためしちゃ空をよごし、国土改造などとこざかしいチョコ才をふり回して日本中の土地を工場と遊興地にしてしまう。農薬で昆虫が絶滅し、ヘドロとＰＣＢで魚が死に絶えたのが二十年前、放射能で獣がいなくなったのは十年前だ。いまやビニールとプラスチックの屑《くず》が全植物を窒息させてしまったというのに、あなた方政府者はドロナワみたいに『環境防護』をどなってあるくばかりで、国じゅうの人間が有害食品しか食わされていないことにはほおかむりだ――もうたくさんです‼」

男の口調は、検察官が返す言葉もなく思うほど激しい怒りにみちていた。森はかるくせきばらいしてちょっと間をおき、なだめるようにうなずきながら「しかし」と言った。

「だからと言ってあなたのように反体制的行動に出るのはどうですかね。政府は自然回復のためには土星の月まで適応動植物を捜しにゆくほど力を尽くしています。アカギは現在、ひたすら芟《か》りとるよりほかに対策はない。なぜ防護班を立ち入らせないのです？」

「時計の秒針のような早さで伸びる化け草を後手《ごて》にまわって刈って歩いて何になる！」

男はかんで吐き出すように言った。「そしてそのあとへ子どもだましみたいな造花と偽木をおったてる――やめてもらいたいネ！　あなた方はこうなる前に誤った繁栄主義を食い止めるべきだったんだ。チタン（土星の第六衛星）からアカギを持ち込んでしまったのはあなた方ですぞ！」

「それは誹謗《ひぼう》だ。確証はあがっていない」森は冷静をたもとうと努めながら言った。「たゞ発生が探査隊の帰還と時期的に一致するということが疑惑と検討の理由になっているだけです――サア、攻撃はもうたくさんだ、協力してくれるんですか、くれないんですか？」

――男はだまって窓の外に目をやった。荒れた灰褐色の岩肌を露呈している山あいの空だけが薄青く、人類が数百万年間見慣れてきた緑はただの一か所も見あたらなかった。

そこにはただ赤い景色があるばかりだった。蔓草《つるくさ》のように無気味に曲がりうねって伸びる怪異な枝を縦横にからみあわした、真赤な植物の原始林の。

＊

それはどこから来たかわからない、招かれざる客だった。

よそから来たのかどうかさえ、不確実だった。

それは、とめどのない人類の公害行為がかたはしから植物たちを枯らしはじめたころ、突然かれらの怨念《おんねん》のように立ちあらわれ、地上のあらゆる所にはびこりだしたのだった。

はじめ、人々はそれをただ珍しい草だと思い、わざわざ採取したり移し植えたりして、鑑賞用に花を待つれんぢゅうもあったほどだった。

がそれは花はおろか、ながめのよい葉むれや枝ぶりさえ見せることなしに、恐るべき速さで成長、繁殖しはじめたのだ。はじめは草だった。が生育すると樹だった。葉はなく、羽毛のような剛毛《あらげ》の密生した蔓《つる》が、見ているとわかるほどの速さでのび、何にでもからみついて動くものの妨げをするのだった。人間でさえ、うっかりした所に立ち止まっていると、足もとを蛇のようにはってくるそやつのために金縛りにあってしまい、救い手の来ないところではそのために命を失うことまであった。

人類はあわてて態度を改め、真剣になってその退治にかゝったが、もう手おくれだった。赤い木のきらう環境というのは地上にないようだった。それはどこへでも蔓を伸ばし、ある時期にひと蔓の毛をいっせいに飛ばすと、毛は一本一本が落ちたところで新芽になって伸びはじめるのだった。人々はいまや「赤木」を恐れはじめ、必死になってその侵寇《しんこう》をうちはらおうとした。が押し返すことはおろか、食い止めることさえもうできなかった。「アカギ」は代謝型《メタボリズム》がふつうの植物と反対だったのである。それが蛋白質《たんぱくしつ》を摂取している様子はなかった。しかし酸素を吸って同化炭素を吐き出していた。したがってそいつの繁茂する場所はすべて人間にとって窒息性のガス地帯になるわけだった。地球じゅうを炭酸ガスの森にしようとしているこいつの敵性はもうまったく明白で、人類は勝ち目がなかった。宗教家は人間のおごりに天罰が下ったのだと嘆いたが、悔いあらためるにももはや時おそい事態だった。

全力をあげて刈り、燃す——それだけがいまや死にもの狂いでおのれの棲息圏を守ろうとしている人類の、ただ一つの戦法であった。

＊

「輪転剪伐《せんばつ》機！　芟除《せんじょ》車！　火炎砲にナパーム弾！　なにをやったってだめさ。病気の対症療法と同じことで、病源体をつきとめてるんじゃないんだ。癌《がん》や吹出物はいくら切ったってまた出るんだ」

　世をすねた男はそう言ってジッと窓外の赤い景色をみつめながら言った。

「どうしてこんなことになったかはわかる気がする。人間が高慢になり過ぎて自然を壊《こわ》したからなんだ。自然律という大きな均衡をつねに保とうとしている宇宙法則が働いたのがアカギの発生した理由だろう。だからこれはどうにもならない。人間のほうがそれに適応するほかないんだ——もしできるならばね」

「すると協力の件は？」

「断わります。わたしはこの赤い風景が好きです。便利と快楽のほかには利己主義の暴力しかないアメリカ式の世間なんか、見たくもないネ。わたしはここでホンの一握り生き残っている他の小さな生物たちと快適に暮らしていますよ。『繁栄よ、ざまみろ！』と叫びながらね」

　検察官森はため息をついた。

「では強制執行するしかない。われわれはきょうこの地区の芟除《せんじょ》作業にかゝります」

「ここはおれの土地だ！」と男は激しく答えた。「断わると言ったろう。出ていってくれ！」

「それでは反逆罪だ。あなたを逮捕しなくてはならない」

「できますか？」

　昨日《きのう》という男はニヤリと不敵に笑った。

「わたしはここで適応していると言ったが、あなたはちがいますよ。アカギはね、こっちが慣らされる気にさえなれば、呼吸律節をかえてある程度の共存をみとめるんですよ。しかし外敵みたいなものにはだめだ」

言ったかと思うと男はいきなり二、三歩しりぞいて小屋の裏口の戸をサッとあけた。怪物の触手のような赤い長いものがそこからズルズルと床をはい進んできた。森はアッと思わず叫んで飛びのいた。

「そいつらをやっつけてかゝらないと、わたしの逮捕はできませんよ。わたしはやつらのところへ逃げこみますからネ——行ってみますか？」と戸口から出てゆく男のあとを追って、森も小屋の裏手へ出てみた。

そこからアカギのものすごい叢林《そうりん》が始まっていた。森はムッと押し寄せてくる二酸化炭素の気配に、いそいで腰の防毒面をとりはずした——男は笑った。

「そういう防禦体制が必要なようでは人類ももう長いことはないネ。アカギに滅ぼされるのは時間の問題だナ」

状況検察官森悠一郎はちょっと黙っていた。が急にある一点に目をとめると、はじめ不審そうに眉をひそめ、ついで何か明るく愉《たの》しいものを見たように、しかしキッとまじめな顔を上げてすねた世捨人を見た。

「そんなことにはならないかもしれない」

と彼は静かに言った。

「昨日さん、あなたは世の中に腹をたて、『ざまをみろ！』と言いながら、どうやら大変な貢献をしたらしいよ。アカギの自然敵を捜すことはわたしたちはもうあきらめていたのだが、あなたのところにそれがいた——ごらんなさい、この始末におえない化け植物がしおれてゆくさまを」

——その通り、森のゆびさす間近の一本が生えるのと同じような早さで萎《な》えしおれてゆき、その根本を一匹の仔ねずみがかじっていた。

ケンの行った昏い国

身構へは同時だった。

拳銃をひきぬく動作も、それと一緒にほとんど狙はず発砲する慣《な》れた射撃も、ヅン！　と腹へひゞく銃声もうすい硝煙も、なにもかもが甲乙のない速さだった。

――だが、結果もおなじ、とは言へないやうだった。所作《しよさ》に優劣はなくても、技倆《うで》に、フン、開きがあるのさ、と相手の死を見さだめてからケンは北叟笑んだことだったが、それはもちろん、一瞬じぶんがやられたかと誰も思はず目をつぶる・戦ひに附きものゝ、あの忌《いや》な一二秒がすぎてからの事だった。

仍《じよう》は実験台の蛙が電気にかゝったやうにピョコン！　ととび上りざまつんのけぞり、「ギャーッ」と獣みたいな喚き声をあげて後ろの崖へ落ちこんだ――ケンはすぐその先を見届けに崖ぎはまで行った。たしかに殺《や》ったと確認しないと役儀あひ立たない。だいいち肝心のお手当といふ鳥目《てうもく》が戴けねえわけのもんだ。

仍はまるで縫ひぐるみの人形みたいに他愛もなく小さくなりながら、あちこちと岩の出っぱりに躰をぶつけ〳〵、真っ白に泡をたて、ゐるはるか下の海面めがけて断崖を落下していった——あれぢゃ助かりっこねえナ、とケンは満足して拳銃を内懐ろへしまった。傷が万一一発でとゞめを刺してゐなくたって、この寒《かん》のさなかあの荒れ海で、泳げっこはねえ。

さう頭のなかで計算しながらケンは、もう一度念入りに海面をよく見わたし、どこにも人間らしい形が浮いても泳いでもゐないのを確かめてから踵《きびす》を返した。上首尾——。拳銃《はじき》を組まで持帰らなきゃならないだけがちょっと鬱陶《うっと》しいだけだ。——さうだ、銃声をき、つけて誰かやってこねえもんでもねえ。

こゝはしばらく急げ。

ケンはそれきり仍のことは考へから追払って足ばやに歩きだした。冷《つめ》てえもんだヨナア、この渡世の道ときた日にゃ——といったゞけが、いま殺《や》った相手にたいするケンの感慨だった…「義理」と「人情」てな言葉ばかりお題目みてえに朝ばん幅をきかしてゐるが、そのくせそんな事ほん気で考へてるやつは只の一匹もゐやしねえ。だいいちそんなこっちゃ組がもたねえもんナ。

そのとほり。それは「組」が命令したからだった。でなければいくらケンでもちょっと古《ふる》友達は「や」りかねる。それに組どうしがまだ紛争《むづか》しくなってゐなかった頃には、ずゐぶん一緒に呑みあるきもした仲だ。だがそれだからこそこの大役だった。一体なら、相手組の「準幹部」をやる、ともなれば、褒賞金の額からいっても、もうひとクラス上の組員にお鉢が廻るのだ。しかし今の状況で、相手に疑念を抱かせずにこっちの望む場所へ呼出せるのはケンだけだったのだ。

「やれるか？　仍が。、おめえに——」

と、まア腕はともかくとしてその間柄をアブながる兄イ株もあったが、ケンにはそんなことまったく、『へ、冗談ぢゃありませんぜ』にすぎなかった。交際《つきあい》と札束と、どっちが大事だってんだヨ、ばか〳〵しい！——もっとも、口に出した返事のはうは「札束」の代りに「組のお為め」にしておいたのだが。マ、人間万事、きれい事でいかなくちゃいけねえ。

ケンはそのとき自分のしてみせた忠義づらと、それが幹部れんに与へた絶大なる効果とを思ひだして、いつともなく顔の筋がゆるんでしまふのを締め直しながら、バス停のある旧国道へいそいだ。身も心も、いま、でになかったほど軽く、い、気持だった。

バスがだいぶ遅れてやってきても、ケンの上気嫌はつゞいてゐた。市からちょっとしか離れてゐないこの海岸は、崎そとの絶壁の景色と内がはの湾の海水浴場とで夏場はかなり賑ふ路線なのだが、季節はづれの今はまるきりバス会社なぞも継《ま》っ子なみのローカルなのだ。待ってゐた客だって、ケンだけが一人きり。

「姉ちゃん停めなくてい、ぜ」

バスの停車しきらないうちにヒラリと飛乗ってケンは軽口をた、いた。季節のときと違って扉《ドア》なしの旧・小車体、相客もまばらでまったくの田舎バスといった態。会社が単乗員式《ワン・マン》に切換へる資金がなくて女車掌制をやめないでゐるから尚更だ。

車掌はなにやらしきりに指をなめて切符の束の勘定か配置替へをやってゐた。彼女はチラリとケンのはうと外の停留場《ば》標式とを見たが、それきり「そんな冗談の相手はしてゐられません」と云はんばかりに、ブスッと不機嫌に押黙ったまゝ・中断された勘定のやり直しをはじめる。

「ヘッへ、札束にしちゃ小せえぢゃねえか、姉ちゃん」

ケンはズボンの小銭をまさぐりながら冷かしにかかった。女車掌はこんどは完全に知らん顔して、それも黙殺した。

しかし車は彼の言葉にしたがったやうに走りつゞけてゐた。運転手が、下りる客のないことゝ、乗り手は飛びのった一人だけなのを確認してゐたからだらう。ケンは指先で穴あきの五十円玉を探りあてゝつき出した。

「U町まで——釣はいらねえぜ」

三度目の正直。酔ってもゐないのにしつこい巫山戯《ふざけ》かた：『もうたくさんです！』といった無表情の怒りをはっきり見せて、車掌はプイとわきを向いた。そのまゝ首をちょっと外へ出して前後をたしかめ、

「H坂——お降《お》りの方ございませんか？」

と振返って言ふ。ケンのはうをわざと見ないでゐるのは明らかだった。「なければ停まらずに参ります——オーライ！」

「かってにしやがれ、オカチメンコ！」

ケンのなかの「無頼」が爆発した。こうしたときの「疎外感」から来るこの徒特有の敵愾心の激しさは、常人が好意を踏躙られたときなどの比ではない。ケンはぶん殴ってくれようかと思ふほど腹を立てたが、マアマア、大勢のゐる車の中だと我慢して、その代りにこっちも相手を無視してやることにした。「切符売らねえなら買はねえまでだ。こっちもその方が都合がいゝや！」

かれはクルリと女に背をむけると、サッサと中のはうに進んで空《あ》いた席に腰を下ろした。彼女がかれの好い気持に同調、ないし少くとも愛想よくしなかったこと、無賃乗車とはあまり関係ないはずだったが、ゆらい「やくざ」とはいかなる事にも腹いせ…すなはち報復といふ解決《おとしまへ》をたっとぶ種族なのである。

多くない相客たちはみんな見て見ぬふり。その顔といふ顔に

『触らぬ神に祟りなし』

と、書いてある。

「フン！」

ケンはわざと音をたて、鼻で嗤った。それから精一杯旁若無人に、腕をくみ、片脚を4の字型にもう一方の膝の上へもっていって反返った。いはゆる揚げ胡座《あぐら》といふもっとも不作法な坐り方である。そして「どうだ、文句あるか」といふふうに殊更一人々々の顔を睨《ね》め廻すのだが、こうした人込みで不埒をはたらく者の挑戦的なふて腐れはよくあるので、だれも相手にならず、はじめから目をそらしてゐる。「ざま見やがれ！」とケンは自分でじぶんに軍

配をあげて勝誇った。

U町はすぐやってきた。ケンは「オウ、下りるぞ、停めろい！」とドスをきかした声をかけて、女車掌の面を真向から睨みつけながら料金をはらはず下りた――娘は脅えたやうに瞳を据ゑて、黙ってゐた。つゞいて下りた二三人の他の乗客たちも、もうはっきり彼をこの街のやくざと見たとみえ、「只乗りか？」とも言はなかった。

日が暮れてゐた。まだそんな時刻ではないが、きふに曇ってきたのだらう。組の「事務所」は映画に出てくる大都会のやつみたいに宏壮なビルになぞない。この町ではまだまだ裏街の横丁だ。ケンはすっかり始めの好気分を失くしてしまったむしゃくしゃ腹で角をまがった。

組のすこし手前にタバコ屋がある。不愛想で、陰気な親爺しかゐない色気のない店だが、かれら下ッ端ぐみが出はいりによく買ふ、顔なじみのうちだ。ケンは立寄った。

「しんせい二つ――」

と彼は手にさはった札をいゝかげんに突出した。五百円でも千円でもおなじ事だからだ。いつもなら「オウ親父、寒いナ」ぐらゐの挨拶《ゴジンギ》は通すのだが、けふはこっちがその気がない。

下をむいて新聞を読んでゐた亭主は、聞こえなかったのかと思ふぐらゐの間をおいて、ヒヨイと首をあげた。その顔がめづらしく笑みを含んでゐる。――やっぱり商人《あきんど》だ。なじみの客が不機嫌だと、それなりに取済《とりな》し顔の愛嬌を見せるワイ――と、ケンがすこし気をよくしかけたとたん、相手は手をあげて腰を浮かした。

「新華楼さんよウ！　丼いつまで置いとくんぢゃア。ゆんべからその儘になってるがノウ」

大声でそうよびかけてゐる親爺の視線は、まっすぐケンのわきばらを突通すやうにかすめて向ひ側の裏口から出てきたラーメン屋の出前持ちにのびてゐるのだった。

この失礼はもはや勘忍なりかねた。バスの車掌の態度には、まだ此方の悪い点もあったから仕方がないとしても、この爺イと来ちゃ何だ！　いはゞこちとら常顧客《とくい》ぢゃねえか。

「ナメんな、くそ爺イ！」

とケンは疳癪声でどなった。「毎日見てやがっておれの面忘れたのか！　支那そばの丼といっしょになんぞしやがると承知しねえぞ！」

一緒にしたのではない。後廻しにしたことにケンは腹をたてゝゐるだけなのだが、その声にびっくりしたやうに真正面《まとも》にかれを振向いた主《あるじ》の大げさな反応には当のケンのはうがたじたじとなってしまった。

なにか言はうにも声が出ない、といった態に口をあけて目を見開き、やがてそれが五体もろともわな〳〵と震へだすかと見るまに、アッとかウ、ッとかいふやうな言葉にならない叫びをあげてバタバタッと店先から奥めがけて逃げこんでしまったのである。

相手の恐れやうの異常さは瞬間ケンの全身に乗移ったやうに波及して浸みわたった――こうまで怖れ、嫌がられようとして仕掛けた脅《おそれ》しではなかった。彼のやうなやくざな人間たちが本当に求めてゐるものは、じつは大きな畏怖より小さな愛情なのだったから。

――言ひやうのないうそ寒さがケンを押包んだ。それは恐怖と同じものだった。嫌悪と悲しみとも同一だった。

あたりが真っ暗になったやうな気持に襲はれるとともに、ケンは夢中で走りだしてゐた。なんでもいゝ、自分をあたりまへに認めて応対してくれる相手が欲しかった。この侘しさは我慢できなかった。一刻もはやく仲間の顔を見ようとして、ケンは組の入り口へ走りこんだ。

いつもの通り、まづ二階の幹部室へ顔を出すために階段をあがりかけると、階下《した》の廊下のおくから、

「オイ、こっちだ！」

と声をかけてサブが顔を出した。「はやく来い——みんな待ってる」

「オウ！」

救はれたやうに振返って立止り、とびつくやうな思ひでそちらへ向ったケンを、サブは黙って横手の地下室へ誘導した。

「何だ。何があったんだ。どうして地下室……」

くらい階段ぐちをつゞいて下りながらケンは奇異な思ひに駆られてきいたが、相手があけてはいった穴倉の扉口《とぐち》をくゞりかけたとたんに、総身《み》がしびれるやうに凍りついた。

サブは、先月死んでるはずじゃないか！

「どうした。早くはいらねえか。みんな待ってるんだぜ」

そう言ってゆっくり中へすゝんで振返るサブの笑顔とともに、

「オウ——来たか！」

と口々に迎へてくれる親しい仲間たちは‥

去年やられたテツ――

先々月車事故で死んだ正公――

前一昨年《さきおとゝし》消された義一――

の、すでに世に亡《な》い面々が、まっくらな部屋のなかにぼんやりと押並んでゐるのだった。

「おそかったぢゃねえか――仍は助かるらしいぜ」と義一が言った。「はんぶんお陀仏で浮上ったところを、このごろは年中そこらにゐる沖釣りの連中が拾ったんだ」

「傷が急所をはづれてるし、そんなわけで水も飲んでゐねえからといふんで、すぐ市の急救が病院へもっていった」とテツ。「――だがおめえはだめだ。心臓へみごとに一発くらってる。一コロだったんだ」

「ぢゃ……ぢゃ……相討ちだったのか――」

――呆然とそう呟くケンに、正公が皮肉な笑ひを浴びせて言った。

「仍が死ねばナ。がそいつはお裁判《さばき》が済まなきゃ分らねえ――はやく受けてきな。お迎へも来たやうだ」

その言葉が終ったとき、どこか遠い所でギイーッと門のあくやうな気配がして、なにか太く長いものを右手に突いた・赤い姿と青い姿がふたつ、はいってきた――

そのあひだに挾まれて外へ出たケンの躰を、とたんに表通りから飛込んできた雷族のオートが勢よく走りぬけた。そしてケンはさっきのタバコ屋の主《あるじ》がまた店に出てきて、岡持を下げた出前もちと夢中になって話しこんでゐるのを聞いた。

「ほんとだってえば。たしかに向ひのケンさんが真ッ青《さお》な姿でそこに立った気がしたんぢゃ――××組と何かあったのと違ふかい。いやだノウ、あの渡世の連中は――」

PART

II

無限延命長寿法

……………


「あなた、あなた、どうなすったの」

　と妻がしきりに呼びおこしている。

「どうしたのヨ、ヘンな声出して」

「なんだ、夢だったのか！」

　私は起きなおって、目をこすった。

「イヤな初夢だな——まてヨ、どうしても夢とは思えないぞ。きのうは確かに……エエと、たしかに大みそかだったナ」

「何を言ってるの。今だって大みそかよ。まだ元日じゃないもの」と妻が言った。「それに初夢は元日になってから見るものよ」

時計を見ると、なるほどまだ十一時だ。

「フウム――じゃやッぱり夢か――しかしあの空とぶ円盤と、それから思いついた原理は……オイ！」

私はいきなり妻の胸ぐらをつかんだ。

「おれは大発明をしたぞ！」

「クルしいわヨ！　放して……いやな人ネ。何をしたんですッて？」

「大発明さ！」

「まさか」

「本当だ。――もっとも夢の中で、その原理を発見しただけだがネ」

「アラいやだ。大発明だって、原理だって、夢の中じゃ仕様がないじゃないの」

「ワカッちゃいねえんだナ。夢で思いついた学問や芸術はたくさんあるんだゾ。とにかくこりゃ人類始って以来の大発明なんだ！」

「大げさネエ！」

「本当だッたら！　夢だって、ちゃんと実地に成り立つ発明原理なんだ――よし、すぐとり掛ろう！」

「結構よ。ママはなんにも言いませんからネ、大人しくアソんで頂だい」

「何だ！　さッきから失敬な――本当に本当なんだゾ」

――そうなのだ。たいがいのカミサン族というものは、じぶんの亭主がかくれたる天才であることをけっして認識しようとしないばかりか、これに対する、有ってしかるべき尊敬を十分ノ一も払おうとしない。手早く言えばナめているんだ。私といえども、ナめられていることにおいてあえて人後に落ちないが、それはこんにち只今をもって断然やめんと不可《いか》ん。何しろ大発明なんだからナ。私はそれを、れいの円盤を見たとたんに思いついたのだ。「空とぶ円盤」は他天体からの飛来機だといわれている。がそれには「ではなぜ着陸なり交信なりして来ないのだ」という疑問がともなう。和戦どちらの興味も示そうとしない訪問客というのは変ではないかと。

　ところが超科学のオー教授にいわせると、あれは他星人などではない、未来から来ている時間の旅行者なのだという。だから通りすぎるばかりで着陸しないのだ。たぶんもっと先の過去ばかり目標にしていて、我ゝのこの時代には興味がないのだろう、と。――ここが私の大発見のもとなんだ。

　イイデスカ。こんにち我ゝの世界は、過去においては想像もつかなかったような科学の発達をなしとげている。してみると、今日不可能なことでも、大部分は将来可能になるに違いない。人間を機械みたいに部品交換して、永代使用にたえるようにしたり、自然や天候を都合よくコントロールしたり――、時間・空間だって、その数千年さきの未来ともなれば、全宇宙を自在に交通し、好きなように伸縮させることが出来るようになるだろう。この時代の人ゝが過去の見物に来ているのが空飛ぶ円盤だから、それを呼びよせて遣《や》り方をききさえすれば、我ゝにもすべての事が可能になるわけだ。

なんと、素晴しい着想ではあるまいか。アインスタインだってこうまでショック的かつギョッ的ではなかったろう位のもんだ。私がこれを考えついたからには、現代はもはや何一つ不可能をなげく必要はない。問題はどうやって未来人を呼寄せるかにあるのみだ。

そこで私は考えた。思いついたのは夢でも実際にやって不可《いか》ん筋はなかろう。ごく簡単なことだ。発達の極致にたっした文明ならば、人間はお互いの考えなぞすぐラジオのようにそのまま送受伝達する方法を可能にしているに相違ない。だから私はただ一生けんめい心中に、通りすぎる円盤を呼止める精神を集中すれば、中の一つや二つは必ずそれを受取ってくるだろう。要するに今までだれもそれを試みなかっただけのことだ。

で私はさっそく実行にかかった。まず思念の波ができるだけ妨害にあわぬように明け方の静かな時間をえらび、屋上へあがって一心不乱に空の円盤人にたいして精神交流の念を集中した——すると、ヘンな事になっちまったのである。

円盤のかわりに、妙な外国人がヒョッコリ現れ出てきたのだ。それも未来からではなくて、何の変テツもなく階下からである。

「私はファウスト博士という者ですがネ」と彼は自己紹介して言うのだった。「貴方はじつにいい仕事をして下さった。私の研究題目は今回のあなたの原理で八〇％解決と言っていい——でお礼かた〴〵協力にきました」

「それはどうも」と私は恐縮しながら答えた。

「しかし、何の研究です？」

「ご存知ないのですか!?」博士はアキレたように叫んだ。「永遠の生命ですヨ！　きまってるじゃありませんか！」

「ああ、あのファウスト博士ですか。ですがあの方なら、とうに亡くなられたのじゃ……」

「という事になっていますがネ、たゆまぬ研究の甲斐《かい》あって、私も五、六世紀は寿命がのびているのですヨ。しかし永遠には程遠い」

　ここで彼はちょっと歎息して、つづけた。

「貴方の発信ていどでは未来人まで届きませんヨ。せいぜい私の精神アンテナに響いたくらいです。で私が気がついてお手伝いに上ったわけですが、私なら悪魔でも呼べるのですから、円盤をまねくにもずっと普通人より念力がつよいわけです。で、ふたりの協力で力《パワー》を倍に増幅すれば、これゃもう絶対じゃワイと思って参上しました。私の条件を入れて下さるなら、すぐ掛りますが」

「おっしゃって下さい」

「さしあたって貴方が何を可能にしたがっているか知りませんが、未来人が来たら、永遠の命の処方をきくことを忘れないようにして欲しいのです」

　私がすこし考えてから承知すると、博士はすぐ宇宙艇を用意させて大気圏外へ乗りだした。このほうが念力が円盤へ届きやすいのだそうである。

　果《は》たせるかな、博士の呪文《じゅもん》はたちまち奏功《そうこう》して、一基の円盤がスーッと接触してきた。

「呼んだかネ？　未開人――なんの用だ」

——未開人とおいでなすった。マ、仕方がナイ。我々は用件を話した。——サア、人類始まっていらいの問題が可能になるぞ。

「永遠の生命だッて？」

未来人は首をかしげて、言った。「そんなものは無いヨ。だれも欲しがっていやしない」

「どうしてです？」

「どうしてッて——永遠に生きたいなんて、野蛮時代の無知からの願望だからさ。現にわれわれたッた二、三千年の寿命だって退屈で仕様がないんだ」

「それでは……それでは、永遠の命は未来にもないのですか——」

ファウスト博士の落胆《らくたん》は見るも哀れだった。

未来人はジッとそれを眺め、気の毒げに、

「そんなに永久生命がほしければ、貴方がたの時間を永久にしたらいいだろう」

と言った。「そうすればその間じゅう生きていることになる」

「そんな事が、できるのですか!?」

「できるとも。時間なぞはどうにでもなる」

「では、その永久時間をください！」

とファウスト博士が熱心に言い、私もこれに同調した。

「おやすいご用だ」

未来人は円盤から不思議な虹いろの光線を発射して、言った。

「これを通り抜けて帰りたまえ。すると貴方がたは時間次元の断層《だんそう》をとびこし、循環系の無限時間へはいることになる。そこでは貴方がたの年は、いくら経験してもけっして増えることがないのだ」

「なぜです?」

「翌日《あした》、というものが無くなるからさ」

「でも、どうして翌日《あした》がなくなるんです?」

「どうしても、こうしても、循環系の次元ではそうなるのさ」

「するど大みそかがけっして元日にならないのですか?」

「マア解《わか》りやすく言えばそんなもんだネ」

——我こは狐に抓《つま》まれたような顔を見合せたが……そのとたんに

……………


「あなた、あなた、どうなすったの?」

と妻がしきりに呼びおこした。

「どうしたのヨ——ヘンな声出して」……

素晴らしい二十世紀

（一九七×年×月三日・東都新報・三面）

奇怪！　またもや人間消失！
現代の神かくし？
＝渋谷の「超自然」事件ついに解明できず＝

既報先月三十日、渋谷区大和田町・俗称「ガード下」西がわの裏通りで、通行人に乱暴をしかけていた三人組のぐれん隊が、忽然《こつぜん》と人々の目のまえで消え失せた、常識では判断のつかない怪事件については、当局もその後懸命の調査をつづけているが、依然としてなんら解決のめどが付かぬ現状を尻目《しりめ》に、昨夜八時ごろ同じ渋谷で第二の消失事件がおこった。

こんどの事件は表通りをこした反対がわの宇田川町で、店舗貸借契約のもつれから係争《けいそう》中《ちゅう》のM喫茶店へ、相手方の縁故と称する近藤組の若い者が七八人しておしかけ、扉口・窓ガラスを打割り、器具や椅子テーブルを叩きこわす等の狼藉《ろうぜき》をはたらいている最中、先日のガード下同様、突然煙のように全員が消え失せてしまったので、あたりはより一そうの大騒ぎとなった。

主人のMさん（四七）と女店員A子さん（一九）らは恐怖に蒼ざめた顔でこもごも語った。

「ええ、何しろ目の前でスーッと蒸発したように消えちゃったんです。このへんを縄張りのぐれん隊が暴れているので、此方はただ手を束《つか》ねて見ているきりだったのですが、それがまるで忍術に会ったようにその場で消えちゃったなんて――こんな事が一たい有るものなんでしょうか」

警視庁捜査課はただちに全力をあげて事の調査にかかったが、前回同様すべてはまったく不明、不可解のままで……

（〃年〃月五日・東京夕日新聞文化欄）

◈

謎の人間消失事件は人工？

◇こんどは新宿花園町に飛び火◇

＝超科学界の権威・原田裕三博士は語る＝

――私の意見としては、自然界にそんな現象のあり得ぬ以上あれは人工です。では誰が何のためにやっているのか。これもなぜ事がやくざ者にばかり起るのかを考えてみれば、大たい想像がつくと思います。きのうは新宿でそれが起った。しかもうちのふたりは女でした。あすは池袋で男女平等に起るでしょう。宇宙のより高い知性が地球の未発達な部分をとり除こうとしているのではありますまいか。或いは空飛ぶ円盤が野蛮な地球人の見本をあつめているのかも知れません。いずれにしても吾々は容易ならぬ事態に面したわけです――

（光談社発行・雑誌「本日」一〇四頁）

◈

消失事件の教訓

中智大学教授
神学博士　賀川　俊成

恐るべき人間消失の怪事件はついに全国に波及した。これは天の下し給うた懲罰《ちょうばつ》で、神のみ心である。でなければ何故かのやくざな暴力の徒のみがこれを受けるのか。あらゆる悪業を事として良民をなやます街のだにや、女だてらに非行の仲間入りをする不良少女達が神の懲《こら》しめを受けるのは当然であるが、一般の市民がこれを何ら己が罪の反省の鏡にしようとしないのは歎かわしい事である。もし今にして人その罪に目覚めないならば……

◆

二九七三年×月×日、ギル完全ロボット生産会社は、盛会裡に創立百年記念祭最後の催し、〈千年前の人間生活ヴィジョン〉を終了した。代表ギル・トシは立上って閉会の辞をのべた。

「エー只今の余興電画は大昔の社会世相を映し出したものですが、ご興味を惹いたようでわれわれ主催者も欣快《きんかい》の至りです。なにか人間がきゅうに消えたのは円盤と神のせいだと云って騒いでいる個所がありましたが、未開なこの時代の人々には円盤が我〻の時間旅行機だということが分らなかったのですネ。不完全ということは情無いもので、この時代の段階ではまだ色々な不自由があったと思われます。それに引きかえ、今日の科学はなんと素晴らしいものでしょう。ことにその粋をつくして造りだされた我が社の完全ロボットは……」

「PR過剰！」という野次がとんだ。

「PRではありません。事実です！」とギルは声をはりあげて言った。

「わが社のロボットが完全無欠だということに反証のあげられる方がありますか？　あったらご提出下さい。我〻は宣伝どおり十万アウルの賞金をさしあげます——一度でもわが社のロボットが故障しましたか？　これッぱかりも貴方方のお好みに違反しますか？　貴方方が思い浮べになるご希望の脳波の受理実践が、痒いところをお掻き申しあげるのまで、一秒たりとも遅滞することがありますか？　あったらお申出ください。すぐ十万アウルと代替え新品をさしあげます!」

「……」

「そりゃ……マア、そうさ――」

と、ご馳走のげっぷを嚙み殺した来賓のひとりが、白けた沈黙の中からお義理らしい返事をした。

◈

「そうだッ! ギルなんぞに威張らせておくことはない!」

不幸な理工学者のチルは或る日とつぜん寝台のうえから飛びあがった。

「どうしてこの事を考えつかなかったろう。悪妻に悩むなんて愚の骨頂だ! 完全なロボットが造れるなら、その雌型《がた》が作れない筈はない。ロボットで女房を作ればいいんだ。どこかどこまで各自の好み通りの――そうすりゃ世界中の夫婦喧嘩は一ぺんで解消だ。よしすぐ製造会社をつくって売出そう。ウフン、儲かるぞウ!」

――この考えは当った。チルの「完全なる女房ロボット」一名〝ニョロボ〟KKは、一定の基本型から買い手の希望どおりの女性ロボットを仕立てて提供した。そのうち型によって量産がきくようになり、値段が下ってニョロボは完全に一般大衆化した。チルの完全ニョロボ工場の巨大な装置からは、一日×千体のスピードで黒や白や、金髪や赤毛・黒髪《くろかみ》の大小の人造女房が、ゾックン、ゾックンと形のいい乳や腰をふるわしながら立現われた。

もはや身心不完全な、欠点だらけの人間の女をほしがる男はひとりも無くなった。すると女達も已むなく虫を殺してロボットにあやかりはじめ、辛うじて子供を生むのだけがロボットより巧いという点で存在理由を認めてもらい、男どもの機嫌をとりとり、ニョロボの次ぎの、二号三号の位置に甘んじることになった。そして三十世紀のダンナ方は、完全なロボット召使いと、従順なる女房どもに侍《かしず》かれて、不足のない生活を満喫するにいたった。

◆

が、それは長く続かなかった。だれ言うとなく、完全とはじつに退屈なものだという愚痴・不平が巷にひろがりはじめたのだ。

ロボットにしても、女房どもにしても、ただニコニコして「ハイ」「ハイ」と言うばかりで、逆らうことをしない。召使いはけっして茶碗をわらないし、ニョロボはあくび一つしやがらない。これでは変化というものが無いじゃないか。それを思えば昔はなんと好かったろう。たとえば二十世紀の連中だ。かれらは歩けばかならず人に躰をぶつけて喧嘩をはじめていたが、我〻のロボットと来た日にゃ自動反転するばかりで、ぶつかるという面白味がない。二十世紀人は電画で見ると、年中何かクチャクチャ噛んでる連中がいて他の軽蔑を買っているが、それだって食物というものを取らない今のロボ共よりはずッと趣きがある。人間の女達にたまにはヒステリイでも起せと吩付《いいつ》けても、もうすっかりロボットに同化していてどうにもならない。こりゃ一体、どうしたら良かろう――？

するとひとりの知恵者が言った。いっそ二十世紀へ行って、あの「好《よ》き不完全」を連れて来ようではないか。どうも年中喧嘩ばかりして、人に難癖をつけては暴れている面白いタイプが一ぱい居るらしいよ。ことに日本の「東京」という所に――

◈

(一九七×年×月一日・東都新報・三面)

考えられぬ不可思議

盛り場の人間消失

‖ぐれん隊三名突然消え失せる‖

昨三十日夕刻、渋谷駅ちかくの通称ガード下と呼ばれる裏通りで、地上の自然法則では考えられない奇怪な事件が発生した。土地のぐれん隊中川某(二一)ほか二名が、通行の学生に言掛りをつけて乱暴しかけていたところ、とつぜん三人とも掻消すように見えなくなってしまったので学生もろとも付近の人々は呆然として……

「お丶、大宇宙！」

W天文台は上を下への大騒動だった。

あちこちで鳴るブザー、しきりに緊張した会話をとりかわす各種の通話器、機関銃のようなタイプライターの打音——そしてその中をひっきりなしに電話のベルが呼んでくる。

——所長室では、扉に「入室厳禁」の赤札を立てた「会議中」の掲示をだして、首脳幹部が蒼白《そうはく》な顔をあつめていた。

「本当ですか？」

「本当です」

「確かですネ？」

「絶対です。われわれ人間は間違えても、計算機は間違えませんからネ」

「しかし与えた観測上のデータが間違っていたら？」

「それも何度となく繰返された作業の結果ですので、それらが揃って誤まりを冒《おか》すということは無いはずです」

「ではやはり認めなくてはならんのですか」

「そうです。こうなってはたゞ、これをどう公表するか、言いかえればかならず起るにきまっている地球全世界の恐慌と混乱とを、どう最小限にくいとめるか、だけに問題がかかっています」

……………

——宇宙は神秘だ。小説や映画のとおりにいきなり大隕石が、われわれの頭上に落下し、有毒ガスの尾をひいた大彗星が地球と衝突しに現われ出ることが、あすはおろか今日の夕方にだって起らないとは断言できない。

と、イギリスの宇宙物理学者F・ホイルが書いてから×十×年たった二月のある日、とつぜんそれが現実になった。地球の千三百倍ある木星より大きな、まるで太陽の燃え殻《がら》みたいな途方もない宇宙塵が、まさにわれわれの世界と正面衝突すべく、虚空《こくう》の一角からたち現われて飛んで来はじめたのである！

太陽ほどもある宇宙塵——？　そんなばかな「塵《じん》」があるものか、地球の五分の一だってそれはもう「塵」ではない。それは一個の天体というべきである、とそのとき皆は言ったものだ。さよう、それはそうに違いない。しかしそれは尾をもたず、したがって彗星ではなかった。もちろん惑星でも恒星でもあるはずがない。おまけに球形でなく、じつに不定な、とりとめのない形をしていた。それはきわめて緩慢《かんまん》に回転しているらしく、望遠鏡で観測するたびにその輪廓《りんかく》を変えていた。で、こうしたものは遊行アステロイドと呼ぶか、でなければなにか高次元な尺度の隕石とでもするほかはなかったのである。そしてそういうものは、その大きさの如何にかかわらず、大宇宙では微細な塵にほかならない。

地球がゴミと——遺憾ながら自分よりデカいごみと——秒速二四キロ×二A《アルファ》の速さで衝突し、疑いもなく木っ端微塵にケシ飛ばされる運命にたち至ったことが科学者たちによって明らかにされたとき、世界は第四次大戦の真ッ最中だった。

いかなる妥協も成りたたないほど真ッ向から対立してしまった資本国連合と組合国同盟は、人工衛星競争の鎬《しのぎ》をけずりあったあげく月を吹き飛ばしてしまい、火星と金星をたがいに制して、一勝一敗の宇宙戦をくりかえしていた。地球での戦闘がほとんど行われなかったのは、双方ともが第三次の核戦争でこりごりしていたのと、戦争の動因じたいがこれら遊星の争奪だったからである。

がしかしその為、地球はこの途方もない消耗戦に疲弊《ひへい》しきっていた。どの国も、国民生活の困苦と欠乏のために社会が混乱し、崩壊寸前の体たらくだったので、戦線は一種の膠着《こうちやく》状態《じようたい》におちいり、どちら側でも先に音をあげたほうが負け、というところだったが、いまや双方ともに音をあげなくてはならぬ破目になった。

——戦争ドコロじゃない！　人類がその住みかもろとも消えてなくなる事態ではないか。

一刻もはやく戦いをやめて何らかの手を打たねばならぬ、という声が巷《ちまた》に充ちわたった。

ところが、政治家という動物の精神状態は、いつの世になっても昭和時代とあまり変らないとみえて、結果は反対だった。

地球がダメになるなら、せめて火星か金星を確保しておかにゃならんじゃろう、貧乏人は地球ごとフッ飛んでもよろしい、ワタクシは嘘は申しません、てな訳で、ますます宇宙戦に拍車をかける始末。

——かくて地球はその全的消滅を前にして、第二次・四次大戦に突入する仕儀とはあい成ったのである！

…………

宇宙船の物凄さ、途方もなさといっては、ちょっとそれ以前の戦争観念では想像がつきかねるものである。

弾道弾などといっても、せまい一天体のうえで、たかが地面と空や、海と大陸のあいだで飛ばしあってるものなどとは桁《けた》が違う。何しろ大事な衛星を吹飛ばして一年じゅう闇夜ばかりにし、あるいは敵宇宙艦隊を引力圏外九、〇〇〇万哩の空間でむかえ撃ち、あるいはA星から直接B星をねらい射ったりその反対をやったりしようという戦争であるから、そのキボたるや大変なものだ。しかしその巨大な空間兵器といえども、大宇宙の滄溟《そうめい》にうかべば、渺《びょう》たる微塵にすぎなくなる。

永遠の闇と寒冷が支配する、絶対空間の一角に、その大宇宙艦は浮かんでいた。

「総員あつまれ！」

艦長は全員を甲板にあつめて、戦闘開始の訓示をあたえた。

「とくに各兵員の注意をうながさなくてはならんのは、兵器の消耗についてである。各兵器はじゅうぶんに発射前の取扱いに留意し、かならず無駄な消費をさけるように、現今の戦争は物量の消耗戦である。大むかしの、人間や虫の頭ほどの銃砲弾ならば盲射ちもよいであろう。一発何十億という巨額の費用をくう現兵器は、そんなわけに行かんのだ。一発々々が敵味方の死命を制する、決定的因子なのである――わかったナ。わかったら配置につけ！　敵は約六、五七〇万メートルを隔てたスバルの方角にある。二十ぷん後、この距離は約半分となる――戦闘用意！」

ブザーが鳴り、灯火は赤い戦闘用にかわった。巨大な宇宙艦は光速噴射の光りを吐いて闇のなかを驀進《ばくしん》した。

「第一弾道弾班、用意！」

「ようそろ」

「第二弾道弾班、用意！」

「ようそろ」

「装塡、はじめ！」

むかしの軍艦ほどもある大弾道弾が、しずかに弾倉からひき出され、遊座のうえをすべって砲架に載った。

「気をつけろ。台座の軸がアマいぞ。前から上申しているんだが、修理班が来ないうちに出動になっちまったんだ。きゅうに回転させると辷《すべ》るぞ」

「冗談じゃない！　それじゃ飛出しちまうじゃないか」

「だから気をつけろと言ってるんだ——いいか。射角×××度。把手《とって》をおさえていてくれ。まだまだ……まだだぞ——アッ、オイ！」

砲手の手元がくるったとみえて、操作台からはずれた弾道弾が、艦とおなじ亜光速で、スバルどころか反対のシリウスの方角へとび出してしまった！

「ダカら言わんこっちゃない。どうする気だ、あんなドえらいものをおッ放しちゃって」

とアンタレス軍の宇宙艦砲手が、弾倉係に文句を言った。

「艦長のお目玉はお前がくえばいいとして、小さい宇宙がどんなに迷惑するか知れやしないぞ。じっさいその惑星圏全体がおれ達の太陽へスッポリはいってしまうくらい小さい星系が、この宇宙にはたくさん有るんだ」

「ウム——」

相手は困ったように、六本目の小さい指で顎のあたりをちょっと掻いたが、やがて打っちゃるように肩をすくめて言った。

「仕方がないさ。小さいものは小さいんだ。われわれ人間にしたところで、虫を踏みつぶすかも知れないからッて、一本足の棒のさきで歩いとるわけにゃ行かんからナ」

スパイ戦線異状あり

「オカしいね」

コネパン光学KK専務F氏は、不審にたえないという顔付でその写真をまた眺めた。

「どうしてトニー36の写真が撮れるのかねエ。きみ、トニーじゃ今度の36はまだ社員にも知らせない秘密にして、試作品は社長室の金庫のなかへ厳重にしまい込んどるんだゼ。それがどうして写真に……」

「撮《と》れるんです」

と相手はニンマリ笑ってこたえた。

「ですからこうして持って参っております。わがSSS・KK（これが産業スパイ専門株式会社の略であることは先日申上げましたナ）の営業項目には不可能の欄がございません」

「それは聞いたが、しかし金庫……」

「何の中だろうと、お客様がその写真が欲しいと仰言《おつしや》ればわが社は撮ってまいりますんで

――いいデスカ、印画をよウくご覧下さい」

密偵業者はF氏に近よって、わきから写真の一部をさし示した。

「並んで写っているトニー36の試作AB両型の上下に、うすい横条《よこすじ》やボンヤリした四角い山などが見え、それらを取巻いて半透明の太い枠のようなものが写っておりましょう？　それがすなわち金庫の透影《とうえい》でして、外がわは金庫、中のものは棚や他の文書類でございます。我われはつまり特殊光線で金庫を透射《とうしゃ》して中にあるお望みの物件を撮影して参った訳で、ハイ、代金はお約束どおり三百万円頂きます」

コネパンの専務は呆気《あっけ》にとられたように、反射的に小切手帳をひきよせながら言った。

「なるほど。確かにトニー36らしいが、証拠がないネ。それにこれでは寸法が分らない」

「それは金庫の寸法から比較算出できます。また原板を引伸しなされば、器械の正面右下にうち出してある番号・名称等の刻印ですべて確実に判定されますでしょう」

「その通りだ」

拡大鏡をあてて印画を調べていたF氏は、大きく頷《うなず》いて小切手帳をひらいた。

「驚いたネ、きみの社には。どうやって先方の社長室へはいったのかネ。また金庫を透視する携帯用光源というのは――」

「それは営業上の秘密でして」

「そうだろうナ――じゃ確かに三百万円」

「有難うございました。またどうぞ」

ＳＳＳの社員は一礼して引取っていった。

かれが出てゆくとＦ氏はすぐ合図をして、隣室にかくれていたらしい黒眼鏡の険相《けんそう》な顔をした男をよび出した。

「彼奴だ。尾行して徹底的に調べてくれたまえ。どうも納得がゆかん。不思議な点だらけだ。必要物だけが写る金属の透視光線なんて、聞いた事もない」


ＳＳＳ代表員はその足でトニー電機の総務部へ来て、言った。

「お察しの通り、たしかにコネパンでは新しい広角ブラウン管による超小型テレビ製作のめどをつけ、いま試作にかかっております」

「どうして分った？」

社長と密談していた総務部長が、椅子から落ッコチかけて、あわてて坐り直してきいた。

「それに、ハッキリした証拠がないとその情報も買えんが」

「もちろん証明つきでございます」

ＳＳＳ社員は悠然《ゆうぜん》と胸もとのネクタイから拇指《おやゆび》の先ほどの飾りピンを引抜くと、軽くそれを抓《つま》んで持上げた――「ご覧ください」

驚くべし！　たちまちそこから一条の光がさし出したと思うと、むこうの壁にほとんど立体的なまでの鮮明さを以てコネパン技師室の情景が映りはじめた。技師たちがしきりと何か打合せている。

――もちろん配線部はぜんぶ微細押捺《ミクロプリント》だ。小型化の難点は調整部だけだが、それを耐熱樹脂にすれば、ブラウン管が出来た以上ポケット型の出来ないはずはない。

――よし、じゃすぐ掛ってみよう。

という会話まで明瞭に聞きとれる。

「現在の進行程度、ここまででございます」

スパイ屋がのべると同時に、壁の画面といっしょにスッと消えた。

「ナ、な、何やネ、それは?」

啞然としてトニーの社長がきき返した。

「むろん、わが社の超小型映画器で」

「しかし君は電池ひとつ使わんやないか」

「操作者の人体電気で充分なのです」

「けど、そやったらなんで内容が君らの造り物でないと証拠だてられる?」

「場所も人も、其方さまだってこれまで充分調査なすって、先刻ご存じの筈じゃありませんか。それに会話もチャンと口に合ってますでしょうが」

「じゃどないしてテキらの工場内に……」

「画面はおなじ室内で撮ったように見えますが、これは我社独特の遠隔撮影レンズをもちまして、一キロ以上も離れた建物の屋上から、先方の窓越しに写しましたもので――声は別に仕掛けた超微音器で同時に採録《さいろく》いたしました。フィルムは、8ミリに拡大しましたものを、原板・出張費とも五百万円にお負けしておきます。なお続いて調査をご希望でございましょうか。先方の専務室の抽出しの中身など、ぜんぶ撮影してございますが……」

「有りがとう、有りがとう」

トニーの総務部長はいそいで金庫から札束を取出しながら言った。

「また、用ができたらお願いする。何しろ成績は素晴しいが料金が高いのでネエ……君ンとこは――」


そのころ外ではコネパンから彼を尾行してきた黒眼鏡の男が公衆電話をかけていた。

「間違いありません。その足でトニーへはいりました。ひでえ二重スパイです。あの分じゃ相当此方をバラしてますぜ――ヤりますか――へへへへ、そんなご心配はご無用。蛇の道は蛇で大丈夫うまくやってごらんにいれまさ」

男はもの凄く笑って電話をきると、丁度そこへ出てきたSSS氏の前へ、内懐ろに右手をさしこみながら立塞がった。

「兄弟、ちょっと待ちな。味なマネをするじゃねえか。いくら取ったか知らねえが、あっちこっちと双方から旨い汁吸おうッてんじゃ、こっちがマコトに迷惑だからナ、ソロソロおついもりにして戴くことにするぜ」

そう言いながら黒眼鏡の右手が或るものを引出したと思うと、それがビュウン！　ビュウン！　と押殺した不気味な音を何度もたてた――二度。もう一度。そしてまた一度。

「ハハハハハ、そんな物じゃとてもおつもりにならないネ」

五六発の連射をくらいながらスパイが平気で笑うのを見ると、殺し屋はポカンと口をあけて手の物をとり落し、顔いろを真ッ蒼にして逃げ去った。

「ハハハハハハ！」

S氏は勝ち誇ったように笑いつづけていたので、背後に怪しい黒塗りの自動車がきて停り、そこからいきなり妙な薄紫いろの光線を浴せられたのを避けることが出来なかった。

北方連邦共和国首府のクレップリン宮の奥深くでは、奇妙な実験が行われていた。

「想像どおりらしいですナ」

と、鉄製の寝台のうえに横に制止しているSSS氏の頭から妙な兜をとりはずしながら、髯の濃い白衣の老人が言った。

「この男の脳波では、たしかに日本は西方連合の新電視装置の大部分の部品製作を請負っています。何しろ馬鹿な奴らで、てんでに産業スパイを放っては機密の暴露《バラ》しあいをしていますから、一たん我この検視線にかかると何もかも筒抜けですワイ」

「うむ。すぐ手を打たにゃいかんナ」

とクルシイゾフ首相が重々しく頷いた。

そのクレップリンの上空約一万米のあたりに静止した円盤のなかで、ふたりの宇宙人が大きな映像盤を覗きこんで話していた。

「馬鹿な奴らだナア。俺たちが奴等を偵察電視するために一部の媒体《メジウム》どもを不死身《ふじみ》や超能力にしてやったら、自分らでそれを発明したのかと思って、てんでに喧嘩相手の出し抜きっこをしてるぜ。あれじゃ俺たちがわざわざ攻め込まなくても、じき共仆《ともだお》れの戦争になるネ」

「それはいいが……」

ともう一人がフト画面から目をはなすと、心配そうに壁の別のレーダー盤を見つめながら言った。

「あの、二万キロばかり離れたむこうに浮いている、葉巻型のヘンな船みたいなものは、ありゃ何だい？」

恐竜はなぜ死んだか?

☆

昔むかし、大むかしの、その又もっと〳〵昔の太古のころ、オーという豪…傑でも何でもない男があった。かれは棍棒なぐりの試合にはかならず負ける弱虫で、そのうえ猟も漁《すなど》りも下手だったし、石を貯《た》めて商売をする才覚なぞはなおさら無かったので、邑《むら》の男女から馬鹿にされどおしだった。それでも心臓だけは人並みに、あたり一番の美人ミーに惚れていて、ある日思いきって求婚してみたが、もちろん一言のもとに拒《は》ねつけられてしまった。

〝イヤなこった!〟

とミーは言うのだった。

〝あたしはネ、これでもマンモスの鼻ステーキやブロントサウルスの尻《し》ッぽシチューで育った女だヨ! お前さんなんかとは身分が違うのさ。それにあんたみたいなイクジなしのお嫁になった日にゃ、毎日トカゲかガマガエルのおつけで辛抱しなきゃなんないじゃないの。そんなの、最低だわヨ。あたしが欲しかったらネ、たまには土竜《もぐら》でもいいから竜と名のついたものを獲《と》ってきてごらん！　そしたら、マア一おう考えてみてあげるぐらいの事はしていゝわよ〟

——オーは発奮した。身いやしくも男と生れて、女なぞに辱《はずか》しめられるとは、それこそ最低ではないか。よし！　たとえ貧弱なスフェノドンのひよッ子でも、竜と名のつく獲物を持たずには、二度と邑へ帰るまいと。

この悲壮な決意とともに、翌朝かれは暗いうちに窟《いわや》を出て、いつもよりずっと遠く、遠く遠くの、仲間のうちで強い者もめったに行かない、森のそばの沢地までやってきた。

☆

いる、いる、一ぱい居る！　もの凄い叫びをたてて弱い仲間を食い殺している暴主竜《チラノサウルス》、間抜けな顔をして不器用に飛んで逃げる翼手竜《プテラノドン》、ゴジラはいないかと手持ち不沙汰げなアンキュロサウルス——それぞれ種族の繁栄を謳歌《おうか》するように、時を得顔にノシ歩いている。オーは中でも一ばん弱そうなトラコドンに石をぶつけてみたが、鎧袖《がいしゅう》一触《しょく》という体たらくで蹴散らされ、傾斜をコロコロ転げ落ちる拍子に、ちょうどそこの下にいた三觭竜《トリセラトップス》と正面衝突してしまった！

トリセラトップスは肉食ではない。が角だらけの、怒ると始末におえない奴だ。おまけにそいつがいきなりぶつかられてカンカンに腹を立てたから大変である。オーは三本角に突きまくられてびっくり仰天、命からがら逃げだしたが、たっぷり後世距離十八町二十間がトコは追っかけられた。

やっと無事に逃げのびたオーが、ホッとひと息いれながらついぞ来たことのないあたりを見廻していると、一ばん近い丘のうえに、異様な、金属製の特大コーヒー皿を上下二つに合せたような円盤状のものが、デンと居坐っているのが目に入った。もちろん原始人たるオーには、それがコーヒー皿に似ているどころか、人間の乗物だということさえ、想像もつかなかった。

☆

と、やがてその円盤状の丸い乗物にスッと窓のような扉口があいて、中からひとりの人間が立現れた。ところがこの人間たるや、五体は我〻によく似ているものの、顔つきが爬虫類そっくりなうえ、異様な宇宙服に身を固めた代物だったので、近代的科学知識と想像力を欠いたオー君の目には、それが、かれらの宿敵恐竜の一種が大きな卵から孵《かえ》って出てきたとしか映らなかったのは当然であろう。かれはたちまち歯を剝《む》きだして唸《うな》り声をたて、棍棒をもち直して戦闘態勢をととのえた。宇宙人は何も知らずに片手に何か容器らしい物をさげ、こちらの水際へ下りてくる。水を汲みに着陸でもした様子である。

やがて双方はヒタと顔つきあわす結果となった。敵意と攻撃の表情は万天共通らしい。宇宙人はとっさに事態をさとって容れ物を放り出し、かわりに何やら勾玉《まがたま》の親分めいた、巴型の瓶のようなものを取出して武器らしく構えたが、遺憾ながらその動作は、なにか重力的な不利条件《ハンディキャップ》でもあるのか、力と敏速性においてまったく原始地球人オーの比ではなかったので、勝負は問題にならなかった。はじめから相手を自分くらいの小さい竜と思い込んでナメていたオーは、電光のごとく相手にとびかかってその武器（？）をひったくり、したたかに棍棒の一撃をくわした。異界の爬虫人は悲鳴のような奇声を発し、頭をかかえて乗物に逃げこんだと見るまに、円盤は唸りを生じて天空高く飛去ってしまった。

☆

これは何とも理解に苦しむところだった。オーは口をあいて「竜の卵」の飛ぶのを見送っていたので、その後ろからこんどは本物の恐竜が忍びよって来るのを知らなかった。肉食のアロサウルスである。恐竜なんて、名前と図体ばかりは物々しくても、要するに蜥蜴《とかげ》の巨《で》ッかいのに過ぎないから、分別なぞありはしない。肉食竜は動いているものなら何でも食う。ちょうどアングリやられる寸前に振向いたオーが、あわてて勾玉《まがたま》と棍棒を握ったまま身をちぢめると、とたんにその巴型の代物《しろもの》から一条の怪光がつっ走って、アロサウルスがギャーッ！　と喚いた。

オーはびっくりしてそれを放り出した――が気がついてみると、恐竜はビクリとも動かず、死んでいる。かれは恐るおそるその勾玉をまた拾いあげて調べてみた。根もとに小さな突起があるので、ちょっと触ってみると、ふたたび猛烈な火が先端から吹出し、上からバタバタ鳥や木の枝が落ちてきた。

――これは神の武器に違いない、とオーの内部の声が結論した。今し方の小さい竜と飛ぶ卵は、あれは神が化けて遊びにきたのだ。おれのほうが勝ったので、これを呉れていったのだろう、いうなれば分捕り品だから貰っておいてもいい訳だ。とにかく試しに使ってみよう。そこで試用してみると、暴主竜《チラノサウルス》もプテラノドンも物の数ではない。ピカリ、ギャッ、ドスン、ゴロゴロという、文字どおり一コロの成績である。オーははからずも手に入れたこの不思議な武器で、持ちきれないほどの獲物と、背負いきれない名誉を獲得した。

☆

さてその日から、片っ端からオーの武器に屠《ほふ》られる恐竜の肉で、邑はもはや餓えを知らない楽園になった。ばかりか、山のように積上げられて貯蔵洞からあふれ出る皮や牙、骨などの豊かな物資のために、オーの邑はあたり一番の強大を誇るに至り、やがて地域の恐竜を根絶やしにして近傍の邑をしたがえ、山や川を越えて四方へ遠征しはじめた。しかも戦えばかならず勝ち、いまやオーとその邑の勢力はりゅうりゅうとして旭日のごとく、地上の富と文化の中心となって栄えた——オーを王様にしようという民衆の声が高まってきた。

☆

ここにまたウーという男がいた。かれは元来、オーが肘鉄をくって発奮した娘ミーの恋人だったのだが、日に日に強大するオーの勢威に、ミーの心がだんだん自分を離れてそちらへ傾いてゆくのを、はなはだ不快に思っていた。そこへ今度の、オーの王推戴の議案である。ウーの勘忍袋の緒はきれた。

〝おれは絶対反対だ！〟とかれは会議の広場へ来て叫んだ。〝王は種族で一ばんの強者でなければならん。もしオーが王さまになりたいのなら、まずこの俺を負かしてからにしろ〟

そう言ってかれは、左手の血型を押した「果し石」を恋がたきに突きつけた。

〝よし！〟と、もはや昔の腰抜けではないオーが、総身に自信をみなぎらして言った。

〝いつでも来い！〟

☆

そこで翌あさ「マンモスの森」で、王を決める果し合いが行なわれることになったが、何しろオーには厄介な神の武器があるから、あれを取上げてしまわないと勝ち目がないぞと、ウーは考えた。こういう、戦略上の叡智については、古代人も二十世紀人類も変りがない。しかしでかれは、明け方ソッとオーの窟へ忍びこんで、あの「神の武器」を盗もうとした。しかしオーもさるもの、こちらは油断なく宝物を抱いて寝ていたので、ウーがそれを取ろうとするとたんに目を覚ました。

〝だれだ！〟

オーがガバと跳ね起きる——薄暗がりの中で必死の乱闘がはじまり、果し合いはここに予定より若干早く開催の運びになったが、組んずほぐれつ闘《たたか》ううちに、いつともなく二人は洞窟のそとへ転がり出て、奪いあう一件の武器がちょうどウーの手にわたった瞬間、オーがかれを崖下へつき落すはずみになってしまった。

〝アアッ！〟とオーは敵をひきとめる手をのばして叫んだ。がそれは寸秒の差で間にあわなかった——「神の武器」は人とともに、引揚げようのない泥沼の底へブクブクと沈んでいってしまったのである。

☆

神は二度とあのような恵みを与えないだろう。円盤人はふたたびこの「危険な」星に立寄るまいから。が恐竜はこの事のために、弱敵人間からアッというまに根絶やしにされてしまった。中世代から新世代へかけての彼等のとつぜんの絶滅は、今日もなお生物学の解きがたい謎として残されている。そして吾ゝ人間は、未だに巴型の曲った玉を見ると、神の恩寵の印として有難がる癖が抜けきらない。

完全作家ピュウ太

＊

ＹＨ《ワイエッチ》文芸プロの創立者兼社長兼スタッフライター、曽世井《そせい》乱造は、ひたすら頓首閉口のていを示して、肥った図体をできるだけ縮めていた。

「きみは一たい、恥しくないのか!?」

大机にデン！　と両脚を投げあげて回転椅子にふんぞり返っていた狂同通報社の小説課長宇利麻九郎《うりまくろう》が、もった原稿の帖綴《と》じを振廻しながらわめき声を一オクターブ上げる。

「いやしくも文芸プロと名乗ってる以上、もうすこしサマになったもんを持ってくると思ってんのに、こりゃ一たい何だイ、きみ！　こんな月並みな、あり来たりの、分りきった、どこにひとつ取柄のねえ代《しろ》もんを、ショウセツでございと言って当社《うち》から流せると思ってンのか、きみは！?」

「ハ。……ソノ……いや——まことに……」

乱造は大汗になってハンケチで顔じゅうなで廻しながら、

「しかしですナ、こんどのやつは不肖をはじめ、プロ全員が三日も徹夜したほど心血をそそいで作りましたんで、出来はけしてそう悪くないと確信してますんですが——ことに、主人公が「人生は畢竟ぜにデアル！」と痛感して一大金融王にのしあがる新しい設定などは、我ながら相当なもんだと……」

「バッキャロウ‼」

麻九郎は四つの手足をいちどに使って原稿の机をたたいた。

「あんたアそれでも作家カイ⁉ 主人公が女にフラれて、奮起して金貸しになるのが何が新しいんだ。そんなことはとうのむかし明治年間に尾崎モミヂって人が書いちゃってんだぞ！ 知らねえのか？ 金いろ……ウーム、夜叉《やまた》って題名の、当時は一世を風靡した傑作だアネ！ 間《あいだ》カンイチって高校生がヨ、裏切った恋人のナミさんをホノルルかどこかの海岸で蹴ットバしてヨ、悲憤コーガイして「ナミさん！ 来年の月には、きっと僕が今月の今夜上陸してみせッからネ」ってタンカ切るのがモロにウけちゃってヨ、大流行を捲起した文句になっちゃったんだ。いまだって年寄りなら知ってらア！ テレビはきみ、爺さんもガキもいっしょに見てんだからナ、そこの含みがねえような気のぬけたもんは当社《うち》じゃ使えませんよ！ もって帰っとくンなさい！ 電波にのらねえようなものばかり持って来《く》んなら、もう出入りお断りだ！」

「ウウッ、ソ、それぱっかりは——さっそく仰せのように練《ね》り直してまいりますから、どうぞどうぞ、もう二三日……」

乱造は青くなってお顧客《とくい》さまのオフィスをとびだした。

*

「だけどどうして宇利の野郎がそんなこと知ってやがったのかナア！」

ＹＨプロの専務取締で乱造の相棒兼共同執筆者兼テレビ・タレント兼参議院議員の青原シヨックがふしぎそうに、しかし大いに心外だという顔つきで、首をふった。「それに品物がまったく同じだというならともかく、明治と今とじゃ、背景も時代もまるきり……」

「あいつが何を知ってるもんか！」

乱造は狂同通報にいたときとは別の人間みたいな勢いで吠えた。

「麻布の狸穴《まみあな》にたぬきが生残ったってあの朴念仁よりゃもちっと利口で物識りだア！　だれかから聞いたに決ってらアネ——だが問題はその事じゃないんだ。重要な点は、我こが心血をそそいで——あんまり注《そそ》ぎもしねえけどさ、とにかく全員が智恵を絞って新プロットをでっちあげたら同じ話が百年前のもんにあった、という事なんだ。きみは時代が違えば背景も自然にちがってしまうから文句ねえだろう、と云う気だろうが、編輯や演出のやつらはじきにきみ、「こういう筋はどの時代背景のほうがぴったりする」なんて吐《ぬか》しちゃ、年中ひとの物をかってにつくり変えやがるじゃねえか。そうすると「明治とはここが違うから」とこっちが当込んでやるヤツをまた明治へもってっちまうことになる。そうなっちゃウマくねえんだナ、これ」

「だけど、どっかでどれかと同じになるのを避ける方法はないよ。イヤたとい有っても、いままでに在ったもん全部チェックするなんてこと、できっこねえや」

「そこ！　ソコだよ、おれの言いたいの！　あの麻布の、じゃねえや、丹波《たんば》の篠山の狸野郎がだれに教わりやがったにしろ、じゃそのだれかはどうしてこの原稿が尾崎青《あお》いたんって人と同じ筋だって分ったんだ？　明治のことなんて、知ってるやつ今どきいやしないぜ」

「あんたこそ今のご時世を知らねえヨ――ねえダンナ、じゃどうしておれ達こうやって文芸プロやってんの？　ひとりでやってちゃ、イタダくお鳥目《ちょうもく》ぜんぜん少いのに苦労ばっかりスゴいからでしょ？　今どきないと云うなら、芝居でも小説でもひとりで机のうえの紙に書いてるトンチキこそいませんヨ。芸術はとうに「製造」と共同作業の時代に入ってるんだ。そんならテキだって共同作業やってんに決ってるさ。なん百、なん千人もで調べてんだ」

「そうかナア――」

「そうだとも、解ってねえナア！　ひょっとすッとピュウ太だって使ってやがるかもだぞ。パチパチパチッと質問パンチ、「コノショーセツトオナジプロット・イママデニアリヤ？」――答「アリ！　ナンネンナンガッ・ナニガシノサクヒン・ダイメイシカジカナリ」――これゃやっぱり、どうもあんまりうまくねえナ……何だ、オイ、どうしたんだ！」

調子にのって出放題をしゃべっていたショックがおどろいて目を白黒さしたほど、事それほどいきなり乱造はかれの喉首をつかんで〆上げた――金壺《かなつぼ》で、あんまりパッチリしていない両眼が、ギラギラ光っている。

「それだ！――電算機《ピューータ》だ！」

とかれは喚いた。

「やつらがもうそれを使ってるとは、あたしゃ思わねえ！　そんならこっちが先を越して使わなきゃウソだ。ショッちゃん！　ピュウ太だよ！　ピュウ太つかってヨソとWらねえ小説つくらすんだ。それならぜったいNG出す心配ナイ！」

＊

ふたりの超近代的文学者が、打字機《タイプ》はもちろん、カメラもマイクも録音機もそしてクルマも、いっさいそういう現代芸術に不可欠な文房具を無意味にしてしまうほどの先駆的製作システムをつくりあげるまでには、しかしなかなかの苦心と努力が費やされねばならなかった。まず人物を含め、すべての既往作品に抵触しない登場物件を走査する――そしてそれを、おなじくすべての在来作品と重複しない動き、すなわち物語《ストーリー》に組立てるのだ。

ふたりは必死になって働いた。コンピュータは与えられていない事項を自発的に指示することはできないから、既往全作品との抵触は、項目をそれだけ注込んでおいて、こっちが「これはどうか」と尋ねるほかはない――こいつが大仕事だった。

しかしふたりはやった。「やる」となったその日から、日本じゅうの本の筋（といっても劇・小説のるいだけだが）を片っぱしから、むり算段で設置したオフィス一ぱいのコンピュータにつぎこんだ。図書館や古本屋へはプロ全員が日参して、リコピイや隠しカメラで物語をとった。東ハンやニッパンからは新刊を何冊も盗んだ。そしてそれらの一部分ずつを、与項の組合せとダブらぬように組合わせるばかりでなく、修正や質問にも応じる性能のものに機械を拡充した。

――ついにそれは出来上った！　乱造とショックは意気揚々と第一作をもって宇利のところへ乗込み、凱歌を奏してひきあげてきた。

結果は大成功だった。反響はすぐ連鎖反応をおこし、映画化とテレビの放映がはじまり、新聞雑誌は讃辞でうまった。

文芸評論家南手茂《なんでも》ほめるはとくに黄金の（匂う）熱意で激賞した‥

『なんという新しさだろう！　登場人物がすべて意外性に結びつくとは！　悪人と見えた者が実ハ善の味方であり、善玉として現れたのが実ハ大悪党の頭……というのはあるが、全部の悪玉がのこらず実ハ善玉で、すべての「善人」がのこらず実ハ悪いヤツという設定は前古未曾有である。なにやらこの世の中にたいする逆説めいた皮肉さえ感じられ……』

「ウフ、どうだい。ノベル賞も近づいたぜ」

と、それの載った週刊誌を得々とふり廻して乱造が、ショックに読ませようと渡しかけたとき、宇利からの電話がかゝってきた。

「アア、マクさんカイ」

と乱造は出て、鼻のさきで応じた。

「ウン？　あれが大当りで、アンタも点数とボーナス上ったって？　ア、ソウ。結構だネ。なに、第二作をすぐ？――調子に乗るんじゃねえ、こっちはおめえ、忙しいんだぜ――「そこをどうぞ曲《ま》げて」エ？――ウーン、マ、いいだろう。じゃボチボチかかってやッから、急《せ》かすんじゃねえぞ」

そう言って電話をきった乱造は、口笛をふきながらその文芸製造機のボタンを押した。

――製造機はなにも出さなかった。

「オカしいな。もう故障か？」

と首をかしげる乱造に、ショックは

「そんな筈はない。状況を答えさせてみよう」

と、機をそばから調整系の操作に切替えた。

カチカチカチ――とそれは答を吐きだした。

「そら、動くじゃないか。なにか訳があったんだ」

ふたりは答紙の伸びるのを待かねて読んだ。

電子文芸製造機はこう答えていた……

「フカノウ。データ六七三、九〇七、五九二コウチュウWラヌジョウキョウハ・マエノ一コウノミ。ミギデータノウチ六七三、九〇六、四八〇コウノ主ヨウブンハ・タガイニマッタクオナジモノデアル」

最後に笑う者

「容易ならんことになった——」

果しなき大宇宙の滄溟にうかんだ地球連邦宇宙艦第××号司令は、幹部全員を司令室にあつめて言った。

「Σ《シグマ》がとうとうわが艦にまで侵入した！」

「エッ、Σ《シグマ》星人が⁉」

士官たちは異口同音に反問した。

「ということは我々がもう幾人か、やつらに入代られている事になりますが——」

「その通りだ」

司令は重々しく頷いて一同を見わたした。

「Σ《シグマ》星人には定形がない。やつらは特有の動物電気でわれわれをうち仆《たお》すと、すまして我との躰《からだ》へはいりこみ、我ことおなじ生活活動にしたがいながら、だんだんにその数をふやして我この世界を侵蝕《しんしょく》してゆくことは、皆も承知のとおりだ。だからある地域に、やつらに入代られた者がひとりでも出れば、つぎつぎとそれが分裂生殖で仲間をふやしてゆくことになる。わが艦にもついにそれが出た。H兵曹がやられたのだ。このΣはすぐ隔離監禁したが、われわれの兵員ならびに士官がどのくらいやられているかは全く不明だ」

「すると、どういう事になります?」

と副官が心配そうにたずねた。

「ただちに全員を一斉検査するほかはない」

と司令がこたえた。

「知ってのとおり彼等Σ人は、いわば水銀のような軟性金属の生命だ。だが金属たる本質は争えず、かれら自身にとって不自然な動作をきゅうに起すと、関節部がきしむような音をたてる——たとえばこういう風だ」

司令はそう言って、見えないお手玉を繰るように、はげしく両手を空中におどらす手付きをした。

「この通り、われわれでは音はしない。がΣ《シグマ》人がこれに類した動き方をすると、特有なある金属的な音がするんだ。それで容易に見分けがつく——サア、皆これを順にやるんだ。副官!」とかれは吩付《いいつ》けた。「まず君からやってみせろ」

「ハ」

「ハじゃない、早くせんか」

「ハ――」

「どうした！　やらん気か？」

「ハイ」

副官はキッパリ答えた。「お断りします」

「何だと!?」司令は啞然《あぜん》としたように、「それでは君はΣだと疑われても仕方がないぞ」

「でしょうナ」

副官はニヤリと笑った。「事実そうなんだから」

言ったかと思うとかれはサッと一歩飛びのいて、司令に拳銃をつきつけた――と同時に、集まっていた士官たちの約$2/3$がこれに倣《なら》った。かれらがそうして一斉にすばやく活動すると、一種異様なカチャカチャいう響きがあたりに起った。

「いいか、よく聞け」

とΣの副官は勝ち誇ったように言った。

「おれ達はもう本艦の幹部をあらかた乗っ取ってしまった。兵員も約半数までは入代り完了なんだ。サア残りの諸君はそこの隅へ集りたまえ」

そう言って司令以下数人の地球人の武装解除をしたのち、副官の躰にはいったΣの首領はこう宣告した。

「只今から本艦はわがΣ軍が占領する。本艦および捕虜地球人は、これをわれわれの星系へ拉致《らち》する――司令、きみは我〻の言うとおりに方向転換の命令を出すのだ」

　言いながらかれは送信器を司令につきつけた。

「おやすい御用だが——」と司令は落付きはらって答えた。「しかし転進ならば、それには及ばないのではないか？」

「何のことだ⁉」

　とΣの首領がわめいた。

「何のことだって、方向転換ならきみに言われないでも、とうにやっているからさ」

と司令は言った。そしていきなりサッと舷窓《げんそう》の被《おお》いを引あけると、何万という星々がきらめく冷たい暗黒であるべき窓外の景色は、なんと青い緑の地球に半分かた占められた、薄明るい大空なのだった。そばを小さく、白い月がユックリ動いているのまで、手にとるように見える。

「ヤッ！　これは……」

「アハハハ、どうだ驚いたか」

　Σたちの狼狽を愉快げに見やりながら、司令は言った。

「本艦は宇宙になど居はしないヨ。われわれは今グングン地球にむかって突込んでいるんだ。あと二十分で基地につく。基地には全軍が待機しているぜ。サア、もう断念して降参し給《たま》え」

　唖然としたように顔見合わしているΣたちを逆に武装解除した司令は、面白そうにもう一度笑って、つづけた。

「甘ッちょろい侵入者だナ。たッた今まで宇宙にいたものが、二分や三分の間に地球圏内まで来られるものか！　その景色は偽せ物だよ――見たまえ！」

言いながらかれが机のうえの文鎮をとって舷窓をひきあけ、いきなり窓外へそれを投げつけると、ガチャガシャーンと大きな音をたてて雄大な地球の景色は粉みじんに砕けおち、その向うになんとも味わいのない、倉庫の中じみた人工の広場があらわれた。

「ガラスの衝立《ついたて》に映した映画だよ」と司令は説明した。「きみらは我々の宇宙駅《ステーション》の内部にいるんだ。われわれは事態を知ると同時に、限られた宇宙艦内では、侵蝕されている数もわからず、戦いが不利なのを見越して、艦ごと駅《ステーション》へ収容してしまったのだ。――サア、出た出た！　そとに捕虜収容班が待っている」

Σたちは数珠《じゆず》つなぎになって、ゾロゾロと艦外へひき出された。そこは壮大な、地球連邦自慢の宇宙基地のひとつで、地球人の宇宙活動にたいする補給、休養、通信中継など、あらゆる必要にこたえ得る空間ステーションなのだった。

「ご苦労でした」

完全装備の一隊をひきつれ、艦を出むかえるようにそこに待機していた駅基地駐屯軍の部隊長が、捕虜のひき渡しをうけながら司令をねぎらった。

「一網打尽というわけですな。計略の成功なによりです。兵員はいかがです？」

「半数を消化したと、やつらが言うのですが、脅しだとしても若干やられていることは確かですから、すぐ上陸させることは出来んでしょう」

「よろしい。それでは先にこいつらを隔離収容しましょう。ちょうど兵員用営倉がガラあきです」

「アハハハ！」

　とこのとき、捕虜の先頭にたっていたΣの首領が大ごえで笑いだした。

「そんなことが出来ると、まじめで考えているのか。さりとは甘ッちょろい宇宙軍だ――オイ、そんなことでこの広い宇宙はわたれやせんぞ！」

「何だと!?」

「何でもないさ」

　と副官姿のΣが嘲《あざけ》るように言った。

「お前たちの宇宙ステーションなんて、とうの昔にありゃしないんだ。だから営倉だってむろん無いッてことさ。お前らのこの駅基地は、とうに俺たちの人工惑星にひきつけられて、捕獲されているんだ」

「そんな馬鹿な！」

　地球人たちは頭上の展望窓をふり仰いで叫んだ。

「そとにはちゃんと大宇宙が……」

「と思うだろう。がそれが間違いだ。おれたちはお前らみたいな、小さな映画なんぞ使わない。そとにあるのは確かに宇宙さ。だがそれは我々の作った大円屋根《ドーム》の人工宇宙で、お前たちは遮断《しゃだん》された重力でその中に浮いているんだ。おれ達のすすんだ文明の尺度は、お前たちのより圧倒的に巨きいのだぞ——さアよく見ろ！」

そう言ってΣの頭目がなにか合図をすると、地球軍の大基地はきゅうに下へ落下してドスンとなにかの床につきあたり、同時に頭上にみえていた大宇宙の星景色がパッと明るくなって、おどろくほど高い大円屋根の天井になった。そしてそれと同時に、駅基地とそのの真空とを隔てているはずの大気閘門（こうもん）がいきなり押破られ、異質な器械装甲をまとったΣの兵団がなだれこんできた。

「アハハ！　どうだ驚いたか！」

とΣ人の頭目がふたたび哄笑《こうしょう》して言った。

「最後に笑うものが本当に笑うんだぞ。お前らの世界なんぞ、おれ達の大きさから見れば、おれ達が遊びのためにブチ壊して覗く、蟻塚のなかの蟻の世界みたいなものさ」

――が、そう言ってΣ人が嘲けったとたん、その人工惑星じしんがグラグラと激しくゆれだしたと思うと、高い大ドームの屋根がいきなりポッカリと割れ、そこから何とも言えない別の顔をした生き物が面白そうに覗きこんだ。

秋夜長SF百物語

「復古調《リバイバル》」とやらのはやる御代のある晩、もの好きなる男女四、五人あつまりて、百物語というのをやらかしけり。

「どうです。おなじ事なら当節いちばん新しいSFでやっては」と、テレビ制作者の富士光一郎がマスコミ屋らしき案を出せば、

「乙リキでゲスな」と噺《はな》し家の今日亭らん馬が、太鼓持ちめきたる額を扇子にてたたく。

「それこそ正にSF的発想で――だいたい、SFは落語に似とります。手前どもの噺のなかに、一ツ目の国てえのがあって、そこへ慾のふかい奴が見世物にしようテンで一ツ目小僧をつかまえに行くてえと、『妙な二ツ目の化物がきた』テンで手めえが見世物になっちまう、てのがござんすが、これなんざ正にSFそのもので――『怪物もの』の元祖でゲショウな」

「宇宙人の侵略と怪物は怖がらすSFの両大関だが」絵描きの実まことが乗出し、「ぼくは理由の分らない『突然変種《ミユータント》』のほうが怖いネ――何だか知らんが或るときゅうに茸《きのこ》の一種

が育っちゃって、どこもかしこも大木みたいな巨茸《おおきのこ》だらけになるんだ。そいつがポッカリ裂けたような口を竪にあけて、紫の花粉の煙りを吐きだし、『取って食うぞウ！』と触手をのばしたとしたらどうだい」

「そいつは怖い怖い！　なんだかゾクゾクしてきた」とて、小話作家《ショート》の塩《しお》辛一が大きな体をゆすりて嬉《うれ》しがれば、

「だけど私は、ロボットのほうが怖いと思うわ」

と女流飛行士の中空弓子が口をはさむ。

☆

「だって、何もかも人間と同じで、じつは機械だ、なんて気味が悪いじゃない？　いまに、世の中がそんなのだらけになったら、困るわ」

「人をみたらロボットと思え、ッてネ」

――頓智《とんち》作家が洒落《しやれ》のめす。

「イヤ人間とソックリ同じ式のヤツは『人間擬い《アンドロイド》』というんだよ」と技師の海田十一が学を示し、「つまり『擬人《ぎじん》』さネ。こいつはもう、どこからどこまで人間と同じにできていて、しかも機械だから人間より丈夫で間違いがない、そのうえ仕立てが本物より奇麗となると、すこし考えものだネ。男も女も、人間よりロボットのほうが好きになりゃせんか？」

「三角関係の相手がみなロボ君で、それを裁く裁判官も性能のいい電子頭脳のロボットとい

う事になると、人間なんぞ要らねえ、てな仕儀《しぎ》になりかねやせんな」

と嘶し家。

「まてまて！　まて！」

それまで黙し居たりける教師の螢野光が、

「そんな事にはなりッこない。ロボットというものはどこ迄いっても要するに機械だから、機械の働き方でしか働かないいんだ。たとえば、朝『新聞をもって来い』と吩《い》いつけると、人間の召使のような理解のしかたはしないんだ。そこらじゅうの新聞という新聞を有りッたけ持込んでくるよ。『オイ飯《めし》にしろ』なんて言ったたって動かない。何をどうやってどれだけの「飯」に造りかえればいい、のか解らないからネ。『食うために何グラムの米を炊いて、ナンとナニとナニとナンの料理・副食物をそえて卓の上にならべろ』と吩《い》いつけなきゃだめなんだ――そんなもの実用にならんよ。怖くも何ともないネ」

「秋の夜やロボットなぞは怖くなし、か。それじゃしかし百物語にならんナア」

とテレビ制作者が不平を鳴らしぬ。

「だいたい百物語というのはひとりが一つずつ物語をするんだろう？　それをしなきゃだめじゃないか」

☆

「よろしい。では僕からひとつ始めよう」

と絵師どのが膝をすすめて語りけるには、

「君らのような怖いもの好きの或る男が、未来へ行ってまだ起っていない事柄に出あうほど怖いことはなかろう、というので時間移動機《タイムマシン》を作りはじめた。光速を出すと静止状態より時間のたち方が遅くなるのは物理上の法則だから、光のように宇宙を飛んで帰ってくれば、僅かのあいだに地球が十年二十年先になっている勘定だろう？　してみればとにかく或る範囲の未来へは実際に行けるわけだ。でその男はその機械をつくりあげたんだヨ」

「ほんとかネ⁉」

一同こぞりて尋ね返せば、

「本当とも！　瞬間に光の速さで飛出す単座の乗用機が出来あがったんだ」

「で、行けたか！」

と富士が勢い込みて乗り出す——さっそくテレビの特だねにせん量見《りようけん》こそ明らかなれ。

「それがネ——機械はチャンと出来てたんだ。ところがスイッチを入れたとたんに、機械のほうはパッ！　と爆発したように未来へ行っちまったが、人間のほうはその儘ストンと尻餅をついただけなんだ。つまり、光になる機械をこしらえても、機械は行くけども人間は行かないんだナア——うまくねえヨ」

「なんだ馬鹿々々しい！」

と一同呆《あき》るるうち、

「その方、光速で未来へ行こうとしたからよ」

と弓子嬢がやおら説き出しぬ。「原理と方法に誤りがあったんですわ。私の知ってる人で、過去へゆく式のをつくった人がいます」

「ホントですか？！？！」

「ええ、でもそれは自分が乗る移行機じゃなくて、時間を遮《さえ》ぎる強力線をつくり、それに当ったものは時間が無くなって、ドンドン経《た》ってゆく外界の時間から置去りになるため過去へ行ってしまう、というやり方なんです。この人、これで「時間銃」をつくって恋仇きに発射し、過去へ送っちゃったのよ。これなら殺人罪に問われずに厄介払いができるでしょ」

「さアー」

「なるほど——そりゃうまい考えだネ」

「そのとき、この人、そうやって憎い仇きを過去へ葬りながら、何て言ったと思う？」

と人々が首かしげれば、弓子嬢、ニヤリと笑いて続けて曰く、

「——『おととい来い！』ですとさ！」

「ナンだ、ばかばかしい！」

「噺し家のお株を取ンなすっちゃ困りやすネ」

と、またも担《かつ》がれたる一同ブツくる中を、

「馬鹿々々しいもいいトコロさ！」

と螢野光教師が再びしゃしゃり出でぬ。

☆

「時間移行機なんてどだい成立つ筈がないんだ」

「どうして」

「どうしてッて、考えてみろよ。時間を往来するというのは、未来へゆくか過去へゆくかだろう？ 仮りに過去へゆくとして、れいの必ず引合いに出される『自分の先祖を殺したらどうなるか』てのを考えてご覧よ。いいか？ 時行機械をつくって過去へ出かけてゆく。そこで自分の先祖を殺すネ。ところが自分の先祖を殺せば自分は生れて来ないわけだから、時行機を作りも過去へ出かけもしないわけだ。さすれば御先祖は殺されッこない。殺さなければ自分はぶじ生れてくる。生れていればやッぱり時行機を作る……きりが無いヤネ。そんな無限に矛盾したものが出来る筈がないヨ」

「じゃ未来へ行くとしたらどうだ」

「それだって同じことさ。仮りに二十分後の未来へゆく。するとそこには二十分先の自分がいる訳だ。これを自分Bとすると、Bにとっては自分のところへ二十分前の自分Aがやって来ることに外ならない。そこで始めの時間から二十分経《た》つと、本来の自分AがBになるわけだから、そこへ過去からAがやって来なければならない。ところが肝心のAはもうBになっちまってるんだから、来られる筈がなかろうが。つまり過去Aが未来Bの所へ来ることは、未来においては出来ないことになる。となれば今の自分だって未来Bからすれば過去Aなんだから、そこの自分のところへ行けッこないじゃないか——要するに時行機《タイムマシン》というものは成立たないんだ」

一同「…………？…？…？…？…」

☆

これを噂に聞きて教師の詭弁《きべん》を小づら憎く思いし老科学者一ッ石博士は、「よし、それならば」と真の時行機発明に専念せられ、粒々辛苦の結果、ついに一個の一人用乗機を完成せられたり。

博士はこれを、時行機否定論者たる螢野教師に示さんとて、前記の会同者全員ともども試運転に招待せられぬ。

「わしはもう寄る年波ですので」と博士は白髪をしごきつつ機の傍らにたち、「どうもこれ以上時を重ねる方角には行きたくありません。よって実験には、まず過去へゆくほうを選ぶことを諒とせられたい。ではこれから、過去へ行ってご覧に入れましょう」とて、やおら機中の人となりぬ。

機は発光し、ふるえ、轟々《ごうごう》と鳴動して、やがてピタリと静まりぬ。そのまま一時間たち、二時間たてども何事もおこらず、ついに半日ちかく待つにおよびて一同は次第に不安をおぼえ、てんでんに博士を呼びつつ機の戸口をたたきつれど、内より何の応答《いらえ》もあらざれば、誰れ言うとなく、

「あけて見よう！」

と決意して、機をこじあけぬ。

「先生！　一ツ石博士！」

と口々に呼ばわりつつ中を覗きたる一同、呀《あ》ッと驚きてあと退りけるは、

——中に博士の姿はなく、ただその衣服をまとえる赤ン坊が、オギャアオギャアと答うるごとく、泣き居るばかりなりきとぞ。

宇宙最大のやくざ者

「ばかやろう、どこへ行っていた！」

フラリと帰ってきた甚八を見るなり、太郎作はどなりつけた。

「用さえいいつけれやどこかへ失《う》せちまいやがって——それも車をもってっちまって家じゅう困らす罰当たりだ！　東京あたりの遊び車じゃねえぞ。家業のための人手も同然な道具だ——まったく、汝《われ》みてえなヤクザな倅を出来《でか》したと思うと、おらアもう世間さまに面目なくて泣きたくならア！」

「じゃ、泣きねえ」

と甚八は平気な顔でこたえると、土間をつっきって台所へはいり、冷蔵庫をあけて覗きこんだ。

「おらアその間にめし食うだ。腹へったからナ——なんかねえか……」

「食うことはなンねえ！」太郎作は叱った。「いわれた用もしねえ怠け者に、くわせる飯はねえぞ。サア、すぐ小屋へいって銀次と代って来《こ》ウ！　われや恥かしくねえだか、二十歳《はたち》にもなんねえ銀次が、何もかも一人前にうちの手助けをするのに、われや三十越しやがって嫁に来手もねえグウタラ野郎でヨ！　車つかっていいから、はやく行って銀に乗ってもどらせろ。ちゃんといわれた事すんなら食い物もっていってもいいが、火を使っちゃなンねえぞ。煙草もめった吸うな。いまが一ばん山火事の怖いときだ」

「わかったよ！　行くからそうギャアギャア言うな、てえば」

甚八は手あたり次第に食料品をつかみ出してボール函へ入れながら、口答えした。

「まったく、男のくせして、父《と》ウは五月蠅《うるせ》えッちゃねえんだから――頭がガンガンすらア！」

そしてノソノソと耕耘車《こううん》へのりこんだ。

＊

その平たい飛翔物《ひしようぶつ》は晦日《みそか》の月の裏がわから姿をあらわし、忍びよるように吾この世界の夜のがわへ近づいてきた。

そして、遠く都会の灯をはなれた、人気のない山の中に降下すると、地上十数メートルの低空をゆっくり旋回しはじめた。

中には三人の奇妙な、翅《はね》のはえた他星人が乗っていた。ひとりは操縦装置とおぼしい制御盤のまえに座り、ひとりは眼鏡をあてて窓から機外の、おもに地上を熱心に観測していた。

そしてもう一人は中央にある、大きな下むきの潜望鏡ようの装置のそばで、近くに積上げられた薬品ケースほどの函をひとつずつあけては、中につまっている奇妙な形のカプセルを片端から取出して封をきっていた。

「ここらでいいだろう」

と眼鏡の異界人が言った。

「クルフ、投下したまえ！」

中央のひとりがカプセルを数個ずつ装置に押入れて把手《とって》をまわすと、低く地をかすめるように飛んでゆく彼等の平板な乗機の底部から、夜目にも白い、霧のような粉のような微細なものが、薬品が撒布《さんぷ》されるように地上にむかって降りそそいで行った。

かれらはそうして一里四方ほどの山林地域にカプセルの中身を撒布したが、円盤はなお結果を見とどけるように、しばらくその上空をユルユル旋回していた。

「上乗だ！」

とやがて窓ぎわの有翅人が眼鏡をはなして、笑いながら他のふたりに言った。

「子供達はぶじ地表に定着、すぐ発芽しはじめた。よほど窒素の多い、温かい土壌らしい。申し分ない苗床だ。あすの朝までにかれらは残らず幼態に生長し、太陽があたると同時に離根して飛立つだろう。地球人はわれわれの思念力だけで仆《たお》せるほど脆弱《ぜいじゃく》だから、あとはこのままでも自然に進行する――朝まで何事もなければ」

「ある筈がない」

と操縦士がこたえた。

「雨も雪も、雷も、洪水も、気象計器はみんなゼロだ。今夜はなにもないよ。あすの晩我々がまた来るときには、この天体はもう我々のものになっているさ」

そして円盤は、来たときと同じように誰ひとりの目にもふれず、飛去っていった。

＊

交替した弟が帰ってゆくと、甚八はせまい番小屋のすみの寝床へゴロリと仰向けにひっくり返った。

「ばかばかしい?」

とかれは言った。

「何のためにこんな番すッだ。うちの持山ッたらホンの一部だに、父ウがお人好しで全体の番ひき受けちまっただ。そんなに見張りが入り用だら、村で金だして人を雇えばいい、だヨ。でえ―、いまごろ誰が何盗むちゅうだ。起きてろッたッて、莫迦莫迦《ばかばか》しくッて辛抱できたもんじゃねえ――ドレ、何か食って、ひと睡《ねむ》りすッか!」

そして函から林檎をだしてかじり、煙草に一ぽん火をつけると、マッチを物臭《ものぐさ》にふって床へ投げた。

＊

円盤からふり蒔かれた地表のものは、単葉の苗のように土から頭をもたげ、かすかに闇のなかで発光しながら四キロ四方の山林にひろがっていた。

驚くべき短時間のあいだに、苗たちは菌のようになり、菌は妖《あや》しく蠢《うご》めく、極く小さな胎芽のようなものになった。そしてその肩のあたりからさらに小さな薄膜の双葉《ふたば》のようなものが生え、一様に息づかいめいたリズムでゆっくり開閉していた。それは次第に大きく、しっかりした三、四寸の形のものになり、明け方ちかくには山全体がハタハタと背一ぱいにのび上って羽搏《はばた》いている、人の顔をもった肌色の瓜で充満していた。

日の出るのは間もなかった。――が、その前に、まったく別の火が山のふもとから登って来はじめたのである。

＊

――床には藁屑《わらくず》がたまっていた。消えきっていないマッチの火がそこに燃えつき、少しずつ、少しずつ乾いた床を焦がしはじめているのを、寝床のうえで携帯ラジオをひねくりながら欠伸《あくび》をしていた甚八は知らなかった。
そしていつのまにか鼾《いびき》をかいていたかれが、異様な熱気と臭いにハッと跳ねおきたときには、床一めんの火になっていた。
落付いて消火器をつかえば、まだ何とかなったろう。が寝呆け眼の怠け者はただもう狼狽した。かれはやたらにそこらの水をぶちまけ、だめだと分ると大声に
「火事だ、火事だ！」

と喚《わめ》きながら、慌てふためいて最寄りの家へかけて行ったのである。

あくる晩のおなじ時刻に、円盤はふたたびやってきて太郎作の村の上空に停止した。

＊

——山は燃えていた。

暑気颪《フェーン》にも異常乾燥にももとづかないその山火事は、とつぜん麓の番小屋からひろがってきてひと山林を焼き、さらに周囲へのびてあちこちに消火の人群れをつくっていた。そして彼等が妖しい種をまいた区域は、見渡すかぎりただ黒々と余燼《よじん》をくすぶらしている焼け野原になっていた。

「どうした事だ、これは！」

と双眼鏡の観測員は、顔いろを変えて唇をかみながら叫んだ。

「こんな山火事がおこる筈はない！　気象は配置も測定数値もぜんぶ陰性だったのだ」

「だが起こった」と別のひとりが言った。

「ということは、吾〻の方式が不完全だったのでなければ、彼等が計画をさとって吾〻の苗児を焼払った、という事だ。地球人は思念知覚がない筈だが、それで安心は出来ないかも知れない。とにかくこの天体の収用は一おう見送ろう」

そして円盤はとび去った。月へではなく、われわれの遊星軌道のそとのほうへ。

番小屋から火を出し、自分の山ばかりか村有林まで灰にしてしまったのが甚八だと知れわたると、村じゅうは怒るより呆れ返って口もきけない始末だった。もっとも彼はそれきり警察へとめられてしまったのだから、捕《つか》まえて袋叩きにするという訳にもいかなかったのである。

＊

「何ちゅうマア、途方もねえやくざ野郎だ！」

あくる日巡査がかれを連れて現場調べにやってきたとき、太郎作は歎《なげ》き、人々は指さして嗤《あざわら》った。

「みろ、天下の大ごくつぶしが行くワ。親泣かせだノウ。ええ？　呆れたもんじゃねえか。三十なん年この世に生きてやがって、まったく何ひとつ人の役に立ったことがねえんだ！」

「オイ水をくれ」

騒ぎはまず市外北辺のA団地からおこった。

徹夜で原稿書きの仕事をしていたSF作家の三瀬リュウが、明けがた近くやっと書きあげてコーヒーを一ぱい飲もうとすると——水道の水が出ない。

「オイ、また断水工事かい？」

まもなく起きてきた奥さんに、ふくれっつらして聞《き》いただけでかれは寝てしまったが、奥さんのほうはそれどころじゃなかった。

「そんなこと聞いてないけど——。」

と返事してから、さて朝の炊事にかかろうとすると、蛇口から一滴も出ないのはともかくとして、汲んであったはずのジャーややかんの中身まで、蒸発したようになくなっているではないか！

「……!?!?!?」

驚きあきれて、口もきけなくなっている三瀬夫人のところへ、いきなり隣の平井夫人がかけこんできた。

「どうしたんでしょ、たいへんよ！　水道が予告もなしに断水して、おふろの水までなくなってるのよ！」

——団地じゅうが、どこの家でもただのひとしずくの水もない状態なのに気がつくまでには、それから半時間とかからなかった。

一一〇番や一一九番のベルは鳴りつづけに鳴りだしたが、かんじんのその警察や消防署も、朝から一滴の水もない始末で、てんやわんやの騒ぎだった。そして事態はすぐ新聞・ラジオ・テレビによって報道され、状況は市全体にわたっていることが明らかになった。貯水池までがからになっているのだった。

——なにしろ問題が食物よりだいじな水である。食べるものは十日や半月なくても人間は死にはしないが、水がまるっきりなくては一週間ともちはしない。市は恐慌状態におちいった。

こうなっては「いったいなぜ」などという原因の究明より、とにかくなんとかしてこの全市断水の窮状をはやく救わなくてはならない。

市からは、カラカラにのどをかわかした運転手たちの操縦するトラックや給水車が、近隣の町や川へむかって続々と出発した。

——ところが、なんとA川もB湖もサバクのように干上がっていた。そして近くの市町村は、のこらずA市とおなじ状態で発狂寸前という態たらく。

もはや雨を祈るほかはないとなって、あちこちで大昔のような雨乞い行がはじまった。

そのかいあってか、雨は三日後に降りはじめたが……イケない――。

降る雨が、ぜんぜん市へ落ちないで、風もないのに、まるっきりそっぽをむいた市外の方向へ横に降っていってしまうのである！

その様子をジッと見ていた文豪三瀬リュウ氏は、なにを悟ったのか急に大声をあげて
「わかったぞ！」と叫んだ。

「これはみんな例の阿乱博士の『万能ロボット』のしわざだ！　みろ、雨が博士の屋敷のほうへ行くじゃないか！」

未来学の阿乱博士は有名な変人でみずから〝全機能ロボット〟と称する完全な万能ロボットの製作に没頭し、さきごろとうとう第一号を完成して、天候気象の管制までできる、その性能を公開してみせたばかりのところだった。

リュウ氏の発言にハッと気づいた市の人々が、われさきに市外の丘にある博士の研究所にかけつけてみると、たしかにそのとおりだった。

山のような巨大ロボットがでん！　と丘にこしかけて、雨を目の前の低地いっぱいの人工湖に降りこませている。なんの事はない。市の水がみんなこっちへ来て湖になっているのだった。

博士は、一同が研究室へなだれこむと、ここなん日の騒ぎなどどこ吹く風といったのんき

な顔をして、なにやらしきりに実験のまっ最中。もっとも、ふだんから実験に没頭すると何もかも、時間まで忘れてしまうので有名な人である。

「博士！　いったいロボットになにをさせてるんです!?」

とリュウ氏がカンカンになってどなると博士は、

「なにもさせてないよ」

と涼しい顔をして答えた。

「おれはただ、ぶっ続けに仕事をして喉がかわいたから、『オイ水をくれないか』と言っただけだが、どうかしたかネ？　そういえばだいぶになるのにまだ持ってこんナァ――」

何もしない機械

葛飾区S在の寅二郎くんは、どうもこのところ妙なことが気になってしかたなかった。なにか一つ、こう、忘れものをしてるような、とにかくはやく解決しなくちゃいかんことがあるのだが、さてそれが何だったかとなると、どうも思いだせないのだった。それがこん夜、例によってフラフラ町を歩きまわり、くだらないケンカを二つ三つやって帰ってきて、アパートの階段をあがりかけたとき、上からおなじ二階のとなりべやの爺さんがおりてくるのに出会ったとたん、ハッと目のまえの仕切りがとれたように、それがわかったのだ。

——問題はこの、となりの爺さんだったのである。

何をしてるんだか、素姓も商売もまるきりわからない。脳天がはげあがってしらがばかり目だち、ちょっと見ると五、六十にみえるが、よく見ると、四、五十にもみえ、さらによくよく念入りにみると七、八十にもみえるというやっかいな、年までわからないイヤな爺イさま、年じゅう夜どおしなにかゴソゴソやっていて、ときどきキーッ！　とか、ゴットンゴットンとか、物のきしったりまわったりするような音をたてて寅二郎くんの眠りをさまたげ、

「チェッ、またやってやがる！」

と、彼に舌打ちさせるしろものだった。

〈そうだ、このジジイだったな！――よし、きょうこそイチャモンつけて、場合によっちゃ思いっきりブッとばすか、飲みしろでもフンだくってくれべえ〉

そう思いたてば、なにしろ名代のがさつ屋の寅さんだから、そこはもう、さっそく実行で、

「オウ、おッちゃんよウ！　あんたいったい、昼間グーグーねて、夜なかに毎晩何やってんだ!?　ウルさくって仕様がねえぞ！」

と、いきなりあびせかけた。

爺さんは、ちょっと驚いたように立ち止まったが、すぐ、愛想よく、

「それはすまんでしたノウ」

と、笑顔でこたえた。

「わしは、ちょっとした機械をつくっていますんじゃ」

「機械って――なんの機械だイ。どんな――」

「それが一口には言えんもんで――見なさるか」

爺さんが案内でもするように、クルリと自室のほうへもどりだしたので、寅さんはついつりこまれて、あとからそのへやへはいっていった。

六畳間にいっぱいの機械装置だった。左右の壁から天井まで、モーターからベルト、あらゆる形の車輪だのピストンだの、レバーからハンドルまでがビッシリつまっている。

「コ、コ、こりゃいったい、何なんだネ！」

寅二郎くんはおったまげて聞いた。

「何ということはないんじゃナー、そこの青いボタンの①を押してみなされ」

寅さんが、いわれたとおり①という所を押すと装置はゴットンゴットン、いろんなものが方々でいろんなぐあいに動きまわりだした。

「どうじゃナ。おもしろかろう！」

爺さんは嬉しそうに相恰をくずす。

「おもしろくなくはねえけど、これがいったいなんの働《はたら》きをするんだネ？　何か作るのか？」

そう聞きながら寅さんが①から⑫まであるボタンの、いろんな所を押してみると、機械はそのたびに変わって、番号の多くなるほど複雑な動き方でまわりだすのだった。

「じゃから、どうちゅうことはないんじゃ」

爺さんの返事はおちつきはらったもんで、

「なにも作りゃせん。ただ動くだけなんじゃ――アア、その赤いのを押してはいかんよ！」

「チェ、くだらねえ！――ばかにすンなてんだ」

寅さんはからかわれたような気がして、腹立ちまぎれにいちばん端にあった赤いボタンもいっしょに、ボタンというボタンをみんな押して飛び出してきたが、出るなり町じゅうに異様な騒ぎがわきあがっているのに出会った——。

「たいへんだ！　また昼間になるぞ！　太陽が西から上がってくる！」

「月も星も動いているぞ！——どんどん近くなってくる！——どうしたんだ！　なにが起こったんだ！」

——学者らしい男が、人々にとりかこまれて、青い顔をしながら言っていた。

「地球が軌道のそとへ飛び出しているんだ——なにか、よその宇宙人が地球を持ち去ろうとしているのかもしれない——しかし、だれが、どこでその動力をはたらかしているのだろう！」

古時機ものがたり

機関の不調のために、心ならずも目的時点のだいぶ手前で不時着をしたとたん、武装した土人（?）の一隊にとり囲まれて、われわれはひどく驚いた。

いや、土人といっては失礼にあたろう。計時器をみると、ちょうど二千六百七、八十年さかのぼって来たことになるが、何ねん昔だろうと、人はわれわれのご先祖に相違ない。だがこのご先祖たちは、どう見てもどこか蛮地の土人としか思えないお身なりだった――お身なりどころか、有り体《てい》にいえば、fundoshi ひとつの裸なのだから恐れいる。

「怪しき奴らじゃー」

と、頭だった長い槍をもったのが言った。

「かかるところへヘンなる小屋をたてて住いよって、さては敵の廻し者かも知れんじゃぞ――フン縛ってしまえ！」

「ナ、何をする！」

多治《たじ》が一生懸命抗《さか》らいながら弁じた。

「冗談じゃない。これは時行機といって、小屋とは違いマスよ！　われわれは二十世紀から古代史を調べに来たんだ。わが国の大事な歴史の始まりについて、神話と科学がケンカばかりしていてきりがないから、それなら実地検証をするのが一ばん良いと思ってやってきた訳なんだが、一寸ソノ、起電部の故障で……」

「こやつの申すことはサッパリ解らんぞ！」

と別のひとりが叫んだ。

「ワヤワヤと早口に喚きおって、ますます怪しき奴らじゃ。大女神さまのところへ連れてゆけ！　さすれば女神さまが敵か味方か、すぐ見分けてくださるワ！」

そんなわけで、おれと多治は否応なしにひったてられてしまった。森のむこうの丘のうえに、千木《ちぎ》をうった神殿がたっている。そこへ近づくと、いきなりピカッと一条の光線がひらめいて、どこからともなく、

「何やつじゃ！」という破れ鐘のような大声が響いた。

「許しもなく、みだりにわが宮に近寄ってはならぬと、申してあるではないか！」

土……イヤご先祖たちは、ヒャーッと魂消《たまげ》るなり、われ先にとヒレ伏してしまった。

「大女神じゃ！　大女神さまのお怒りじゃぞ——コラ、曲者ども、汝らも早う膝まづかんか！」

がおれ達は、たまげるよりも不審に思うほうが余計だった。

「オイ、熱線らしいゾ」

おれは多治の肘《ひじ》をこづいて言った。

「ウン、それに電視と拡声器を使ってるネ。たぶん樹の枝にかくしてるんだろうが――オカしいナア。どうしてこの原始時代にそんなものが有るんだろう」

多治がそう答えているあいだに、一行の先頭へいざり出て何かクドクドと申上げていたらしい首長に答えるつぎの声がした。

「怪しき異種族《えびす》どもとナ？　よし、長《おさ》と六人の兵《つわもの》だけで宮の戸口までつれてまいれ！」

で吾々はさらに引立てられ、神殿の入り口まで来た。

「はいれ！」と声が、すこし音量《ボリューム》を落して聞きよくなった響きで言う。

「女の声だナ、確かに――」と多治。

「大女神は美人かどうか、お前どっちへいくら賭ける？」

「叱ッ！」

古代の、採光のわるい建物のうす暗い内部に立つと、正面の御戸帳がスッと左右にひらいて、昔ばなしの絵に描いてあるとおりの美しい女神がたち現れた。

「へへーッ！」

頭目と兵士たちはまた床にへたばりつく。

「外国《とつくに》の人よナ？」

と彼女は不思議そうにわれわれを眺めて、言った。「もそっと近う来よ」

そしてなおもの珍らし気に、しかし的確に判断しているらしい視線でわれわれとその持ち物を見調べながら、

「ほかのものは退れ！」と命じた。

美人である。彼女はおそるおそる退出してゆくご先祖たちに、これらの異邦人はなるほど怪しい、敵か味方か、とくに自分が直々《じきじき》に調べるから、民たちは一そうの警戒を怠るなというようなことを、分りにくい古代語で申し渡していたが、かれらが残らず出てしまうと、ガラリと態度を変えて、かたわらの床几《しょうぎ》にトン！　と腰をおろし、さばけた調子で、

「あんた方、だーれ？」

と呆《あき》れたように言った。「それに一体、そんな不用心な恰好で何しにいらしたの？　危ないのよ、原始時代は」

なんともハヤ、出し抜けの現代調なので、われわれはポカンと口をあけたままになってしまった。

「こりゃ驚いた！」

と多治が叫んだ。「天照《あまてらす》大御神が銀座言葉でしゃべってる！」

「アア『銀座』のあった頃の方たちなのネ？」

ワアー！」

と大女神も活気づいたように答えて立上った。「そんなら五十年と違わない——懐かしい
「エ!?」

彼女がイキナリかれの手をつかんだので、多治は目をパチクリさせて慌てた。

「じゃ、ソノ……大み神さまも銀座をご存じなので……」

「妾《わたし》、大み神さまなんかじゃありませんヨ」

彼女は莫迦々々しそうに言い捨てた。

「只の人間なの――銀座が東京の目抜だった貴方がたの時からすこし後のネ」

「すると、貴女も時行機で――?」

おれは呆れてきいた。

「ええ、もっとも貴方がたのように旅行者としてじゃありませんけどネ」

と彼女はこたえた。

「妾はネ、サア、何と言ったらい丶かしら、つまり、時間の流され者なの」

「時間の……何ですッて?」

「流され者。つまり流刑《るけい》者よ。ソラ、貴方がたのころ、島流しというのが有ったでしょう」

「ジョウ談じゃないですヨ!」おれ達は憤然として異口同音にわめいた。「ぼくらの時代を侮辱するにも……そりゃ江戸幕府のころの話だ!」

「アラそう。それは失礼しました」と彼女は詫《あや》まってつづけた。「とにかく妾達は、ある科学グループに属していて、時間機の禁止事項にふれる実験をしたために『時間流刑』になっちゃったんです。時間交通はとても法規がやかましくて、いろんな人達が捕まっちゃ、ずいぶん方々へ行ってるわ。未来へ送られちゃった人のことは知らないけど、過去へ流された人はたいがい、未開時代に不思議な力を見せるので神さまとして崇《あが》められています」

「なんだ！　そいじゃ神さまッてのは、時行機で未来からやってきた未来人なのか！」

「そうですとも！」

と彼女は笑って言葉をむすんだ。

「そんな訳で、妾はここで光線や電気の力で神さまになってるの。名前？　天野照代よ。何にしてもよくいらしたわ。いろいろ故郷時の噂もうかがいたいし、マアゆっくりしていらっしゃいナ」

◈

われわれが実は怪しい者ではなく、おなじ天の神で、ただ一時この国を訪問しているのだ、という風に紹介されると、「人民」たちはわれわれを歓迎する祭りを盛大にもよおした。

そのまッ最中、とつぜんあたりが俄《にわ》かに騒がしくなったと思うと、制止する者を左右に蹴散らしながら、猛り狂うような荒れ馬にのった壮漢がひとり暴れこんで来た。諸刃《もろば》の長刀を水車のようにふり廻している。

「大女神が怪しげな舟で来たえびす神と睦《むつ》み合うているとナ⁉」

とかれは喚いた。「ヤマトの汚《けが》れだッ！　民は承知してもおれは承知できん！　大神の責任を問うゾッ！」

テルヨ大女神はあわただしく立上った。

「あれは須佐夫です」と彼女は言った。「義弟にあたる仲で、妾のすこし後から騒擾罪で流されてきたんだけど、乱暴者で、妾の天下を狙っているんですよ。だけど科学にうといので、どうやら妾がまだ力を保ってるの。でも捕まればお終いだわ」

彼女はすばやく光子絶縁波を張りめぐらした。あたりはたちまち暗黒世界となり、人民たちは恐れおののいて泣叫びはじめた――スサ夫くんはやけくそになって「大み神はどこだどこだ！　出合え！　卑怯だぞ！」とどなり廻っている。

そのあいだに照代大神は言った。

「妾、スサが行ってしまうまで裏の洞窟にかくれていますから、貴方がたも早くお帰りなさい。暴れ者にかまっちゃだめよ！」

でわれわれは大急ぎで時行機にとびこみ、二、三百年後退した。その中で多治が言う。

「オイ可哀そうじゃないか。あんな美人があんな野蛮なところで苦労しているのは。どうだ、どうせ帰るついでに、彼女ももとへ連れもどしてやっちゃ」

「よかろう。原時点へは密入国させればいい」

「その代り見付かると俺達が島流しか」

「安心しろ。おれ達の時代にゃその法規がまだ出来てない」

ソッと戻って様子を見ると騒ぎは静まっているので、われわれは出ていって彼女を誘った。

「有難いけどだめよ」と照代神は言った。「どうせ時間庁のパトロールに捕まるわ」

「それの無い時代へ戻ればいい。いいからいらっしゃい。三人乗れるんだ」

しこんだ。
「いいから、いいから！」と多治は彼女をひッぱり出し、われわれはふたりがかりで、尻込みする彼女を時行機に押
「だって――」

◈

機はいさましく鳴動し、もと来た道をひき返した。スピードはぐんぐん上る。十世紀――十一世紀――十二世紀。――十六、十七、十八……、減速！　十九世紀。そして二十世紀。

「どうする？　ちょっと下車《おり》るか？」

「べつに用はない。まっすぐこの人の時代まで行こう」

「よし」

機は二十一世紀はじめへはいって徐行にかかった。

「きみ何年へ帰るの？　出たのはいつ？」

「二〇一一年の十月」と照代が言った。「アッ、こゝよ！　停めて！――アラ行きすぎちゃった。どうして停めてくれないの？　それじゃ元へ戻れないじゃありませんか」

「きっかり元へなんか戻れっこありませんよ」と多治がこたえる。

「アラ、どうして？」

「どうしてって、考えてもみなさいヨ」

多治は舵輪をおれにあずけて言いきかせ始めた。「いいですか、あんたは二〇一一年の……十月二日かネ。何時だった？　そう、正午？——じゃ正午に出発した。そして紀元前へ行って女神になって、なん年暮したか知らないけどとにかく暮して、またその二〇一一年十月二日の正十二時へ戻ったら、どういう事になる？」

「べつに、どうって事ないと思うけど？　ただ妾がもとへ戻っただけで……」

「あんたはそうさ！」

と多治は焦《じ》れったそうにガミついた。

「だけどそれが外の世界ではどういう事になると思うんだい！　あんたは時行機に乗って十二時〇分に出ていって、おなじ十二時〇分に帰ってくる事になるじゃないか。時行機はパッと消えて出発すると同時に、パッと現れて戻ってくる——そんな莫迦なことは出来ませんよ！　同一の物が同一の時間の一点で同時に出没することが有り得ますか？　物理的に成立ちやしない。したがってそれをやれば時行機は瞬間に爆発するだろう。旅行者はつねに、旅行先の時間界で経過しただけの時間をさしひいた原時点へ戻らなきゃいけないぐらいの時行法規、あんたが知らない筈はないんだが」と言いかけて彼は、きゅうに気が付いたように叫んだ。

「あんた！　こいつの実験をして捕まったんだナ!?」

照代はすこし悄気《しよげ》た。「実はそうなの」

「アキれたもんだ！」とおれは言った。

「それでいて、またおれ達まで巻添えにしようってんだから——オイ、破裂したらどうすんだヨ！　別な時点えらべヨ。イヤな神様だなア」

「じゃいいわ」

と彼女は言った。「もすこし先へ下ろして頂戴」

「そんなら二〇二〇年以後へ着けよう」

——機はとまり、多治がまず窓をあけてそとへ首を出した。

「どうだ、二十一世紀の様子は」

多治は頭をひっこめて、いやな顔をした。

「まア自分で見てみろ」

——おれは見た。

どうだろう、そこら中の建物が大地震にあったように壊れて、あちこちに煙がたちのぼり、宇宙服みたいな鎧かぶとに身を固めた連中が右往左往しているのだった。

「コラッ！　何者だ！」

たちまち向うから軍艦ほどの大戦車がごうごうと走りよってきたと思うと、中から数人の装甲兵が銃を手に手に飛出してきてわれわれの機をとりまいた。「どこから来た！　戦時中の時間交通は禁止なことを知らんのか！」

「徴兵忌避だろう。逃げそこなったんだ」

「西ブロックのスパイじゃないか?」と別の声がさけんだ。「捕まえて処刑しろ！　三人とも次ぎのミサイルへ詰めこんで、自分らの領空でいっしょにケシ飛ぶようにしてやれ！」

なんともハヤ、恐ろしき極みである。

とたんに方々でけたたましい警笛《サイレン》が鳴りだし、まっ黒な葉巻型のものが空を飛んできた。

「ソラ来たゾ！――総員退避！」

――ミサイルだ！

おれ達はあわてて窓をしめ、大急ぎで機を始動した。

「ヒュウ！」

と口笛を鳴らして多治が肩をすくめた。「驚いたナ。原爆戦争のまっ最中ときてやがる！じゃもう一、二世紀先へゆこう。そこなら落付いているだろう」

でわれわれは二十二世紀へ来、また多治が覗いた。

「アレ？　何もないヤ」

「何だと？」

――そうだった。二十二世紀には何も無かった。ただ黒ぐろと焼けただれた地面、暗褐色にひしゃげた山々と、鳥ひとつ飛んでいない灰色の空があるきりだった。「オイ、ひっこめ！」と、多治が、かわって首をだしたおれをグイグイひっぱり、いそいで窓を閉めて言った。

「こりゃ大変だぞ――やっぱり水爆戦争をやったんだ！　地表が大気の汚染で住めなくなってる！　生残った人間は火星か金星へ逃げたものだけだろう！」

「そんなとこ急に行ったって住めっこないヨ」

「じゃ山奥の洞窟かなんかで、原始生活してるんだ。とにかく地上には人はいない！」

「アキれたわ！」

と照代が叫んだ。「あれだけ大勢がいけないって反対したのに、やっぱりやっちゃったのネ。自分らの勢力ばかり大事にする政治屋どものせいヨ——妾もうたくさん！　ヤレ『文明の進歩』だの、『光輝ある未来』だのッて、何よ、この態《ざま》は！　山奥のホラ穴でくらすくらいなら、本物の原始時代のほうがよッぽど好いわ。だって空気は奇麗だし、自然は鳥獣や花でいっぱいだし、道具は幼稚でもりっぱな手作りでひとの残り物じゃないんだもの！　妾いっそ古代へ帰るわ」

そう言うと彼女はサッサと時行機を始動し、おれ達を代わるがわる見ながら言った。

「ネ、貴方がたも一緒にいらっしゃいよ」

「そうさナア」——おれは迷いながら言った。

「おれは嫌だよ」と多治はさからった。

「古代の暮しなんか真ッ平だ。大たいおれはアレルギーで生《なま》ものに弱いんだから」

「アラ、古代だって煮炊きぐらいできますよ」と照代が意味ありげな笑い方をして答える。

「それに泊《とまり》さんはとにかく、貴方はどうしたって来なくちゃだめよ！」

「え？　なぜさ」

「なぜッて——解らないの？」

と彼女は面白そうに笑いつづけながら言った。「貴方はもう向うで、とうに妾とおなじ神様になっちゃってるのヨ。ホラ、スサが馬で暴れこんだとき、妾が反光線を発射して逃げたでしょう？　あのとき貴方が妾をひッぱって連れだしたじゃない！　あれで貴方は光の女神をひき出した力の命《みこと》として、チャンと神話に残っちゃってるのよ」

「仕様がねえナア！」と多治はこぼした。「じゃアまア行くか——泊、お前はどうする？」

「おれゃむろん残るよ」そう言っておれは元の二十世紀後半で下りた。

「じゃさよなら——元気でナ！」

「バイバイ！」

時行機は発光し、機関の唸りを残して消えていった——マ、奴らは巧くやってゆくだろう。

おれは神様になり損ねて、このロクでもない核戦争前期にまい戻ったが、それでいいと思っている。だって、その昔の高天原《たかまがはら》で、柄にもなく天照大御神に懸想《けそう》してフられたあげく、多治カラ男《お》にボエンとやられた泊《とまり》の命、なんて事蹟が古事記にのこるのは真ッ平だったから——

PART

Ⅲ

溟天の客

1

「それはヘンだ」

　とジーはうさん臭そうに言った。

「円盤は実在・非実在の断定はべつとして、人々が見たものはどれも一定のものだとしか思えないほど、目撃者の観察が一致しているんです。昼夜とも光ること——地上の物体では出来ない速さで飛びまたは方向を転じ、あるいは自由に空中に静止すること——飛行機にたいして或る興味をもつように接近してくること——があんたの話はすこし違いますネ。光ることだけは同じだが色も形もほかの話と合わない。それに着陸した実例は一つもないのです」

「だけんどもハア着陸したでがす」

と老人は田舎者らしい頑固さで言い張った。

「そしてそ奴を見て気分を悪くした、わしの家内は病気になってまンだ臥《ね》てるでがす」

「じやまだ居るんですな」

「いますだヨ——挺子《てこ》でも動きそうもねえだ」

こいつは……オドロキだ!

「近よった村の者を毒ガスで三人殺したので、警察と青年団が総出で遠巻きにまいてるだ——鉄砲で射ったが、ビクともしねえ」

これはますますオドロキだ。国内の円盤事件はたいがい担当してきて、全部何かの見間違いか、『着陸』の現場は行ってみると噂だけで実物はないといった事態に馴れているジーも、これには大分ギョ! だったらしい。

「そりゃ確かですか!?」

と、阿波人形みたいな目を剝いて念を押しやがった。

「確かも、確かでねえも、めつけた俺がこうして出張って来てるではねえか。あんたも新聞記者だら自分で見届けるがええだ」

「よろしい、じゃすぐ行きましょう」

とジーは言って腰をあげた。

「お説のとおり、新聞は見届けるのが第一だ。あんたの見たその〝変なもの〟がいわゆる円盤かそうでないかなんてことは後でいい——しかし道順でまず御家内をお見舞して、それから現場へ行きましょう。それに、まだもう一人待合せる人があるんです」

　車が家につくと、老人は先に立って案内しながら叫んだ。

「婆さんや！　市《まち》から新聞の人が来なすったゾ。れいの件が知れわたってナ、トクの言うように『そりゃ円盤だゾ！』ちうわけで、そして円盤は世界じゅうで問題なんじゃそうで、そこで新聞社が人をよこしたんだ――茶をいれな！」

　おれは細君がよほど悪いのかと心配していたが、彼女はまだ元気がほんとうに立直らないというだけで、喜んで良人《おっと》といっしょにカメラに納まってくれたのでおれの第一の仕事は簡単に済んだ。

　ジーは馴れた調子で根気よく話をきき出してゆき、朴《ぼく》とつな老人夫婦の断片的な言葉から、だいぶ掛って纏めあげたところはこうだった。

2

　老人たちは生れたときから、この人口たッた五十の村落に住んでいる。町へはよく出るが、市や都《みやこ》へいったことはない。隣人と争ったことも、憎まれたこともない。かれらは正直に暮していて信用があり、町の荒物屋のトクは――われ〳〵はそこで会見して、やってきたのだ――何だって掛けで渡すほどである。

　その朝ブー老人はお上さんと二人で、隣り村の親類へお七夜の祝いによばれて行った。七夜の祝いに朝ッぱらから行かなくてもよさそうなもんだが、ブー老の言うには、身内なので手伝うつもりで早目に出たのだそうだ。とは云ってもおれの考えじゃァ爺さん婆さんなんてものは食うことばかり楽しみにしていやがるから、たぶん出来るだけ長く居て食い仆《たお》してやろうというので、馬鹿ッ早くから嫌がられに行ったんだと思う。

隣り村へは後ろ山をぬけると早い。ほんとうなら廻り道をするはずの爺さん婆さんが食いたい一心でエッチラオッチラ汗をかいていると八合目あたりで出しぬけに何かがピカッと光った。

「そりゃもうオッそろしい光り方でナ、山向うや木の陰から火薬工場《こうば》の破裂が見えた、なんてェもんじゃねえ、まるで空一ぱいの空気が揮発になって、そいつへお前さん一度に緑いろの火がついたような、途方もねえ、一面の光りようなんじゃ。アッと思うひまもねえうちに今度はダダーン!? とドえらい音と地響きがして、婆さんが「ヒャッ!」と言うなり腰を抜かしてヘタリ込んでしまっただ」

爺さん調子づくとどうしてなかなか話が巧い。

それと同時に頂上のほうで「ワッ」という人声が起り、伐採に出ていた村の若い者が四五人、ドッと駆け下りてきて、何事かとそっちへ急ぎかけたブー老人とぶつかった。

「オオ、爺ッ様か――大へんだ!」

「どうした! 今のあれは何だ!?」

「それがハアわしらにも判んねえ。いきなり天から降った化け物だ!」

「途方もねえ光り玉に乗ってきやがっただ！」

　とかれらが口々に答える。

「そうだ、下りるが早いか毒ガスを撒きやがって、ターとジーとサブが三人殺《や》られちまった！」

　ブー老は年役の手まえ、それを聞いて逃げだすわけには行かなかった。それに誰かが「やられた」とすれゃ、その儘にしておくわけにはなお行かない。

「じゃ何だってお前達はそれを打ッちゃらかして逃げた⁉」

　とかれはキメつけた。

「若え者がイクジのねえ。来ウ！　何にしても行って見にゃァハァ仕様がねえ」

　一件は山の頂上に近い傾斜地に「落ち」ていた。何ともいえない妙な色の、若い衆のいったとおり光った大きな球で、あたり一面に名状しがたい毒ッぽい臭いが漂い、周囲数米の草木がぜんぶ立ったたままガス炉の火屋《ほや》みたいな白い骸骨になって、それがそよ風のたンびにクシャクシャと折れたり落ち崩れたりしていた――何ともカンとも、ブー老自慢の六十年の世故でも判断のつかない事態であった。

「で、で、あんたはソノ、それに乗込んできた奴を見たんですか⁉」

　ジーは待ちきれなくなったように、犠牲者のことなンぞ其方《そっち》のけにして口を挾んだ。

「そりゃ見たとも」

「ドどど……どんな奴です⁉」

「どんなッて、巧く言いにくいだヨ。あんた自分で見たらよかッペエ」

「そりゃ見ますがネ、マ、早く言って大たいどんなものです？」

「ハヤモウ、何とも言えん化け物じゃ！」

とブー老は歎息して言った。

「躰じゅうに鼠いろの毛の生えたまン丸い玉に、白い目が二つついた物と言えばいいかナァ。そしてそいつは蜘蛛のように八本足でつっ立って、ターとジーとサブの死骸を見下していたが、わしらを見付けると急にピューッと長い管《くだ》を出して毒ガスを吹きよった！　わしらは逃げたヨ。仕様がねえ、ほかにどうしようもねえものナ！」

「大きさは？」

「サア——巨《でっ》けえゾ、熊ぐらいかナ。鼠いろの熊みてえなまン丸い蜘蛛だと思わっしゃい。そいつが袋蜘蛛みてえな長い脚でセカセカ走りまわるんじゃ」

ジーがしきりにこの「予備知識」を手帳に貯わえこんでいるときに、急におもてが騒がしくなって、一人の娘が彼女を引止めようとする若い男と争いながら飛込んできた。

「おルイ、止しねえヨ！　あれゃ市《まち》の新聞の衆だ。何もおら達に悪いことしに来たんじゃねえだヨ！」

男はしきりに制止するのだが、娘はそれを憤然とふり払い、目を光らしてジーに食ってかかった。

「おめえ様たち、何しに来ただ！」と彼女は叫んだ、「あの降《ふ》り物に滅多なまねをすると、とんでもねえ事になるゾ！　あれは神様の思召しで天下《あまくだ》ったもんじゃ。天の神様が下地《げち》の人間どもを試していなさるだヨ！　おめえら木ッ葉役人なンぞが差し出ることは罷《まか》りなンねえだ。サッサと帰《けえ》んなせえ！」

「ルイ、これ、黙れ！　この衆たちは役人なんぞでねえてば！　新聞の人だちうに！」

男は困《こう》じ果てたように、おれ達に会釈しながら弁解した。

「こいつの言うことを気にしねえでお呉ンなせえ。この阿魔《あま》ァ狐憑《きつねつ》きで、何を言ってやがるんだか、自分でも解ってやしねえんだ」

「倅のタミでがす」

ブー爺《と》ッさん苦りきって、若者を引合せながら叱った。「何だってルイをこんな所へつれて来るだヨ！　今日は一日二階へあげておけとあれほど言ったじゃねえか！」

真赫《まつか》になった青年が娘をつれ去ってしまうとブー老は汗をふいて説明した。

「あれは娘のルイでがす。タミの妹で。あ奴はすこし頭《あたま》がヘンなんで、村じゃ狐憑きだの、「巫女《みこ》のおルイ」だのと言ってますだ」

それから急に憤慨してつづけた。

「狐なんか憑いてやしねえ！　巫女だなんて、わしらァハァそんなもんじゃねえ白《しら》きちょうめんの百姓でがす。だけんどもハァ、あ奴だけはどういうもんだか、生れつき頭が柔《や》ッこいもんで、ときどき変なことを吐《ぬか》すんでさァ」

最後は力が抜けて、悲しそうだった——そして頭をふって立上った。

「サア、それより暮れねえうちに、早く場所へご案内しやしょう。つまらねえ事で暇どった」

そこへ一汽車おくれて来た宇宙研究所のオウ博士がついたので、われわれは出かけた。おれとジーは、いずれ科学者の助言が必要になると考えたので、前もって彼の同行を乞うておいたのだった。

3

なるほど円盤だった。だがこれまで話に聞いたのとはだいぶ違っていて、そいつは上に半球型の大きな、窓のついたドームがあり、ブー老の言ったように全体が妙な虹色に光っていたが、よく見るとそれは完全な丸が正味はんぶん地面に埋って周囲に弾《は》ねあげた土の山をいろいろに反射しているのだった。

「どうです、わしは嘘は言わねえでがしょう?」とブー老が得意げに言った。

「そのようですナ」ジーはお愛想だけの返事をして、おれにあの妙な色をうまく早く撮れという合図をした。

現場にはもう巡査と青年団が出張《でば》っていて、見物を近づけないように警戒していたが、おれは新聞というので特に許されて前へ出た。そして国研の広度感光鏡をつけてユックリ秒速で一枚とり、それから念のために紫外と赤外フィルムでもう一枚ずつ撮った。

最後に普通の原色フィルムで普通にとろうとしていると……変なものが出てきた——ブー老のいわゆる「化け物」だ！

そいつは実さいヘンなものだった——もし上手な玩具屋《おもちゃや》があって、フニャフニャの金属で自由に動くれいの蛸《たこ》みたいな「火星人」を作ったら、ややこれに似た模型ができるだろう。しかしそいつは絵にある火星人みたいな歪《いび》つな頭から長い触手をニョロニョロつき出しているものではなかった。頭は——そして躰《からだ》というのはその頭しかないように見えるところは同じだったが、ただ、此奴のは文字どおりボールのように真ン丸で、それが金物のようにニッケル色にピカピカ光っているのだった。それでいて一面に粗い、おなじように光る銀鼠いろの毛が生えていて、そこに陶器《やきもの》をレンズ型に切って嵌めたような、何の表情も汲みとることの出来ない白い目が二つ並んでいた。その上の方には電気の押し釦《ボタン》のような妙な突起物がやはり二つあったが、これが耳だか角だかは判らなかった。そして脚は、よく見ると老人の話と違って蜘蛛のように八本ではなかった。七本だった。それは想像以上に細く、長かったが、触手などというよりはずっと地球の「脚《あし》」に近く、明らかに関節をもっていた。

「ウヘッ、何てえ代物《しろもの》だ！」とジーが叫んだ。「七本ッて脚は聞いたことがねえ！」

「その筈さ」とおれは早速シャッターをきりながら言った。「見るのが今始めてだろ」

「火星人かナ、あいつは？」

「火星にゃ人間なんぞいねえヨ」

「見てきたような嘘をつくな！　だがあんな人間……リャ、リャッ!?　オイ、あの七本目の脚はヘンだぞ！」

おれもそれに気がついていた。六本は左右に正しく対《つい》をなして折れ曲っていたが残りの一本は関節がなく、しじゅう前後左右に動きながら不規則に伸びちぢみしていた。

「あれは手のようだ」と、望遠鏡で見ていたオウ博士が推測した。

「でなければ何か器械《きかい》でもって地面を調べているのかも知れないネ」

それ以上観察をつづけていることは出来なかった。遠巻にしていた青年団が「出たゾッ！出て来やがったぞ」と犇《ひし》めきたち、鉄砲をもったのが矢にわに二人飛び出してきて、狙いをつけたからである。

「射つな！　待ってくれ！」

博士はあわてて飛んでいって銃を押えた――とたんに二挺とも発射されて、銃声がすると山の空気をつんざいたが、弾丸《たま》はそのためにとんでもない方角にそれてしまった。

「何をするんだ！」

「イヤまだ射つことはあるまい」

「ジョウ談言うな！　おらの舎弟が殺されてるんだぞ！　出て来しだい仇《あだ》を討つつもりで来てるんだ」

三人は押し問答《もんどう》をはじめたが、それは喧嘩にならなかった。遠くからジッとその様子を見ていた怪物が、何やら始めから持つていたらしい円い物を、きゅうに此方へむけて投げてよこしたからである。

「何だ——何か寄越《よこ》しやがったゾ！」

おれはそれを拾って皆のところへ持っていった。それはちょうど蓄音器の譜盤ぐらいの軽い金属の板で、片方の面に大小の丸と線でできた妙な模様があり、裏は何やら、字らしいものがあるきりだった。

「これゃ面白い！」とオウ博士が興味をそそられたように言った。

「何か意志を伝達しようとしているらしいネ」

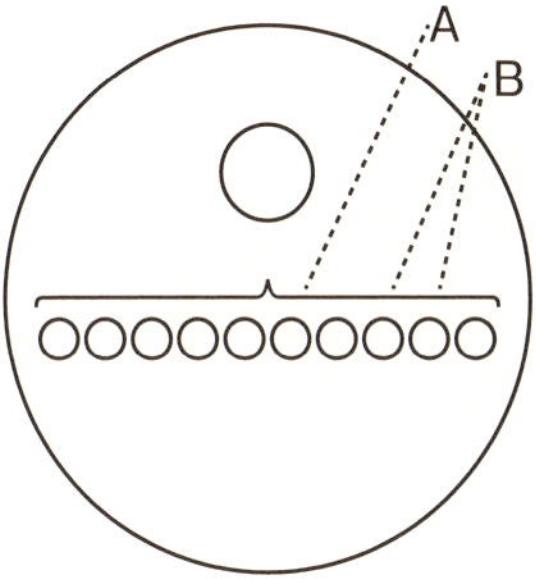

それは図のように、一つの大きい丸とゆるい山形の線の下に、小さい丸が十ならんでいる、ちょっと意味の把《つか》みようがないものだった。

「何か天体をあらわしているのじゃないかネ」

と博士が言った。

「違いない！」とジー、「だが、するとヘンだな、この下の丸は十あるゾ」

「十あればどうしたんだ」とおれ。

「イヤおれは上の大きいのが太陽で、下が惑星かと思ったんだが、すると之《これ》はおれたちの太陽系じゃないナ」

「どうして」

「吾等《われら》が、おテント様の子供は九人だもの」

「そんなにあるもんか！」とおれはタシなめてやった。「月・火・水・木・金・土、それに天王星と海王星で、八ツじゃねえか」

「もう一つ冥王星があるんだヨ、バカ。それにお前は肝心の地球を入れるのを忘れてらァ」

「ア、ソウカ！」

「ソウカじゃねえ！　それに月は地球の附録だ。孫と子供を一しょにする奴があるかい！」

「なるほど――するとやッぱり九ツで、勘定が合わねえナ！」

「それは多分」と博士が言った。「十個の同じような星で、『多数』ということを表わしているのかも知れないヨ」

するとそこへいつの間に抜け出してきたのか、またおルイがあらわれて手を出した。

「それゃ郵便だ！　おらに来たんじゃねえか、チッと貸してみれ！」

「コラ、ルイ！」

あわてて引捕えようとするブー老を静かに迎えて、オウ博士は「ホウ！」と言って微笑《ほほえ》みながらジッと娘を見た。それから小児科の医師が小さい患者をあつかうように優しく品物を彼女に渡して、上手にその返事をひき出していった。

「これは郵便かネ？　どうして？」

「どうしてもこうしてもねえ。郵便だァ」

「そう。じゃどこから来たんだろう」

「天からだ！」

「何が書いてあるんだネ？　わしらには読めないんだが」

「おらにも読めねえ。神様の心はなかなか判んねえぞ。使いの者にきいてみにゃ」

「じゃ（と円盤をさし）あれは使いかね？」

「そうだ。こっちの返事待っているだヨ」

「フーム！」

と博士はわれわれのほうを微笑《びしょう》しながら振返って、「実さいそうかも知れんナ」と呟《つぶや》いた。

それからまたおルイにむかって言った。

「だけど貴女はどうしてそういう事がわかるの？」

「何となく判るだ！　おらにはいろんな物の心が解るだヨ。あれはケンカなんぞしようッて来とるんじゃねえ。わしにはチャンとあれの料簡《りようけん》がわかるだ！」ここで彼女はきゅうに鉄砲組の二人をふり返って睨みつけた、「それを鉄砲なんど射《ぶ》ちかけやがって！　とんでもねえ気違えどもだ！」

「チェッ！」と一人が忌々《いまいま》しそうに唾を吐いて言った。

「気違えに気違えよばりされてれや世話はねえヤ――なら何だって毒ガス撒くだ。三人とも死んでるだぞ！」

「そりゃ神様の罰《ばち》だ。ウヌらの料簡が間違ってるからよ！」

「コッ、コノ阿魔《あま》ァ!!　言わせておけば――」

「止さねえか！」

と団長らしい年嵩《としかさ》の男が割ってはいって、われわれの方にむかって言った。

「お前様たち帰ってくンねえか。おルイつれて来られちゃ往生するだ。病いのこンだれや手《て》荒《あら》のまねも出来ねえし、任務の妨げになるだヨ！」

おれとジーは『任務』という言葉にプッと噴きだしかけたが、博士は少しも笑わずに誠実にうなずいた。

「よろしい。お邪魔になっては悪いし、他に考えもあるから我れわれは一たん引取ります。しかし学問のために、人命にかかわる惧《おそ》れがないかぎり、あれを此方からは攻撃しないと約束して下さらんか。私はそれを村から至急当局に申請するつもりなのだが」

「それはようがす」

団長はひきうけた。

4

われわれがブー老人の家へ引上げたときには、村はもうカーキー色で一ぱいになっていた。部落のまン中の社のまえの広場は、一コ大隊のジープと貨物と戦車迫撃砲ですき間もなく、事件をおくればせに耳にした他社の連中がぞくぞく駈けつけてきて、部落じゅうの民家へそれぞれ分宿していた。

「大変なことになりやがったナ」

とア新聞のコーがわれわれを見つけて話かけた、「まだ五大隊の機械部隊が集中中ッてことだゼ。君らエライ早業やったナァ」

「ウム」ジーは得意げだった、「なにしろ相手が得体と気の知れぬお客さまだからナア！どんな事態が起るか判らんので警戒管制を布くのだろう。あれが一つきりで後が来ないと決ってもいないし」

「宇宙戦争てやつは、ご免こうむりたいネ」

「それだ」と博士が重々しく言った、「そのためにも、早くこの『郵便』を解読する必要がある」

博士が中央と連絡をとって、正式の手続きで軍の責任者と会見し、あの飛来物《ひらいぶつ》は科学の研究上保全が必要であり、その乗員も同様であるから、万一の場合の戦闘にも攻撃はできるだけ損傷の少い方法にとどめて貰《もら》いたいと申入れているあいだにわれわれはブー家に帰ってれいの金属盤、ルイのいわゆる「郵便」の研究にとりかかった。他新聞もみんな頭を下げてきやがったので、とくべつ寛大の処置をもって加えてやった。

最初の問題はむろん、絵が何を示しているのかという点だったが、これが天体の意味であることには、誰も異存《いぞん》がなかった。

たった一人、ア新聞のコーがべつの意見を出した。図は「円盤」そのものを描いたものではないかと云うのである――なるほどそう言われてみると、そうも見える。

「しかしそれだと屋根があって床がないのがヘンだよ」とジーが言った。「それにダンナはまだ実物を見てないだろうが代物《しろもの》は円盤じゃなくて、まン丸の「円球」なんだ」

「じゃ上の大きい丸がそれで、下がふつうの円盤さ。ほかの今までの奴よりおれのほうが上だと言ってるのだ、テのはどうだい」

「優劣の比較か。何のために?」

「モチろん威ばるためさ、地球を恐れ入らして、言うことを聞かせようてんだろう」

「そうだ、それに違いない!」とイ新聞のシーが卓を叩いて立上った。「おれは別の見方を考えたが、奇妙なことにその決論も同じなんだ。おれの考えでは、この図は一つの大きい(或いは強い)世界が十個の、つまりオウ博士によれば多くの小さい(或いは弱い)世界を統一ないし征服するまたはしていることを現わして、われわれを警告もしくは威嚇しているんじゃないか――つまり無益の戦闘を避ける降伏勧告状だネ。宇宙の「黒船」だよ」

　みんなシンとして黙ってしまった。というのは同じ心配がみんなの腹の底にあり、この解釈が一ばん理づめだったからである。

　おれはおルイの考え方を思い出した――だが、あれは気違いだ……そう自問自答しているとき、ブーのお上さんつまりおルイの母親が泣きながら駈けこんできた。

「新聞の衆、助けてくらっせえ！　おルイの奴が警察に捕まっちめえましただ」

「警察に？――どうして」

「判りませんだ。あれのコッたから、いずれまた何かロクでもねえこと言ったんじゃねえかと思いますんだが……」

「行ってみましょう」

「あい済みません。お願えしますだ」

　おれとジーはタミ君をつれて貰い下げに行《い》った。

「またれいの『木ッ葉役人』をくわしたんじゃないのか？」

「そうでがしょうヨ」兄貴氏《あにきし》弱りきっている、「どうもハア、お巡りに『木ッ葉役人』くわしちゃ拙《まず》いでがす」

「狐だけに、妙に木ッ葉が好きだナア」

　警察では、軍から行動を妨げて困ると苦情がきたので保護拘置したということで、責任者があずかるなら宜しいと下渡《さげわた》してくれた。おルイはどういうつもりかおれを、自分を助けにきた天皇陛下のご使者ときめこんで、おれに抱きついてメケメケと泣きくどいた。

「馬鹿にしてやがらア！」

帰りの車の中でジーがコボした。

「助けたおれは相変らず木ッ葉役人で、何もしねえお前が天皇のお使いだトヨ！　あれゃお前に気があるんだぜ」

「よせやい！　狐憑きに好かれたって有難くねえや。狐に好かれてるようなもんじゃねえか！」

「そう言や、お前はどことなく狐好きがするもンナア」

「この野郎ヒッ叩くぞ！」

「オイ！」

と急にジーはひとの腕をつかんで唸った。

「あれゃ何か途方もねえ〈お告げ〉をしゃべり出すかも知れねえぞ。巫子さまの直感が的中《あた》れゃ、特ダネだ。お前好かれてるところであれともっと仲良くして、他社《よそ》の連中から離しておけ。そして色仕掛でもっといろんなことを引出せ！」

――ところがそいつは巧く行かなかった。

おれが裏の豚小屋とまぐさ置場のあいだで彼女と逢引きして、トロトロともちかけて色々な話をしながら、お前はあの怪物をどう思うかと切出すと、トタンに彼女の神さまは目を釣上げた。

「化け物!?　化け物とは何じゃ！　汝《われ》だけはチと抜けとるけんど真人間に近ェと思ったら、やっぱり木ッ葉どもの仲間だナ!?　汝《われ》にゃあれがターとジーとサブ殺したの悲しがって、詫びの郵便よこしたのが解ンねえか！　あれの目から見りゃ、こちとらが怪物《ばけもの》だちうことが解ンねえのか！　あれゃハア、あゝ見えたってても大神さまのお使《つけ》えだアぞ。それを勿体なくも、化物呼ばりしやがって——罰当《ばちあた》りめ！」

そう言って彼女はおれをつき飛ばして行ってしまった。

おれはスッテンコロリと転がり、起きて泥を払ってポカンとした。——ドえらい力だ。鍬《くわ》ふり姐ちゃんに正一位が加勢してやがるから敵《かな》うもんじゃない。その上おれは彼女のおっぱいをイジったのが暴《ば》れて、タミ君にブン殴られてしまった。おれは結果報告をしながら、ジーのこの馬鹿考えにさんざん毒づいたが、オウ博士はそれはけっして愚行ではなかった、ルイの言葉は大きな参考を提供するよい収穫だと賞めてくれた。

5

だが翌朝、とうとう博士の心配していた最悪の事態、戦闘がはじまってしまった。

軍が円盤を攻撃しているというので、われわれはあわてて飛出した。おルイもこんどは泣きそうに正気立って、決して邪魔をしないからとせがんでついて来る。

現場間近で、報《しら》せに下りてくるイ紙のシーにあった。

「どうなんだ！」

「イヤまた一人ガスで殺られたんだ。青年団のなかに過激派がいてネ、一人が明け方勝手に猟銃をもって射《や》ちにいって返り討になったんだ」

おれはしきりに弟の仇をうちたがっていた若者を思い出した。

「それは違反じゃないか。そんなことで攻撃するのか？」

「イヤまだ攻撃はしていないヨ。しかし軍が来て睨みあってるんだ」

博士は唇を嚙《か》んであせった。

「それは不可《い》ん《か》。事態が悪化しないうちに何とかせにゃ——あれを殺してしまったら科学は貴重な資料を永久に失う！」

「わしが止める！」

言うなりおルイが脱兎《だっと》のごとく飛出していった。

「おルイさん、待て！　滅多に近よっちゃあぶない！」

おれは責任を感じてつかまえに追いかけた。ところが彼女は土地の者なので、勝手放題に抜け道をして、たちまち皆の反対側から頂上へ出てしまった。

怪物は地球人の軍隊の布陣を見ながらジッと黙って立っていた。が急に反対がわから起ったおルイの足音にクルリとふり返ると、サッと身をひるがえして彼女めがけて飛びかかってきた！

おれは夢中でどなった。それに気づいた向うの陣で巡査の一人が素早く発砲するのと、怪物の毒気でおルイがバッタリ仆《たお》れるのとがまったく同時だった。

怪物はまた立止った。かれはジッと、仆れたおルイを眺め、二三歩さらに近づきかけたが、このとき出遅れた青年団の銃がさかんに射撃しだしたのに気づくといそいで自分の機のほうへ走《は》せ戻った――が円盤のすぐ手前で一弾が命中した！

怪物に命中したのはこれが始めてだった。かれはよろめき、ついで立直った。地球がわから思わずワッという声が起り一瞬銃撃が止んで、皆は固唾をのんで結果を見守りはじめた。

怪物の動作は鈍くなった。かれは何度も脚を曲げ、地に低《ひく》くなってまた起上《たちあが》った。私のいるところからは、かれの不気味な白い眼のそばから何かドロドロした緑いろのものが流れ出しているのが見えた。しかしかれは頑強に動きつづけた。そしてとつぜん最後の修羅場の幕をきって落した。

緊張のために射撃が中止されていたので鈍化した怪物の動きも充分その間にじぶんの態勢をとり戻す役に立った。

そして地球側が好奇心で手元をお留守にしている最後の数秒間を狙って、サッと円盤へとびこんで武器をもち出した！

あんな型の武器があるものだろうか？――しかし結果を云えば優秀な武器というほかはない。それは椰子の樹がそのまま丹塗《に》りになったような、先に葉ッぱじみたビラビラの付いた真赤な円筒だった。怪物《ばけもの》はおそるべき力でこれを地球人のまッ只中へ投込んだのである。

驚きと恐怖の叫びが起った。ワッと飛び退く人たちの間でそれが地に落ちるとたちまち濛々《もうもう》たる濃紫の煙がたち昇った。近くにいた者はもちろん、これに捲込まれた人々は数メートル先の者までバタバタ仆れた——ガスだ！

もう妥協の余地はなかった。軍の指揮官がついに立上った。

「戦闘用意」

——軍は重火器を使わぬように指令されていた。大隊はガス装備ののち直ちに半数が救護作業に入り、半数が幾重にも散開して円盤と怪物を包囲しはじめた。

「射て！」

先頭の二小隊は怪物を半円にとりまいて射撃しながら進んだ。かれらの真ッ白な外被と防毒面のガラスが、怪物におとらぬ怪物のように不気味に陽に光った。

怪物は見て——あと退《じさ》りした。このとき始めてかれは鳴声のような声を出した。それは地球の動物のものでは、声というより、鰐などのよく出すシューッという息に似たするどい音に近いものだった。

われわれの耳にはそれが細く長く、そしてひどく悲しげに聞えた。

ルイを介抱していた博士は驚いたように立上《たちあが》って、叫んだ。

「オイ待て！　あれが鳴いているぞ！　声に表情がある——もう少し待ってくれ！」

しかし絶縁マスクをした軍隊にはそれはよく聞えなかった。かれらはなお接近して、そして一斉に射撃した。

おれは急いでとび出していって、引止めようとしたが間にあわなかった。

弾《たま》煙りのなかで怪物は仆れた。かれはもう一度悲しげな声を出して、何辺《なんべん》もたち上ろうとした。しかし怪物が起直《おきなお》るたびに、地球人は止《とど》めをさすように射仆した。そして怪物は動かなくなり——死んだ。おれはその白い眼がおれを見ているような気がした。

色も形《かたち》もちがうものではあったが、それは牧草を食《は》んでいる牡牛を想わせるような、穏やかな、うら哀しい目つきだった——

6

「いろいろなことが判ったヨ」

とオウ博士はわれわれを研究室に迎え入れながら言った。

「第一は、わざわざおルイさんに東京まで来てもらった理由から言わんと不可《いか》んが、あれはいいい昆虫系の生物だった」

「昆虫ですッて?」

「そうだ。ご承知のとおり」かれはつづけた、「われわれ地球の生物は膠質単細胞の原始体からだんだん〈進歩〉してきたもので、その系脈はハッキリ辿られている。一方で植物になっていったものは別として、動物は原生動物から軟体動物、甲殻類から節足動物というふうに進んでいる。しかしここから二タ手に分れるんだ。一方では両棲類—爬虫類—鳥獣、そして人間という高等動物になるが、一方は昆虫になってそこで止っている。昆虫になった系統には、他の類をぜんぶ合した数とおなじくらいの昆虫の種類があるだけで、それ以上他の型への進行がない。何が理由なのか判らないが、昆虫はある意味ではわれわれ人間を末端にする系統と別の、もう一つのものの最高の行止りなんだヨ——あの生物はこの昆虫の型なんだ」

「フーム!」

ジーはもう特ダネ根性を出して手帳をひろげた、「それは当研究所《こちら》の、正規の発表と考えてよろしいですか?」

「われわれ宇宙研究所の、そして全日本医学協会と生物学会の、外見・理論・解剖全般にわたる共同発表と考えてよろしい」

と理学博士オウは微笑《ほほえ》みながら答えた。「なぜ昆虫かというと、脚が六本ある。われわれは始め七本だと思ったが、一本は吻嘴《くちばし》なんだ。翅《はね》はないがその退化のあとがあり、今言った吸管的な口と複眼の目と、なにより面白いのは触角《アンテナ》をもち、脊柱を中心にした骨格がなくて、胴と頭は一つのようにやや固い外殻でつながっている——私の言いたいのはその触角なんだ」

そう言ってかれはおルイへふり返った——彼女を仆したガスは、後では理由の判ったことだが、大した打撃にはならなかった。それは後で話す。

「貴女《あんた》は『かれ』の考えが判ると言いましたネ? (彼女はうなずいた) それはどういうふうにしてなんですか?」

「判ンねえ」

「そう言わずに——よく想い出してみて下さい。どこかで『かれ』が話してるような気がして判ってくるのと違いますか？」

「そうだ——」彼女は目を輝かしはじめた、「そうですだ！　何か知らんがわしの額のとこへ判って来るんだじゃ！　そうだ、向うも額だ！（彼女は目をつぶって、しきりに、何かを考え当てようとした）——判った！　あの角だ！」

「そうです。それで一さい説明がつく」

　と博士は満足げにうなずいて言った。

「あの客の種族は宇宙機をつくるほど進歩したが、それは人間のような手足と言語によったのではない。かれらには言葉は要らなかったのだ。意志と想念は直接前額部の触角から、古くは蟻のように接触によって伝えられたのだろう。彼等ではそれが進歩してああいう形になり、躰の電磁気をつかって放送し受信するようになったと思われる。あの角みたいなものは、我〻にない第六の知覚器官だったのだヨ。そしてその働きが、それを欠くわれわれには全く通ぜず、何かの神秘でこの……エエと……（博士はひどく言葉につまった）不幸な……イヤ、むしろ幸福な、特殊な婦人にだけ感じられたんだ。だからこの女《ひと》の「感じ」たことはすべて正しいのだ。同時に彼女の感情と考えはある強さと距離に達するたびに、先方にも通じたに相違ない。だから怪物は彼女に飛びかゝったのだ。あれは襲撃したんじゃない、死の世界のように、生きた知覚が伝わらない場所で、たった一人それの通じる相手を見出した喜びに、我れを忘れて駈けよったのだ。それを我とは知らなかったのだ――」

博士は悲しげに首をふって立上った。

「では円盤へご案内しよう。あるいは又おルイさんによって何か新しいことが発見されるかも知れん」

保存のため、宇宙研究所内に移された「円盤」の中へ、おれたちは好奇の胸躍らせて始めてはいった。しかし器機とその装置においては、他天界も基本的にはわれわれとそう違っていなかった。博士はいろいろ説明しながら言った。

「見たまえ。武器と覚しいものは一つもない。有るのはひじょうに精密に分類された、或る世界の産物の見本らしいものだけだ――敵意はなかったのだ」

「しかし毒ガスを放ち、かれ自身も毒気を吹《ふ》いたじゃありませんか」

「あれは毒じゃねえ！」とおルイが叫んだ、

「わしらには毒だけんど、あのもんは別に毒のつもりで吐いたじゃねえ！」

「その通りだ」と博士がうなずいた。「円盤は着陸すると同時に毒ガスを撒布し、乗り手も同じことをした――この二つは要するに炭素の燃焼の問題に帰着するんだ。かれが吐いたのは元々われわれと同じ炭酸ガスなのだが、地球的には不完全燃焼だったために、空気中に1%あっても人を仆す一酸化炭素のままで出てきたのだ。着陸の際も、あたりを〈掃蕩《そうとう》〉するために毒ガスをまいたのじゃない。おそらく光に近い高速でやってきた宇宙機が高熱をたゝえていたために、同じものが空中の窒素と化合してシアン化ガスを作ったのだ。それは機が水銀や金のような炭素化合物で出来ているときには容易に起ることだ」

そう語りながら博士は薄紅い、妙な光らない金属の薄片をかさねて一方の端を不明な方法で接着したものを取りあげた。

「一冊だけ、この書物らしいものがあったのだがネ」とかれは残念そうに言った。「只一人の説明者がいなくなってはどうする事もできない」

「それは日記だ！」

とおルイが叫んだ。

「わしにゃ判っとる。あのもんは太陽の一ばん遠い星の人間なんじゃ、そして地球にむかって空を来ながら、船の船日記をつけとったんじゃ！」

あけて見ると明るい緑いろの薬品で文字らしいものが焼つけられてあったが、それは明らかに表意文字で、あらゆる図形や記号の美しく並んだものであった——なるほど日誌かもしれなかった。

「じゃ、何と書いてあるんだい」とジーが渾《から》かうように言った、「まさかそれまでは解るまい！」

「判るとも！」おルイは意気ごんで叫んだ、「それゃ、全部は解らんども、ここの終りなンどはハッキリと解るぞ！〈とうとう地球に着いた〉と書いてある」

「それゃ、そうだろうさ！」

とおれが笑いかけたとき、博士がギュッとおれの腕をおさえて、嗜《たし》なめるように首をふった。おれは博士の考えが判ったので黙った。

「で、そのほかには」かれは優しくおルイに問いかけた。「どう書いてあるの？　おルイさん」

「ウウム…………こうじゃ！」

おルイは一寸黙った。それからしばらく目を閉じて首をふっていると、だしぬけに踊る神様みたいに妙な節をつけて歌いだした。

〽いよいよ地球に着きにィけりィ！
私しゃ嬉しい、嬉しいョ！
昏《くら》い、淋しい、荒れ果てたァ
寒いおらがの世界よりィ
明るいお天道《てんと》暖けえ
緑の地球へやってきたァ！
ここに住む人どんなだべ
定めし心もそのように
お陽《ひ》さまみてえに温けえ
律気で優しい衆だんべ
わがあこがれの地球びと

いざや我らのご挨拶《ジンギ》と
心からなる土産ものゥ
受取りたまえや地球びとゥ
うけとオリ、たまえヤァ、地キュウびとゥ！

おれとジーは腹の皮がツッぱって苦しくなるほど笑いころげていたが、何の気なしにフと博士の顔をふり返るなり、それが水をかけられたようにけし飛んでしまった。

――オウ博士は涙をためて狐憑きの御詠歌を聞いていたのである。

「そうか――貴女はあのものの来た心をそう感じるか」

とかれは静かに聞終ると、やさしく言った。

「私もそう思う。あれはそういう心存《つもり》で来たのだ。『あれが悲しがっている』とこの女《ひと》が言ったのを憶えているかネ？　村の三人をガスで仆してからは、私はかれが確かにそれを悲しんでいたと思う。しかし我〻にはそれが判らなかったのだ。表情という約束がなければ、我われだって互いの心どうし何が〈判る〉だろう。薄暗い部屋で覆面をした男が片足で跳ねているとしてみたまえ。我〻はかれの顔を見ずその声を聞かなければ、かれが戯《ふざ》けているのか、まじめにミューズのために踊っているのか、それとももう一つの足にピンが刺ったのか、〈判る〉ことが出来るだろうか？

「われわれはあの者を「他天のかれ」と呼ぼう。違った生物であるあの〈かれ〉の表情が判らない以上、かれの寄越《よこ》した「郵便」の解るはずもない。あれはやはり太陽系を表わしていたのだヨ。たぶん溟王星の外側にもう一つの惑星があって、かれはそこからやって来たのだ。そして図は太陽の下《もと》で、その十人の兄弟が手を取りあっていることを示していたのだ。あの「へ」の字の流れのようなものは手と手を現わしたものだったのだ。われわれならば二つの手が握りあうのに、互いの腕がのびて一本を四本の指が搦みあう形を描くだろう。が彼らの手は触手なのだから、たゞ長いものが一ケ所でつながっていれば、手をとりあっていることになるのだ。——それを我われ地球人は、一つの強大なものが多くの弱小者を征服する意味に解したのだ。

「どうして地球人はそんなに侵略を惧《おそ》れるのだろう？　それは自分が侵略者だからだ。地球の国このすべての歴史は、たゞ侵略のそれでしかない。

「同様に最後の円筒もなんら害意をもったものではない。あれは羊歯《しだ》のような隠花植物だった。だから胞子が飛び、煙が立ったように見えたのはその細かい花粉にすぎず、それがたまたま我こに有害だったのだ。

地球にもそうした有毒植物はざらにある。しかし荒涼たる彼らの世界では、あれは唯一の、そしておそらくは最上の美しい花、美と愛と平和の象徴《シンボル》だったのではあるまいか——彼れはおそるべき地球人の誤解と敵意に傷つきながら最後の力であれを投げよこしたのだ」——

それから一年たつ。

『日誌』は宇宙研究所で綿密に検討されたが、昆虫人間の心臓の形の図型化と認められるものがはなはだしい頻度で現われるところから、やはりルイの直感したような情緒がほぼその文意であろうと結論された。かれが、その可能性が地球では考えられもしない個人の資格で来たのか、何かを代表した使者として、また使者ならばなぜ僚友なしに一人で来たのか、そういうことは未だに何一つ判っていない。

村は「円盤」の着陸跡を観光地にしようとしたが、おルイの「神様」が喜ばなかった。彼女は苦こしげに言った。

「何だ後悔もしやがらねえで金儲《かねもう》けがあッか。そんな碌でもねえ事ばかりしてるつうと、人間はいまに亡びちまうだぞ！」

おれはまさか、人間が亡びるとも思わない。がどうも我れわれの地球とこのごろの人間は、あまり上等の代物とは言えんようだ。

幻《まぼろし》兵団

1

私がその奇妙な部隊のことをはじめて耳にしたのは、開戦後まもない十二月下旬の、マレー進攻作戦のときであった。もっとも「破竹の進撃」といわれた、あの緒戦好調のときでもなければ、いくらこちらが「報道班員」だったにしろ、気むずかしい我軍の憲兵から、あんな打明け話はきけなかったかも知れない――。つまり、当時はだれもかれもが上気嫌で、たがいに友好的だったのである。

「オイ、あれゃ憲兵じゃねえか」

私がついて歩いていた第五師W部隊の伍長が、午《ひる》の大休止のとき、口と飯盒《はんごう》のあいだを往来していた箸の手をきゅうにとめると、その手でむこうの、給水車のきている街道の方をさしていった。

「いったい全体、なにごとが始まったんだ。こんな最前線へ黒襟《くろえり》が出てくるなんて」

見ると、給水車のそばに憲兵旗をたてた司令部の車がとまっていて、ちかくの炊事班のテントのところに人だかりがしている様子が、なんとなく物〻しげである。私はそのなかに、ひとり、たしかに襟章の黒い士官がまじっているのを認めた。

ちょっと離れているので、肩章はみえなかったが、年のころからすると、せいぜい少尉ぐらいなので、私はかまわず近づいていって、

「何かあったんですか？」

ときいた。

「いやア……」

はじめ、ちょっときつい顔でふりむいた士官は、私の腕にまいた報道班の白布に気づくと、すぐ腹蔵のない態度をしめしてこたえた。

「それがちょっとひと口にはいえない。ヘンな事なんでネ――そうだ、これはあなたにきいた方がいゝかも知れない」

そういうと、かれはいままで話していたらしい炊事班の連中に、もうよいというような合図をして、あらためて私にむきなおった――やはり少尉だった。

「あんた、このへんの事情にくわしいですか？」

と彼はいきなりきり出した。

「――新聞の方らしいが」

「たいしたこと無いですネ」

私は恐縮しながらこたえた。

「出るまえにひと通りつめこんでは来ましたが」

「このへんに日本人村落がある、というような話を聞いたことがありますか?」

「イヤ、いっこうに――」

「そうでしょうなァ」

「日本人部落がどうかしたんですか?」

こんどは、私がおどろいてききかえした。

「このへんにですって?――まさか!」

タイや、呂宋《ルソン》の昔ばなしではない。昭和十六年のマレー半島の山のなかに、長政や仁左衛門の子孫が、まさかいようとは思えない。

「ところが、そうとしか考えられない、と捕虜がいうんです」

「捕虜って、英軍のですか?」

「そうです。自分たちはたしかに正規軍でない、日本人のゲリラ隊を見た。それにやられたんだ、と真顔でいい張るやつがなん人もいる。司令部では『あわてて、なにかを見違えたのだろう』として重視していませんが、事実だとすると、かなりの規模の日本人部落の存在が考えられるので、調査命令が出たわけです」

私の記者根性が、たちまちむくむくと頭をもちあげた。

「そりゃちょっと、その捕虜の連中と話してみたいですネ」

と私はいった。

「いいですとも」

若い憲兵士官は気さくにこたえた。

「こっちからもお願いしたいくらいだ。連中はまだ、タイピンの小学校に仮収容中です。おつれしますから、ひとつ、よく話をきいてみてください――とにかく変ですよ、集団幻覚なんてものがあるのかな」

私は、士官といっしょにタイピンまで戻り、いわれたとおり、入念に捕虜たちの話をきいた。J・F・ネヴィルという、すこし年配の一等兵の話が一ばんしっかりしていた。

集団幻覚ではなかった。

2

ジェームス・フォースタフ・ネヴィルは、睡《ねむ》い目をこすって、むこうにかかっているアロルスター渓流の橋をながめた。

橋のうえへ、はじめて見る日本軍が、なんの前ぶれもなく、イキナリたち現われたのだった。それもたった五人でである！

彼は、「日本軍はかならずここへ来る」という予想のもとに、この橋梁守備を命じられた本隊の使命を知っていた。この北境の一カ所の固めが破られれば、日本軍は怒濤のごとくに、マレーへなだれこんで半島を席捲するであろう。各員はあくまで全力をつくしてこの渡河点を死守せよ、そういわれてあの「寝耳に水」の八日いらい、夜の目もねずに守備の任務についてきたのだが、それにしては、あまりにも敵軍の現われかたが野放図にすぎた。

それは第五師団山下軍団の尖兵、朝井少尉のオートバイ隊だった。一たん橋の手まえで停止した彼ら五名は、なにか、てばやく打合せるとみるまに、爆音けたたましくそのまま突進してきた。無茶とも暴挙ともいいようのない、まるで破れかぶれの戦法である。

呆気《あっけ》にとられていた味方陣地は、あわてて一せいに機関銃の火蓋をきり、対岸まで出むいていた友軍もひきかえしてきて、残りの六名ともこの小隊をせん滅したが、それと同時に、おどろくべき事態が発生したのだった。

この日本軍尖兵の動きを、さらに上流にかゝっている鉄道橋奪取のための陽動作戦――といちはやく見てとった指揮官は、ただちにその方面にかけて、部隊主力の防備態勢をかためようとした。

そのとたんに、対岸の山腹から、降ってわいたような、異様な装備の敵部隊があらわれて、喚声をあげて河をわたりはじめたのである。

工兵大隊なのか、騎兵大隊なのか、騎兵連隊なのか、舟も馬も持っているが、服装はまるでまちまちで、のこらず日本軍特有の日ノ丸のついた白鉢巻をしているのだけが共通点、なかには昔の武士《さむらい》みたいに、大刀を背負って草鞋《わらじ》ばきの連中までいる。

味方はもちろん狂気のように機銃掃射をあびせた。が、地勢と距離のためか、ほとんど効果がない。あとからあとから続々と出てきて、平気な顔でこっちへやって来る！　みるみる河は一めんこの敵勢で埋まってしまった。なんのことはない、ゲリラが一連隊出てきたかと思われるばかりである。

それと同時に、うえの鉄橋のほうには敵正規軍の主力がおしよせてきた。どちらも圧倒的大部隊で、味方ははやくも動揺しはじめた。

「退却！」

パーシバル司令官は、マレーを全半島要害の地と考えていた。北辺一カ所の突破をゆるしても、まだ中部山地でくいとめることはできる。そうしたわけで、日本軍がいつかは来ることを知って待ちかまえていたアロルスターの英軍は、日本がわにとって、意外なほど呆気《あっけ》なく撤退したのである。

もちろんそれは、あまりにも優勢な日本軍の数と、見事な奇襲作戦のためだ。自分たちには、どうやって日本軍が、あんな大部隊を山間の渓流にひそませることができたのかふしぎでならない。あのまちまちな装備と服装からすると、どうしてもゲリラとしか考えようがないが、正規軍の将士がそれをぜんぜん知らないらしいのも変だ。

するとつ付近に、なにか大きな日本人集落でもあって、そこで組織された義勇軍なのだろうか。いずれにしても自分らは、あの奇襲部隊におどろいて退いたことは確かだ。

――と、英軍の捕虜ネヴィルは話した。

3

そんなばかな事があるものか、と私は思った。「日の本」を守る神兵か、神風が天下ったとでもいうならとにかく、こんな所にゲリラだなんて。調べてみても、あたりにそんな「日本人部落」など、もちろんありはしなかった。

そして「神風」は、不徳な近化日本にはもう吹かず、どういうわけかアメリカにばかり吹いた。

こえて十七年の六月には、もう、周知のように庸将南雲が索敵の不足、感知されるにきまっている無電の使用、敵前の装備がえと、三重のあやまちを犯して、ミッドウェーに全艦隊をうしない、戦争の大局ははや定まるにいたって、破竹のいきおいで全東アジアにひろがった我軍も、それ以後は敗戦へのながい下りの途《みち》をたどりだすのだが、いまいったとおり「そんなばかな!」と信じかねた不思議な戦闘員の一群を、私がこの目で見とどけたのはちょうどその頃だった。

昭和十七年八月八日、軽・重巡洋艦七隻、駆逐艦一隻よりなるカビエンの三川第八艦隊は、前日われの虚をついて、ガダルカナルに上陸した敵戦隊を粉砕すべく、朝霧を押分けてソロモン沖を南下していた。

「報道員、いよいよ本ものの海戦が見られるぞ。しっかりカメラと褌《ふんどし》のヒモをしめていろヨ」

　私の配置された重巡青葉の、艦砲指揮官の大尉が、からかうような口調で話しかけた。

「だが、ついでに浮袋のヒモもよく胴中へくくりつけておいたほうがいいぞ。この戦闘は軍艦マーチで全員帰還、ということの反対になりそうだから。敵は圧倒的に優勢なんだ」

「艦艇数は？」

「巡だけが六隻でほぼ伯仲、だが駆逐が十七はいで、おまけに戦艦までいやがる。三倍の敵が待ちかまえているところへ突っ込もうというんだ。哨戒も厳重だし、マア、いまのうちに書残すことがあったら書いといたほうがいいナ」

　覚悟は、国をでるときからできているといっても、いざとなるとやっぱりいい気持ちのものではない。そのばん、眠れない目をむりに寝床でつぶっていた私は、いきなり、

「右舷二十度に船影！」

の警報によびおこされて、甲板へかけ上った。

　見ると、闇にもしるく敵巡が一隻、こちらへむかって近づいてくる。あとでわかったところでは、これはサボ島南水道を哨戒しているキャンベラとシカゴのうちの一隻なのだった。

　ハッと目をこすってみると、やつはクルリと反転して去ってゆく――艦内は一せいにホッとした。もしここで敵にわれの接近を感づかれたら、寡勢の奇襲攻撃は効力を失ってしまう。

ところがどういうものか、敵レーダーもこの場を見逃してしまって、翌朝ツラギ港の沖ふかくはいるまで、わが行動は気《け》どられなかったのだ。

三倍の米艦隊にむかって、八隻の日本軍が突っ込んでゆく海戦は壮烈をきわめた。敵は寝込みをおそわれたように狼狽《ろうばい》してたちまち混乱し、はやくも重巡数隻は火災をおこして、一瞬浮き足みせて立怯《ひる》んだかに見えたが、やがて、数をたのみに陣容をたてなおし、かさにかかって、われを押包もうとした。

そのときである。決戦の海原をはさむフロリダ・ガダルカナル両島の岸から、水面をおおいかくすような、小艦艇の大群がおしよせてきたのは――

いずれも船首に、へんぽんと日章旗の小旗をひるがえし、白波を蹴って、南北から米濠艦船めがけて突進してくる。見たこともないほどの水雷艇の大挙襲撃である。その数じつに数百、いや数千!

敵は肝をつぶして潰走した。いや、しなくとも雷撃は身をかわすより仕方がない。やっと立ちなおった敵艦隊の戦陣は、これでまたまた崩れさり、逃げるやつ、のたくるやつ、互いどうし接触《ぶっか》るやつが続出する有様で、我軍は一隻もきずつかぬ完全戦のうちに、敵七隻を撃沈破してひきあげた。

――これは一たいどうしたことなのか。あのとつぜん現れた味方の雷撃隊は、どの方面に属する何の部隊なのか。どうしてあんな大編隊をこんなところに潜ませていたのか。旗艦鳥海の無電室は、ひきあげながら、基地帰投のあいだじゅう、艦隊長官三川中将の名をもって、問いと照会の電波を発しつづけたが、確答はついにどこからも得られなかった。後日、米濠軍の捕虜で、この海上戦闘に参加していた者からきいたところでは、あの水雷艇の大群は、戦闘のおわると同時に、出てきたときとおなじように、忽然として何処へともなく立去ってしまったという。

4

十九年――。サイパン、レイテ、硫黄と、アメリカの上陸進攻がつづく敗戦前夜の年だ。私のそのころ、やっと交替ひきあげの指令をうけ、もう完全に敵潜のひとり舞台になっている海を、どうやら沖縄までたどりついたが、そこから先がどうにもならなくて、守備部隊のご厄介になってお茶をにごしていた。

米軍の大挙来襲は、時間の問題だった。

このころになると、将兵の神州不滅、無敵皇軍の信念もだいぶ怪しくなり、士気はかならずしも衰えていなかったが、そうそう神風は吹かんというのが、各部隊のあいだを漂う、一種の諦観のようなものになっている気味があった。

どうじに、それにかわって、怪し気な流言のような、ヘンな希望的観測が、あちこちでささやきかわされはじめた。

「ナーニ、いざというときには『幻《まぼろし》部隊』が助けにくるさ!」

というのである。

ちょうど、硫黄島がたたかわれている最中で、敵の百分ノ一にもみたない装備兵員の我軍が、鬼神もたじろぐような、壮烈な防禦で米軍をなやましているのは、とうてい人間わざではない、というのが、本土やその他の友軍の感想だった。沖縄ではそれが、事態が切実に近接しているだけ、いっそうひとごとでなく、だれの心をも占領し、

「あれは『幻《まぼろし》軍団』が行って援けているのだ」

と真顔ではなしあう兵隊たちも少なくなかった。『幻《まぼろし》軍団』――『まぼろし部隊』――なるほど、ではあれがそれだったのか、と私はやっとこのとき、マレーの緒戦と、ガダルカナルの危局に、どこからともなくたち現われた、ふしぎな日本軍の正体におもいあたった。

しかし、それでも依然として、謎は謎である。まさかあれだけの大勢の、それも敵味方で立場を異にしている人間たちが、気をそろえて集団幻覚にとらわれるはずもなし、事態は現実に結果としてあらわれているのだから、どこかにその部隊なら部隊の本拠、軍団の実体がなくてはならない。それは一たいどこにあり、平素は何をしているのだろうか。そして、それならなぜ、重大だったシンガポール作戦と、ガダルカナルを助けながら、あのミッドウェーの破局を防ぎとめなかったのか。

そうなると、私にもかいもくわからなかった。そういえば、かなり前から我軍兵士のあいだで「幻《まぼろし》部隊」という、夢のような神頼みの言葉を聞いた覚えがある。それがまったくのただの神頼みに終わらねばよいが――。

そんなことを考えているうちに、硫黄島はおち、米軍は津波のように海を巻いて沖縄へおしよせてきた。そして、すでに実体をうしなっていたわが海軍に、ただ一つ残った「大和」が、小びとの袋叩きにあう巨男《おお》のように、数百のP51などの敵機に轟沈されるのを目前にみながら、その幻《まぼろし》の軍団は、ついに再びあらわれようとしなかった。

――やがて沖縄はおち、私は米第五軍の捕虜となった。

5

その私を、ある日ひょっこり訪ねてきたCIAの米将校をみて、私は吃驚仰天《びっくりぎょうてん》した。

「なんだ、マレー軍にいた、ネヴィル君じゃないか？　どうして君はまた米軍に……」

「いや、シンガポールの捕虜交換で帰れたんだ」

と彼は面白そうに説明した。

「それからいろいろとわけがあって、米軍の科学班にはいった。二重国籍なんでネ。ところで今日、わざわざ君をさがしてやってきたのはほかでもない。アロルスター橋での出来事をおぼえているかネ？」

「忘れようったって忘れられないヨ」

「ぼくもだ。話はそれなんだが、きみはその後、日本軍の特殊映画班について、なにか聞きおよんだ事はないかネ？」

「なんだと!?」

私は目をまるくして口をあけた。

「映画班だって? オイ、まさか君は、アロルスターやツラギのまぼろし隊が、特殊装置の映画でした、なぞと言いだすのじゃあるまいネ」

「どうしていけない? そうとしか考えられないんだ——いいかネ」

ネヴィルCIA員は、収容所面会室のそまつな卓のうえへ、一枚の図面をひろげながら私に説明した。

「立体写真術《ステレオスコピックス》というものがあるだろう。ふつうの光線写真をつかって、実体どおりのものを彫塑《ちょうそ》する法だ。映画は映写幕がなくては映らないが、仮りに空気中の塵のような、微細な物質に、結像焦点の合ったところでだけ、反応させることができるとすると、物体のAの点は、空中A′の点で結像し、Bの点はおなじくB′で結像するから、いわばその物体をそこへもってきたと同じに再生できるわけだ。もちろんこんないい方は実地をひどく飛躍してはいるが、原理的にはできない事ではないんだ。我われのほうではてっきり、日本にその先鞭をつけられたと思って、躍気になって調査しているんだヨ」

「考えすぎじゃないのかな。日本軍でそんな研究のすすめられていたことは聞かないよ。レーザー線で虚像をつくるなら話はべつだが」

「ちがう。レーザー虚像は名のとおり実像あっての虚像だ。自由に動かすこと自体むずかしい。これは思うまゝに動く世界のつくりだせる映画でなければの話なんだ。軍でなくたっていいさ。我われのほうでは、当時の映像、いわば画面だネ、あの特徴から、あの映画はむしろ民間でつくられたものと考えている者のほうが多い。サア、知ってることがあったら聞かせてくれ。もう平和なんだ。発明者は億万分限《ぶげん》にだってなれるんだぜ」

「そんなこと言ったって……だいいち、映画を空気中の何に結像させるんだネ」

「それが解ればききにはこないヨ。その原理が知りたくて調べにまわってるんだ。たぶん、炭酸ガスかアルゴンにだろう」

「アルゴンは何にも反応しないぜ」

「だが真空中では発光する。ネオン管の現象を空中でおこせばいいんだ」

――私はだまって窓のそとの沖縄の青い空をながめた。

アルゴン――空気のなかのもっとも重い、無意味な成分――。

とつぜん私はたち上がった。

そうか！　それでわかった。

幻兵団は、だからミッドウェーと大和の救援に来なかったんだ。来なかったのじゃない、来られなかったのだ。

重いアルゴンは、地表ちかくにしか反応するだけの分量がなかったんだ。ミッドウェーと大和の沖縄出撃とは、どちらも空の戦いだったから。

「わかったよ。手伝おう」

と私はいった。

「どこへ行ってしまったのかな。その発明者とその装置は。できたら僕も、ほんとうにそれを知りたいと思うよ」

カシオペヤの女

参列者もすくない形ばかりの埋葬式ははやく済んで、人々はみな散っていった。

私はひとり、降りだした小雨のなかに傘をさし、ま新しい墓標のまえを去りかねて立尽していた。

「永井麻知子之墓」——

白い木に、目に浸みるほどあざやかな墨の痕が、まだ乾ききらぬうちの雨でところどころ滲んだ七つの文字はそう告げている。

永井麻知子の墓——と私は自分につぶやいた。永井麻知子ッて、誰なんだ——？　一たい何者だというんだ。この「永井麻知子」という女は——？

もちろん、その人柄なり、顔付き、住居や勤め先というようなことなら、知りすぎるほどよく知っているのだ。会社の同僚を介して知りあった、まず親しいと言っていい間柄の、女友達のひとりである——こうして会葬に加わっているのもむろんその為めだ。

ただ、分らないのは、彼女、この「永井麻知子」が私にとって何だったかという事なのだ。彼女は山で罹った急性肺炎のために、アッというまにまだ卅まえの若さで世を去ってしまったのだが、それが私には只の友達が死んだくらいとは思えない、まるで恋人に先立たれたようなショックに感じられたという事が不思議なのだ。

そんなら、実は内心愛していたのさ、簡単な事じゃないか、とは誰でも思いつく説明だろう——だがそうではなかった。むしろ反対だった。彼女自身はひどく私に好意をもってくれたが、私にはそれはせいぜい有難迷惑でしかなかったのだ。だのに、病院で彼女が息をひきとった瞬間、六キロ離れた市《まち》の此方がわのアパートの二階で寝ていた私は、ハッと何かに揺すぶられたように目を覚ましたのである。

「永井くんが死んだ！」

と、そう私は叫んで起上った——と同時に何か取返しのつかぬ失敗か紛《な》し物をしたような落胆と悔恨がわきあがってきた。それはまもなく、覚めた夢のように消えてしまったが、あとで彼女の病室に居合わせたべつの女友達から聞いたところでは、私がこの不思議なショックを感じたのは、まさにピッタリ彼女の臨終の時間と一致していたのである。まるで親類のだれかが死んだときの、お通夜の晩にきッと出る「虫の報せ」の話みたいであるが、本当なのだ。

——これは一体、どういう事なのだろう。何がいつの間にこの、冗談に手をにぎりあったこともない只の「女友達《ガールフレンド》」を私の内部に、私じしんが驚くほど深く植えつけていたのか？

——私にはそれが分らないのだった。

——いつかあたりの人影はなくなっていた。

「旦那も早くなさらねえと、ドシャ降りになりますぜ」

あと片付けを済ました人夫が鶴嘴と円匙《えんび》をかつぎあげ、立去ろうとしながら私を促すように振返った。

「このへんじゃ、春さきの雨でも油断はできねえんでサ——夕立の本場だからネ」

「イヤ、傘があるから——」

私はかれの面白い表現に笑いながら答えかけたが、中央山地に接している地勢上、雷雨のおおい土地であることを思い出した。

「そうだったネ——有難う、もう行きます」

はじめて麻知子と識りあったのが、やはりここから遠くない、T高原のキャンプだった。当地の出身である同僚のHがたてたヴァカンス計画でやってきたわれわれのグループは、東京の勤め先はたがいに違うが、彼とおなじ町の学校で同窓だった麻知子の組とK線の駅で偶然出あい、合流してY岳へのぼり始めたのだった。

さいしょの晩は、まだ両組ともそれぞれの天幕だったから何ということもなかったが、つぎの晩は山小屋だった。そして双方とも人数が三人ずつだったことが、どうもそういう成行きになる五〇％の必然を孕んでいたといえる。つまり、内訳四人が麻雀に夢中になり、それの出来ない、ないしは気のない二人が、仲間はずれめいてハミ出した次第なので、それが私と麻知子だったのである。

われわれはボソボソと不器用にたがいの職場のことなどを語り、手持不沙汰に露台へ出て空をながめた。

「きれいな星――」

と彼女は言った。

「東京とはまるきり違いますわネ。郷里《くに》へ帰るたびにそう思うんですけど、ここではもっとですわ」

「ご郷里がKだそうですネ」と私も、自然に浸《ひた》りに来たことなどはそッちのけでいるH達のさまを振返って苦笑しながらこたえた。「それじゃまだ一千メートル以上もこっちが高いですよ。碓井で九五六メートルだから。明澄度二〇%増しってところですかな」

「ほんとに、手がとどきそうですわ」

女の子が花か星のことを言いだせば、話は何とでもなる。それに私は宇宙が大好きなのだ。

「あれがカシオペヤです」

と私は得意になって指さした。

「いまが一ばん端のほうへ行ってしまう時期ですけどネ。あれからも北極星がたぐれるんですヨ――ホラ大きいのが五ツ六ツ、歪《いび》つなWみたいになってるでしょう？　あの端の二つをつなげた線を七、八倍に延長してくると、ソラ、北極星にぶつかります」

「アア、ほんと――」

「このほうがよく謂われる大熊座の北斗七星から見付ける遣り方より分りやすいという人が多いですよ。というのは熊座の斗形《ますがた》は似たものが方々にあって、大熊と小熊の対照なんかをよく識っていないと判別しにくいからなんです。ところが肝心の北極星はその小熊座の尻《し》ッポなんだから、北斗がすぐ見付かるくらいなら何もそのうえ苦労することはないんです」

と私は一つ覚えの笑い話を披露したが、永井麻知子はジッとひとつ星座を見つめているきりだった。そして、

「カシオペヤのお話をもっとして下さいません？」

と言った。「胸に浸み入るような響きをもった名前ですわ。この名もやはり西洋の神話から来ていますの？」

「そうですネ、たしかケフェウスという王様のお妃《きさき》で、竜神の犠牲《いけにえ》になって岩に縛られてるのをペルセウスに助けられるアンドロメダのお母さんでしょう。だからこの四人の名を取った星座がみな隣りあっていますーー」と私は一つ一つ教えた。「ソレ、あの四角い凧のようなお隣りがケフェウスで、その二つにまたがるように延びているのが……」

だが彼女は、せっかくそうしてやっても、見ても聴いてもいないようで、

「カシオペヤのことがもっと聞きたいわ」

と、せがむようにすり寄って来ながら言うのだった。

「そうですネ」と私はソロソロ怪しくなってくる天文知識をふりしぼった。「あれはたしか、きれいのHⅣ・三十という有名な群星雲のある星座ですヨネ。お隣りのアンドロメダにも有名

な島星雲があるでしょう？――そうだ、この空ならどっちも肉眼で見えるはずです」

私はさがし、指さした。

「ソラ、W字型の右かどが一ばん大きいでしょう？　あれがα《アルファ》です。そこからちょっと外側にまた一つ小さいのがある。その脇です。霞んだ星のような小さなものが光っているでしょう？　あれです――それからその下で地平線に平行にのびているのがアンドロメダで……」

「ア、ほんと！」

彼女は熱心にながめて叫んだ。

「でもあの二つに、べつな呼び方なさいましたわネ。それぞれ、なにか違いますの？」

「よくは知りませんが、島宇宙といって、ある星雲はわれわれの銀河世界みたいな、ひとつの宇宙なんですとさ。アンドロメダにある方は、そのうち一ばん近い、吾こ のお隣りのやつなんです。といったって何十万光年という距離だそうですがネ」

「マア、お隣りの宇宙ですッて――」と麻知子はため息をついて言った。「なんて神秘なんでしょう！　カシオペヤのもそうなんですか？」

「イヤあれは正式には星団とか群星雲とかいって、宇宙星雲とはちがうんです。たいていは遠くの星がかさなって見えたりするんじゃないですか。でもカシオペヤのは実さいにたくさんの星が群集している区域だというんで有名なんですネ。何千という、互いに近い距離の小さい星の群れが、なにか親近関係のために違いない同一の運動にしたがっているそうです」

「マア。どんな運動なのかしら。なぜなの？　そしてそれ、やっぱりカシオペヤの神話に関係ありますの」

「イヤア――そいつは一向……」

遺憾ながら私のギリシャならびに天文に関する知識はこれで種切れだったので、それ以上この古代王妃についての情報を提供することができず、私はいささか男を下げたが、彼女はなお一心にカシオペヤを見上げていた。

いま考えてみると、すでにこの事からして彼女は、すこし異常というより、だいぶ変っていたといえよう。どうしてカシオペヤが「胸に泌入る」ような名なんだ。星座は全天に九十と九ある。たとえ一度にみんな見られないにしても、なにも山の上で空をながめるのにカシオペヤに限らなくてもいいではないか。だが私はそれをこのときばかりか、ずっと後まで認識しないで、彼女の本質を悟ることに失敗したのだ――たぶんこれも、後で話すが私のおなじ鈍さからだろう。

麻知子はしかし私の気持なんぞに関わりなくおなじ空に見入っていた。

「星雲――」

と彼女は私の言葉をくりかえすように呟いた。

「あの小さな星のような点が、何千万という星々の宇宙なんですのネ」

「何億ですよ」と私は訂正した。「たいがいの宇宙の恒星数は十億ないし百億といわれています。群星雲のほうはまちまちですが」

「マア、そんなにたくさん？」

そうやって見上げている麻知子の横顔は、しかし本当に何かに心をうちこんでいる者の一種の美しさを漂わしていた。そしてそれは、屋内の灯火をうけているという以上に輝いているように私には思えた。

「貴女のあごと首すじにかけて、黒子《ほくろ》が六ツありますネ」と私は何となく目についたままを口にした。「そして、それがカシオペヤみたいな形をしていますヨ」

彼女は「アラ！」と、あわててそこを隠すように抑えながら笑った。そして、

「いやな方、へんなものご覧になって――」と言ったが、フト何かに思い当ったというふうに、

「そうね、そう言えばつなげると開いたWになるわネ」と独り言をいって、ソッとそれを撫でた。

「そう。そうだわ。それでやっと判ったわ。どうしてあんなにあのカシオペヤ星座が、なにか自分に深い関係があるような気がして仕方なかったのか――」

そして可笑しそうに低く笑った。「こんな事だったのネ！」

「そういう事も有るかも知れませんネ」と私も笑い、ふたりは中へはいった。

――話はそれきりである。それから私は冗談に彼女を「カシオペヤさん」とよび、彼女は

それを欣《よろこ》んでいるふうだった。東京へかえってからも双方のグループは交流をたもち、共同で日曜サイクリングを計画したり、だれかの誕生日に招きあったりする状態がしばらく続いた。そのうち何となく、特定のふたり同志が仕事の帰りに食事や映画見物をともにする組合せが一つずつ出来あがっていったが、私と永井麻知子は最後までそれにたちおくれ、その結果ふたりだけが残って自然とこれも形だけはそうしたひと組みになった。

これはそう不愉快なことでもなく、吾々はけっこうそうやって、何か他の連中にまけない恋人同志であるようにわざと振舞うことに互いにある慰めと喜びを感じていたものだ。

いま、そのころを振返ってよく考えてみると、彼女が私を愛していてくれたことは疑う余地がないようである。そういう証拠がたくさん有るし、じじつ当時でも彼女の言動の端々にそれとなくその気持を訴えるものがあった。そしてまた、いくら鈍感な私でも、そうではないかと思うようなときが無いではなかったのだが、その私はこれから述べる理由で、恋愛ばかりか人生万事に引込み思案だったし麻知子は麻知子で、『愛しちゃった！　結婚して！』などと、女のほうからずけずけ憶面なしに押してくる今日タイプではなかったのである。「おれの己惚れだろう——思いすごしさ」と、よくそのころ私は独りになるとそのことを考えては自分に言ったものだ。「へたに好い気になって反応して、恥掻いちゃつまらん」

何だ！　引込み思案どころか、とほうもない恥かしがりだ、おまけに廿世紀の人間とは思えない不器っちょさ加減、そんな事はどうにでも確かめられるじゃないかと、貴方がたは言うだろう。おっしゃる通りだ。私だって、ハテナ？　と思えば、何かにかこつけてそれとなく相手の意中をたたくぐらいの智恵はもちあわせている——だが、私にはそうできない、というより、何に対しても自分が積極的に出るのを自分で妨げる、ある内部的な理由があったのだ。

というのは私は……私には——過去がないのである。

私の本籍はS市の孤児院にあり、記録は同院が収容した戦災孤児となっているが、異常な早期に記憶喪失をおこしているのか、なんらそれ以前の経歴・素姓をたぐるに足りる記憶がないのである。私は孤児院につけてもらった名で施設の小学校を了《お》え、おなじ市の小会社の給仕になったころからこの・自分の体系だけしかない・ひとりきりの人間形成をはじめた。自分でいうのもおかしいが智能は人並み以上だったので、夜学だけで二つの国家試験をパスし、現在は首都の一流商社で年のわりにはかなり高い位置と収入に恵まれて暮している。その点不足はすこしもないが、どうしても芯から幸福だといいきれない、ある淋しいものがつき纏うのだ。

貴方がたはおそらくこうした純粋の無系類という孤独をご存じあるまい。それは説明しがたい周囲との違和感、断絶感を醸成するものである。私は反動的に世間にたいして内気になり、一人旅や山や夜空の星が好きになっていった。

独り住まいのアパートで、所在ないときは書物をひらいて古人に聴き、空をながめて星と語りあう——そんな私だったから麻知子の気持は、自分はどうとしても、涙が出るほど嬉しかった。それでいて私はそれに酬《むく》いることをしなかったのだ。親族、家系というもののない、云うなれば文字どおり世にいう「素性の知れない」自分の戸籍の秘密が、どうしても現在以上に彼女に接近することを躊躇させたからである。親しくなれば必ずいつかは互いの家族や生い立ちを語らねばならぬ時がくる。それが怖くて私は、ずっと何にも気付かぬふりをして通した。そしてそれが私と麻知子を、ついに永久に隔離したきりにしてしまったのだ。

——私は卑怯だった。

彼女はどんなに私を愛していてくれたことか？　いまさら何を言い紛らし、何を隠して真実から逃げよう——それは、まったく明白といってよい事だったのだ。

彼女は私に手袋やタバコ入れを編んでくれ、六月と十二月にはきっと流行のシャツやネクタイ等の進物をくれた。学生時代以後はろくに坐りもしない机が、それでも鹿爪らしく置いてある私の部屋へ来ていったあとでは、座ぶとんと肘つきを縫ってくれたし、私がそよ風にも消える安ライターを呪うと、つぎのXマスには安くないガスの防風型を、それも燃料《フユエル》を二本添えて贈ってくれた。そうかと思うと、月の下旬にフト明るい笑いを含んだ声で、

「ポケットがお涼しいんじゃない？　こんばん私が奢りましょうか？」

などと電話をかけてきたりした——つまり何かにつけてこの私を思ってくれていたのだ。ばかりじゃない：私が女のタバコを吸うのは嫌いだと知るなり、ピタリと罷めたじゃないか！

「どうして止めたの？」

ときくと、笑って・答えなかった。

ああ、あのとき、なぜいきなり抱きかかえてつよく接吻してやらなかったのだ——もう遅い！

そう。いくら悔んでももう遅いのだ——

傘にあたる雨あしがにわかに強くなったと思うと、サッと荒い風が吹きすぎて、山に遠《とお》かみなりの音がした。

「ソウラ来た！　言わねえこっちゃねえ」

近所に道具をおいて帰るのか、自転車にのって向うの野道を通りかかったさきほどの人夫が、大声をだして呼びかけた。

「旦那ア、はやく引揚げねえと傘もさせなくなりますぜ！　仏さまはどんな大事な方だったか知らねえが——」

自分の身が大切だよ、というような事を言ってかれは走り去った。

大事な方——たしかにそうだったに違いないが、「自分の身」とは何のことだ。小さな不審を感じてフトそのあとを見送りかけた私の目の前が、いきなりピカッと紫いろに光るなりバリ、バリ、ピシッとつん裂けるような物凄い響きにつつまれた——夏をさきがける山雷である。

ああ「傘がさせぬ」と云ったのはこの事だったのだな——

〈あぶない——〉

私は反対がわの林に目をつけ、そこで雨を凌ごうと思った。

私は傘をつぼめようと右手を柄にもち添えたとたん、ふたたび今度は音もなく目の前じゅうが銀青《あお》緑に光った！

そして焦げるような酸っぱい臭いが、ツーンと頭のなか一ぱいに拡がった――


……………


「GZ五三七一号」

「ハイ！」

「きみの任区はクルル十番星だ。暑い星だから、体質転換に遺漏のないよう注意したまえ」

「ハイ」

「RM二七四九号！」

「ハイ！」

「きみは同班三一四五、および六と三人でヴァスム五の文明を看視するのだ。きみが隊長として指揮をとる」

「ハイ」

「この文明はいま火器を発明した危険な段階にある。くれぐれも注意を怠らずに、定期報告をつづけること」

「ハイ」

「つぎは……EK六一八三号!」

私だ。——私は一歩すすみ出た。

「ハイ」

広間じゅうの目が私に集中する——晴れがましい。上気しているのが自分で判る。

派遣司令官は元老たちの居並んだ壇上からジッと私を見おろして優しさと酷しさの中和した声調で言った。

「きみの任務ははなはだ特殊かつ重要だ」

「もちろんこれは君のすぐれた成績によって当てられたもので、光輝あるわが億世界連邦でも前例のない偉大な計劃なのだから、きみは任に耐えないと思えば辞退することができる。なぜならきみの行先はわれわれの星雲間ではない。あの美しい銀青藍《あお》の靄の向うの世界、すなわち隣りの宇宙だからだ」

音のないどよめきがホールじゅうを揺るがす——私は、目をとじた。隣りの宇宙。六十万光年のむこう——気まで遠くなりそうな距離だ。

「われわれがきみを調査兼偵察・監視員としてさし向けるのは、そこの銀河系で太陽と呼ばれている、比較的そとがわに偏在する小さな星系の、第三惑星だ」

と司令官はつゞけた。

「もっともわれわれの宇宙ウューヴルは、先方からは彼等がカシオペヤと呼ぶ星座の群星雲のかげになっているために、むこうでは知られていない。それだけに赴任とその使命遂行には、一そうの不便と困難をともなうのだが――どうだ、行くかネ?」

なみ居る長老たちも、ホールにみちあふれた若者らも、いまや全員が固唾をのんで私ひとりを見守っている――私は胸の高鳴りをおし静めながら、上体をキッとまっすぐにした。

「参ります!」

「そう答えると思っていた」

司令官は莞爾としてうち頷いた。

「この銀河系はよそとくらべて発達がやや遅れていて、単一の宇宙政府はもちろん、われわれが呼びかけるのに適《ふさ》わしい代表的な恒星連邦もまだない。わずかに中心部のようやく光速段階にたっした文明世界たちのあいだに、重力機関の円盤機で交通する二三の星間連合があるばかりだが、この連合体のある者の最近の動きがわれわれの注意をひいたのだ。かれら自身から見ても、辺境の四等星にすぎないだろう〝太陽〟の周囲を、もっともそれに近い一つがしきりにパトロールしているのだ。観測データを分析したところ、それは吾々がおこなうのとまったく同じ理由に基づく監視行動であることが判った…つまりこの太陽星系内のある有生命惑星が、われわれの時間でほぼ百年前から文明段階にはいっていたのだが、きゅうにその危険指数が増大したためらしいのだ。後進惑星の文明危険期ほどわれわれ進歩世界の注意を要するものはない。われわれは隣りの宇宙だからと無関心ではいられぬために、とくにこれを詳細に観測した結果、右はかれらが原子操作の段階にたっしたからだという事が明らかになった」

ある種のざわめきが人々のあいだを流れる。「言うまでもなく」と司令は重々しくつづけた。

「原子力は人間が本当の科学文明をもつ最初の段階であるが、歎かわしいことにこの遊星ではほんらい文明というものが当然具えているはずの他の部分‥すなわち精神の面がまったくこれに伴っていないのだ。彼等はおなじ宇宙の星間連合の星々はもちろん、他の大部分の天体たちがもっている自身世界の総合政府さえ持っていない。その世界はいくつかの小さな単位にわかれて・とるに足らぬ理由で反目しあい、『戦争』という未開形態の集団闘争をくりかえしている。核操作の進歩も要するにそれで爆弾を造るためだったばかりか、実さいにこれを人口卅万近い都市二つに投下してその過半数‥つまり卅万ちかい人間を焼殺した形跡さえあるのだ」

嫌悪と呪詛弾劾の声が場内にみちわたったが、司令官はかるく手でこれを制してさきへ進んだ。

「諸君とおなじようにその野蛮さにおぞ毛をふるった隣接の世界たちが、これを制裁したものかどうか決定しかねて偵察をつづけている有様はまことに苦こしいかぎりだ」

そう言ってかれはやや口調をあらためると、私のほうへ向直った。

「この状態はわれわれ進んだ宇宙文明の目には憂うべきものであり、かつまたいつ何どき吾われの世界にもおなじ劣悪因子が発生するか知れたものではない、という事がわれわれに、不断に怠らぬ警戒はもちろん、さらに一歩すすんだ視察と研究を要求するのだ。そしてそのために調査員として派遣されるのが、ＥＫ六一八三号、きみだ」

「ハイ」

「そこで実さい問題にはいろう。宇宙の支配者たるわが億世界連邦の科学をもってしても、まだ二三の探険隊しか見届けていない隣り銀河という世界は、おなじ宇宙内とは比較を絶した距離であるがゆえに人間時間を以てそこへ到達する旅行には、具体的に空間の歪《ひず》みをすべる滑走法も、それを人為反転する転位法も実用にはならない。数十万光年の距離をひとりが往復するためには代生法：すなわち君の精神だけがゆき、先方の生活形態のなかで再生復活される方法がとられるしかないのだ」

　私は頷いた。生態代置方式――最新のシステムであるが、すでに試験段階は通りこしている。いささかも不安はない。

「かんたんにその航法を説明しておこう」

　と司令官は、ひろい式場を埋めた派員養成所修了生たちを見わたした。

「今回叙任してゆく者も残るものも参考のため聴くがよい。

「航者が発進装置にはいると、その肉体は精神出発当時の状態のままを復帰時までたもつために、ただちに凍結されて受理装置に移行し、保存函のなかで何どきでも精神の帰投がうけいれられる態勢にはいる。一方射ち出されたかれの精神波は空間エテレルギーの媒介によって二カ年のうちにわが銀河の周辺にたっし、ここの中継局から先方銀河のこちら岸に設けられたわれわれの出張局装置に約一年で感応する。感応した精神構造はふたたびエテレルギーの反射力により二年半で所期天体‥ここでは太陽の三番星「地球」の衛星ツキに、あらかじめ吾この準備班が設置した管制装置に再生される。そしてそこからφ線走査によって検出された地球目的地の・できるだけ系累の少い女性の宿している胎児に送りこまれて、この躰に寄留するわけだ。断っておくが、この間本人の意識はない。完全な精神の振働型《オシロモーデル》の再生は、寄留が確実に完了して宿ぬしが地球人の幼児となって出生したのち、ツキの管制装置から自動的におくり出されるある特殊な電磁振動波がその脳波を一定の型にみちびくことによって・送られた本人の意識がしだいにそこに再生され、本来の精神活動がはじまるという、迂遠な方法がとられる。なぜかというと、もし短急に・すでに形成された精神意識をもつ大人を宿ぬしにえらべば、われわれがそこへ寄留するにはその先住者をおしのけなくてはならないからだ。どんな意味でも地球人に迷惑をおよぼすことは吾こじしんの文明に反《そむ》く。このためには吾この派遣員も即時の活動にうつれず、稚《おさ》ない宿ぬしが一定年齢にたっするまで待たなくてはならないが、それは仕方がない。仮りに、今次計画の要項にはもとるが、なにか特殊な事故によって宿ぬしの生存中に派遣者が中途退去するような場合でも宿ぬしには吾こがはたらかした高度な精神の余波と振動傾向《テンデンシー》を残してゆくので、かれの空白は急速に充填されるばかりか、以後も周囲に卓越した知力をもつことになるのだ——われわれは借りた住居の家賃はなるべく払う方針なのだからネ」

笑声がわき、司令官はそれで訓辞がおわったように口をつぐんだ。きょうの叙任式にあつまった若者たちはみなこの重い任務を羨やむように私を見たが、私は反対にあわてた‥

ちょっと待ってくれ。『先方の生存中に、特殊な事故で中途退去』だと？　それが今次の計画にもとるとなると、もとらなければ一体いつ帰って来られるんだ？？？

「司令官どの、一寸伺いますが、任期はどのくらいなのですか？」

「それをまだ言わなかったネ――きみの場合は任地のはなはだしい遠さのため、特別長期駐在ということになっている。それに往復が十年もかかる赴任では、夏ごとの休暇なぞは土台むりだ。つまり君は、一おう行ったきりになって、ある地球人の肉体の一生を借りるのだ」

「地球人の一生ですって？」

私はあきれて叫んだ。

「一体むこうの生命時間はどれほどなんです？」

「かれらは吾ことおなじ代謝型の生命だ」

と司令官は当り前のことのように答えた。

「平均寿命はわれわれの約二分ノ一だ」

「何ですって？　じゃ私が帰ってくる頃にはこちらの仲間たちは、みんな年取っているか、悪くすれば居なくなっているじゃありませんか！」

「そういう事にもなるネ」

――冗談ではない！　私はクワッとのぼせあがり、反射的にふり返って、会堂にみちた数百の顔のなかから、ただひとつの顔をさがした。

「ＥＫ六一八三号、何をしているのだ」

「司令官どの、ちょっと待ってください」

私はもとへ向き直ると、躍気になって言った。

「じぶんは喜んで行くと申しましたが、これは話が違います。これは——無茶です！　イヤ司令官どのだけじゃない」

私は居ならぶ年寄たちを睨みつけた。

「貴方がた長老組にしたって、一たい何のために白い髯を生やして分別くさい顔をよせ集めてるんです？　私がやッと先月結婚したばかりの事ぐらい、考慮してくれたっていいじゃありませんか！——私は嫌です！　任期が長すぎます！」

「マアまて、六一八三号。何をそう家鴨のようにやかましく喚いとるんだ」

司令官は意味ありげな薄笑いを浮かべて、壇上から私を揶揄した。

「もちろん元老会議はあらゆる人間的問題にたいする人間的考慮と解答のために存在しているのだ。でなければ政治の運営など、電算機のほかに何が要る！——きみの・他より重く長い任務にたいしては、当然それだけの特典が付与されているさ」

私はやや気を静めた——

「遠隔の異天にただひとり長期滞在することの苦痛にかんがみ、きみの場合はとくに自由に同伴者をえらぶことが認容されている——が、ここに、それについて吾〻からちょっと注意しておきたい事項があるというのは：つまりきみの任地太陽第三惑星の生命は、いまも言ったとおり吾〻とおなじ新陳代謝をもち、そのうえ、あるいは随ってかも知れんが、吾〻とおなじ両性生殖だという事なんだが……」

　私は思わず両手を打ちあわした。

「わかりました！　それなら結構です。よろこんで行きます！——雑言を吐いてすみませんでした」

　そしてあたりへ盲滅法に呼びかけた。

「五九九四！　五九九四！　どこにいるんだ。一、緒にゆけるこ、と、に、な、っ、た、ぞ！　一ばん気懸りだった籤が一ばん好い番号にあたっていたんだ！」

　艶《あで》やかで、しかも優雅な姿がひとつ、群集のなかからもの静かに現れて、すんなりと私のそばに立った。

「伺いましたわ」

　とその姿は言った。「ほんとうに好《よ》うございましたこと！」

「いっしょに来てくれるネ？　ただしもの凄い遠方だが」

「参りますわ。貴方のいらっしゃる所ならどこへでも」

　私は彼女をだいて接吻した。

「よろしいヨ、六一八三、もうそれで宜しい」

　壇上壇下が笑いにどよめくなかで、司令官は私たちを制した。

「家庭的祝賀はそのくらいにしておいて、最後の注意を、そういう事なら二人してききなさい……

「まず、再生時期とその完了工作だが、太陽三番星はまだ政治や諍いにまで殺人がおこなわれるような野蛮かつ危険な段階にあるからそうした環境で周囲の不審をまねかぬため、きみらは初めまったくの地球人として出発し、大たい十歳から廿歳までの十年間にしだいに本来の自意識を形成するよう、諸装置の自動管制が編成してある。一時的だがそれまでは君らの精神意識はともに空白だから、地球人として生れた双方はそのままでは互いに相手を認めることは出来ない。が出生前からきみ・即ち六一八三の内部に付与してある＋の特殊生体磁気に、おなじく－を植えられた同伴者五九九四が自然と惹きつけられてゆくから、両者はかならず出会うようになっている。再生の仕上げはきみ・六一八三が行なう。きみがまずツキ電波による自己の再生を確認したら、やがて近づく或いはすでに近づいている同伴者を再生して、協力して任務にしたがうのだ。さいわい地球も両性地区だからして、きみはそのまま男子として、同行の奥さんは女として生れるがよい。そう手配しておく。きみが男として五九九四に性接触すれば、ただちに女の精神意識も新しい再生に目覚めるだろう。きみらは地球人になりきって生涯を送り、その宿った肉体が生存を了えたならば、生体の恒常回路が切れると同時にツキ装置が自動的にはたらいて回収をはじめ、前とは逆の順序で帰国することになる。もちろん、なにか不測の事故があって中途その宿ぬしが死んでも同じことが行なわれるから、きみらはどっちみち無事に帰任するのだ。われわれの装置には間違いなんぞ有りっこない――分ったネ？」

「ハイ、分りました」

「では行きなさい」

と司令官は、祝福してくれるように手を上げて微笑みながら言った。

「奥さんの再生はきみの接触だということを忘れぬように。たぶん今のようなお熱い接吻がいいだろう」

私はふたたび涌いた笑いの渦のなかで、長い訓練期をつうじ「腺型が同じだから」という医政部の不認可とたたかいながら、ホンのときたまの逢瀬に甘んじて、やっと卒業成績が考慮されたために一緒になれた愛妻をふり返った。

「行くかい？」

「行きますわ。貴方のいらっしゃる所ならどこへでも！」

ニッコリ笑ってもう一度そう答える彼女の顔を、私は思いあらたに眺め入った。その顔は、その顔は……オオ！


…………


「気がついた――大丈夫らしいぞ」

若いのと、年取ったのと、ふたつの顔がのぞきこんでいた。

――私は半身おき直って、幻をはらいのけるように首をふった。私が声をたてたのは、このふたつの男の顔の為ではなかったからだ。

「殺《や》られちゃってるかと思ったよ」

と年とったほうが、農夫らしい日にやけた顔に白い歯をだして笑いながら言った。

「ピカッと光るといっしょにあんたが倒れたもんな」

「傘へ来たんだナ」

若い方がそれを取上げて見調べながら、感にたえぬように言った。

「見なヨ、布《き》れが焼けちまってるだ！　わしらはハア、丘のうえから見ていて慌てて飛んで来たんだが、テッキリ駄目だと思ってたヨ！」

「イヤ、もう大丈夫です」

私は起上った。「ありがとう」

かれらは危ぶむように私をながめた。

「ほんとに大丈夫かネ？　家はどこだか、送って進ぜてもええだヨ。車がむこうにあるで――」

「イヤ大丈夫です。ほんとにもう何ともありません」

私は歩き出してみせた。

「ひとりで帰れます。ご心配くだすってありがとう」

「そうかネ？　じゃ気をつけて――まったく良かったナア！　運の強えひとだ」

「運ばかりじゃねえ。躰もよくよく強えお人だア！　あの落雷じゃア並みのもんだらとても助かっちゃいねえだヨ」

「特異体質だんべ」

われわれは笑って別れ、私は家路をたどるように歩きだした。

家路——？

ひとりで「帰」れます？

——どこへ。

私には家も帰るところもありはしない。

家族や幼時の記憶をもたないのも道理、じぶんは遠い他の世界からやってきたのだった。

時ならぬ雷雨は去り、両がわの田畑をつづれ縫う雑木林で気早な小鳥がなきはじめた。

天はすがすがしく晴れわたって、西で夕陽が沈もうとしている。

「麻知子——」

と私は、暮れなずむ空を見あげ、ソッと心のなかで囁いた。

「麻知子。——お前だったのだネ——」

過去を反復した夢のなかで、きゅうに妻の顔にWった彼女の面ざしを、私はあらためて思い浮かべた。

お前がなぜ、自分でも知らずに私とカシオペヤ星座にひきつけられていたのか。そしてまた私も、なぜお前の首すじの六ツぼくろを見るたびに不思議な心の咎めに胸が疚いたのか
——やっといま分ったよ、麻知子。

あの群星雲にかくれた向うが、私とお前の故郷だったんだものな。

どうしてこんな事になったのか。まことに互いの不幸というほかはない。とにかく、私の

再生がうまく行かなかったのだ。

どこかに故障がおこり、月装置が働かなかったのか――そんな筈はない！ ウューヴル天界の仕組に齟齬はないのだ。

それはむしろ、雷撃に私を再生させた奇妙な物理的偶然のゆえであろう。諸機構はすべて、寸分の狂いもなく活動した。が機械の機能ではどうにもならぬ偶然の要素がそこにまぎれ込んだ――私の宿ぬしが、いみじくも今の農夫が言ったとおり、特異体質だったのだ。

この地球生命は、〇・〇〇一％…十万人にひとりという非電解性体質、つまり生得的に電気抵抗のつよい躰で、月からの再生電磁波を受付けなかったのだ。そのために私の振動型はそれに反応することが出来ず、今になって圧倒的に電位の高い、ふつうの人間なら死ぬほどの雷の衝撃で私が昏倒し、そのあいだに雷雨のため起った荷電イオンの振動が月電波にかわる作用をしたおかげで、私の精神波が再生されたのである。

「麻知子よ、恕《ゆる》してくれ！」

私は声には出さず、ソッと空に呼びかけた。

「麻知子、イヤ、ＢＳ五九九四――妻よ！」

已むなき障害からと云え、私自身の愚鈍さがそれにうち克って進み得なかったために、せっかく傍まで来てくれたお前を認めることが出来なかった――啓示はあんなに幾重にも目前に繰りひろげられていたのに――

九世かけて、天涯を越えて随《つ》いてきてくれたお前を——人間と人間が、利害や体裁の価値判断でなく、各自の真実と本質だけで結びつきあう吾この世界では、われわれは本当に一心同体だった。われわれは共に、いい時もわるい時もともに泣き、ともに笑って生きてきたネ。この世界の時間に直せば十なん年もを。

そのお前にいま別れてしまって、私はあと何十年ここにひとりで居なければならないのか——

もちろんここで私が、みずからこの命を絶って死ねば、宿ぬしの急性肺炎で去ったお前とおなじに、自動的に月装置に回収され、すぐ各中継点を通じて帰還するだろう。

しかし、自然死は事故だが、自殺は任務の放擲を意味する。同伴者はもともと特典で許されたのだから、それが居ようが居まいが私は任務を遂行しなくてはならない。

——私は生きなくてはならないのだ。このままこの地球人の命をなん十年も。もう一度、しかし今度こそは本当のひとりぽっちで——

だが、さらにしかし——

私は思う…よその世界からの訪問者は、じつは私達のほかにもこの地球上にいくたりも来ているのではなかろうか。宇宙に充ちたわれら生命というものは、由来そうしたものなのだ。

私は思う…なぜ地球人たちの宗教と哲学が、どれも符節を合したように、この世を一時の仮の宿と見、自分たちやその祖先の神とは空からやってきたと考え、天上をいつか帰る故郷と云うか。それも彼等が漠然とこれを知覚しているからだろう。

不仕合せな事故のために、お前があの遠い天涯の彼方に先立ってしまい、残された私は死なねればお前に再生することが出来ないという事も、考えてみれば吾こにかぎらず、この世界として、当り前のことかも知れない――

日はいつか暮れ、私は町の入り口にちかい丘のうえに立った。銀青緑《あお》の星々がまたたく群青《ぐんじょう》ねずみの夜空の北には、かわらぬ大きなWを描いてカシオペヤが懸っていた。

あのWの右端に仄めいている、小さな光の向うに私の妻はいるのだ。二百五十四万光年の道のりをはるばる越えて旅して来て、そして真に相会うことなくいってしまった「同伴者」お前が――

待っていておくれ。私がここでの生涯という務めを果たして帰るまで。

妻よ――

――BS五九九四号の麻知子よ。

最終戦争

1

いまになって宇良木《うらき》俊夫《としお》は、そのときは大いにその好運をよろこんだ偶然のひきあわせを呪ったが、追いつかなかった。

あの事を聞かなかったら、こんな、『人類の終末』の見届け人《にん》めいた悲劇的な立場にはおいこまれなかったろう。

だがここ数日のサイゴン米軍司令部の異常な緊張にたいしては、取材記者としての職業意識と、それ以前に、ベトナム戦争というものに無関心でいられない国民の代表としての義務感が、ともにはたらかざるを得なかったのだ。

そしてその、みっともないほど酔い痴《し》れた兵隊がくどくどと、相手もなしにならべている繰《く》り言《ごと》がその件に関係があるらしいということを、いちはやく、ときどき聞こえる「エンタプライズⅣ《フオア》」という言葉から感じとったのも、いわば彼の身についてしまった報道員本能とでもいったものだろう。

「相手がほしそうだネ」

とかれは米兵のからになった杯にマリイ・ブリザールをついだ。「それからもう二、三杯《モーア・グラッシス》もナ」

酔ッぱらいはキョトンと、いせいよく目の前へおかれたキュラソーの瓶と杯を見くらべると、子供のようにガブリと呑みほして顔をしかめ、喘《あえ》ぐような息をついて口笛をふいた。

「すげえラムだ！」

とアメリカ人は逆吐《しやつくり》をしながら言った。

「よかったら好きにやれヨ」と彼は瓶を相手のまえへ押しやった。

アメリカ人は急に酔いがさめたように顔をあげて、警戒的な目付きで彼をジッと見た。

「あんたは誰だネ？」とかれはきいた。

「あんたと同じ外国人だヨ」

宇良木は大げさにまわりを見廻し、相手が見なかったらしい報道班の腕章を目につくようにしながら言った。

「それも、なんだってふところの温かい米兵が、こんな場末の中華酒場《ワロン》にしけこんでいるのか、気にして歩くのが商売のナ」

「日本人か――」

米兵は口のなかで、ジャップのやつらは何にでも反対しやがって、というようなことを忌々しそうに呟いたが、きゅうにキッと頭をおこして「まてヨ」と言った。「あれはあんたの国だったかナ、ノーチラスこのかた、およそ何だろうと原子力でうごく船という船の入港に反対しているのは」

「そうだヨ」と宇良木はこたえた。「あたり前じゃないか。広島ということがあった以上」

「理由は〝安全性が保証されない〟というのだったナ？」

「そうだヨ。当り前じゃないか。廃棄《はいき》物の放射能だけでも大めいわくだ」

アメリカ兵は宇良木の唆《そその》かしにはたいした反応《はんのう》をしめさず、酔ッぱらいの一流の頑固さで「危険もいいところだ！」と唸《うな》った。「放射能どころの騒ぎじゃねえ！」

それからきゅうにテーブルにつッ伏し〝お前さん方のいうとおりだった――オオ、ウィリー！〟とくり返しながら、静かに泣きはじめた。

ここまでくれば宇良木はもう鍵をつかんだようなものだった。かれは、なぜこのアメリカ人が仲間といっしょに居心地のいい赤十字《レッドクロス》や兵士《ELM》クラブでたのしまずに、わざわざこんな場末の町へ現地の下層民たちに交りにきているのか、わかる気がした。

なにか周囲と同胞にたいする疎外感でやりきれなくなり、ぎゃくにひとりきりの孤独に身を沈めたくなったのだろう。だが危険なことだった。日本人はどちら側からも好意をもたれているが、アメリカ人は、正反対なのだ。中共の五列どころか、味方であるはずの現地住民からさえも、いつ危害をくわえられるかわからないのだ。

「ウィリーがどうかしたのか?」

と宇良木はじょうずに水をむけた。「釜《ケトル》になにかあったんだネ?」

「釜《ケトル》」というのは、原子力船に乗り組むものたちのあいだに生まれた俗語で、機関部の核熱装置《バイル》のことである。アメリカ人はうなずき、それから忌々しそうにペッと唾を吐いた。

「エンタプライズにゃ、ことにⅢ型以降のものでは、ぜったいに事故はねえ、といわれて乗ったんだ。おれが乗ってるのはⅣ型だ――それが……フン、畜生! なにが絶対安全《アブソルトリイ・セイフ》だ!」

「話してくれ、苦情《クレイム》が上層部《うえ》までゆかずにどこかで止っちまわないように力を貸す。その代り、あんたの望まない事はぜったいに書かない」

酔ッぱらいには、しかしそんな注釈も必要がないようだ。宇良木の言葉などにはほとんど注意をはらわず、かれはまた深酔いのなかへのめりこんでゆきながら「ウィリー……ウィリーが……」と啜《すす》り泣いた。

「ウィリーが?――」

アメリカ兵は青い目をギラギラさせてわめき出した。

「ウィリーは溶《と》けちまったんだ! 緑いろに光って、屋守《やもり》みたいにくねくね床を這いだしやがったから、おれが助け起こそうとすると、近よるなという合図をして艙口《ハッチ》へあがっていったきり、消えちまったんだ! サアどうだ! 信じるか! 信じやしまい! いいから嘘だと言え！　ほかのやつらのように！」

2

ベトナムはまったくの泥沼だった。「越《ヴエート》」という国はむかしあった。「南《ナム》」という・地域の習慣的呼び方もある。しかし、越南《ベトナム》という国はない。それは『ベルリン』という都市がなく、『朝鮮』という国が実在しないのとまったく同じだ。おなじインドシナの東京《トンキン》では、〝人民のための〟組織が〝人民のための〟国家計画をつぎつぎと実施し、わずか数百キロ南の安南・交趾《こうち》シナでは、なんのためにここで死ぬのか解らない異国兵らの政府が、途法《とほう》もない物資と兵器と、そして《人員》の量を狂気のように注ぎこんでいるのだった。

戦いは、まったく収拾《しゅうしゅう》のみちがなかった。すべての隣接国が介入《かいにゅう》の素因と可能性をもっている点で、ここは地理的に孤立した朝鮮とはまったく条件を異にしていた。和平はあらゆる国々の要望でなんども試みられ、なんども成立しかけては中絶した。一九七×年にはついに英仏が斡旋《あっせん》にのりだして米ソを現在線で停戦することに同意させたが、こえて×年、中共がチベット・ブータン・ラオスおよび北鮮・北ベトナムとの連邦を宣言するとどうじにビルマとマレーシアの共産軍を支援し、公然と全アジアにわたるアメリカ追っ払いの行動に出はじめたので、ふたたび各地で戦火がもえあがった。しかもよりいっそう熾烈《しれつ》にである。アメリカはいきり立って、全軍事機能のなかばをこの東アの一角に割《さ》いた。原子力艦エンタプライズⅡ、Ⅲ、Ⅳがカムラン湾におしよせ、南シナ海をおおう輸送船団がひきもきらずに最新兵器を陸あげした。

ガスや核弾は対人海戦術の武器として、とうに到るところでつかわれていた。そして、ついに東亜人民共和国連邦が対米宣戦を布告して立ち上ったとき、ワシントンは原爆のボタンを押すか否かの決定にせまられ、人類の危機たる三次大戦をよぶ一発は、いまや地上ひと握りの人間たちの掌中《しょうちゅう》にある事態となったのだ。

米軍機動力の象徴、サンジャック沖に遊弋《ゆうよく》している核熱空母エンタプライズⅣ号になにか異変があったらしいことは、宇良木にも、記者クラブといわず、宿舎にいるときからもう分っていた。現地人の給仕までがそわそわしたり、たがいどうし耳をこすりしあったりしていたからである。だがその真相がつかめなかった。こういった場合の外人記者らの動きというものは、いつでも似通ったもので、活動の有利な現地人記者をたのんで結託するか、たがいに助けあって、抜けがけをやらない約束を固めあうなどが定石《じょうせき》だが、いずれもたいした効果はない。宇良木はその点、紅毛の「侵入者」どもより現地人に好意をもたれる近親民族だという利点があった。彼は申合せのとおりに仲間を出し抜き、米水兵が上陸するバリアまで来てみて、一等技術兵ウィリアム・C・タッシュの不思議な失踪のことを相棒の兵隊から聞込んだのだった。

あとの仕事は簡単だった。技術水兵《テク・シーマン》のウィリーを名簿の中でさがし、おなじウィリアムを名乗る三人のうちウィル・クランハムと通称「ビリー」のビル某とは現存していることをたしかめると、のこるC・タッシュについて、できるだけたくさんかき集めた知識を胸にたたんで再度司令部攻撃をこころみればよかった。

「ばか言いたまえ！」

情報部のテイス中尉はしかし頑《がん》として宇良木の申入れに応じようとはしなかった。「きみはどうかしているよ。エンタプライズにゃ、事故なんかあり得ないんだ」

ことによると、奴《やっこ》さんは下ッぱで、何も知らないんじゃないか、と宇良木は考えた。もし事が、バリアで酔ッ払っていたジョニー・マクロウドの話どおりの怪事件だとすると、それはかれも水兵に仄めかさないではなかった一部点数主義の幹部のところで、「極秘」に名をかりた握りつぶしを食っている可能性がじゅうぶんにある——宇良木はつぎの日、テイスが油断するのをまって、直接情報官フラー少佐の部室をおそった。

「どこから這入った、この押込盗人《ハウヤー・ガット・イン・ユウ・バーグラー》！」

少佐はものすごい見幕でどなったが、言葉ほど怒っていないことは、むしろ他の事に気をとられているその顔つきで分った。部室にはもうひとり、副官格のモレッティ大尉がいて、ふたりはなにかかなり重要なことに当惑させられているようすだった。宇良木がかれらの気をひきつける効果的な文句といいわけを考えているうちに、第二の癇癪玉をぶつけかけた少佐は、あけた口をきゅうにすぼめてフト気がついたように表情をかえた。

「ウラーキー！」（まるでペルシャ語だねと、かれはこんな呼ばれ方をするたびにおかしくなる）「きみはいつか捕獲兵器の標識を見分けたっけナ。あれがその場でチェコ製とわかったことは役にたったよ――ロシヤ語がよめるか？」

「女の子の手紙ぐらいならネ」

「それと標識がよめりゃたくさんだ」

少佐はしゃれどころではないという顔付をして、札のうえにあった紙片を気ぜわしく取り上げてよこした。

「印書《タイプ》してあってもロシヤ語は字引だけじゃだめですヨ」と宇良木は受けとった書簡ようの物に目を通しながら言った。「文法で単語の形がしじゅう変るんだ。貴方がたの言葉とはちがう…………!?!?!?――」

「どうした！」

アメリカ人たちはどうじに叫んだ。

「なにが書いてある!?」

「待ってください。『ST……』――信じられない！　まさか――」

宇良木は額の汗をふいた。

「辞書ありますか？」

「ここだ！」

少佐と大尉が鉢合せするようにとってよこす。宇良木はいそがしくそれを繰った。

「いま言ったように、こういう走り書きを右から左へ訳してのけるほどの力はないんです。

だがどうも、大変なことの書いてある、とんでもない手紙らしい。手紙とすればネ。しかし差出人の署名があるから手紙でしょう。二、三解らないところを確かめてから訳します」

「そうしてくれ」

十五分後、なんども文脈や単語の性質をたしかめて、宇良木が訳した書簡文をアメリカ人たちは読んで顔色を変えた。そして、じぶんらの眼をうたがうように、再三再四くりかえして見ながらおなじように額に汗をかいた。

それは、こういう手紙だった。

「交趾支那、西貢《サイゴン》
アメリカ合衆国軍司令部気付
司令長官メリット中将殿
　地上ノ多クノ国々ノ憂慮ト勧告トニ拘ハラズ、東西各地ニ於テ驕激《きょうげき》ナル力ノ行使ニ固執シ、核兵器ヲ使用シテ異ナル世界観ヲ制圧セントシツ、アル貴国ノ行動ハ、ヤガテ必ズ第三ノ人類終末戦ヲ招来スルニ至ルト小生ハ考ヘマス。速ヤカニ東独・西蔵《チベット》オヨビ貴地越南《ヴェトナム》ニ於ケル戦闘行為ヲ停止シ共産側ト談合セラレタイ。然ラズンバ人類ハ自身ノ地球ヲ荒廃セシメル原水爆大戦ニ突入セザルヲ得ナクナルデアリマセウ。
　之ハ全ク警告的ナ、第一次ノ通達デアリマス。吾人ハ強力カツ多数ナル存在デ、之ガ容レラレヌ場合ハ更ニ、単ニ言葉ノミニ止マラザル第二第三ノ阻止行動ヲ用意シテヰルコトヲ申シ添ヘテオキマス。

一九七八年七月五日

於モスクワ　　　　　　　　　　ヨゼフ・スターリン」

3

「やそ・きりすと！」

と、モレッティが呪った。

「とんでもねえ悪いたずらだ。CIC《シーアイシー》にいってひッくくってやる！」

「気違いかもしれん。ベルリンとカトマンヅへ同文を送っているかどうかで度《ど》が知れる。きいてみよう」少佐が電話に手をのばした。「あ、ウラーキー、有難う、もういいよ」

「用がすんだら出てゆけ、はひどいナ」

宇良木は苦笑した。「タッシュの事で来たんですがネ。話して下さい。日本は原子力事故のことはすべて聞く権利がある、なんていわせないで」

ヒロシマがいつまで祟《たた》るんだ、という顔をふたりはした。

「知ってるのか？」

少佐はそんな罪悪感をおしのけるように硬《こわ》ばった口調できき返した。「だがまだ万事不可解というばかりで、調査中なんだ。上部の意向がきまりしだい話す――これでどうだ」

「もうちょっぴり。タッシュの事故はじじつあったんですか?」

「行方不明だ」

「発生現場が機関部の中心ですネ。原子炉の事故だと考えますか?」

十秒ちかい沈黙がこたえた。やがて少佐が辛《つら》そうに「イエス」と付け加える。

「じゃそれでいいです――ありがとう」

宇良木が相手の立場も察していちおう引退ろうとしたとき、少佐にかわって電話をとりあげていた大尉が「待て」というような身振りをしながら、「少佐殿《サー》」と上官をよんだ。

「交換台《スイッチボード》が割込んできて、ベルリンなどより司令官がおよびだと言っています。すぐ、ソビエト連邦内およびその周辺で使われている言葉のわかる者をできるだけ集めろとのことです。ただし人数はできるだけ少なく、ただちに司令長官室に集合、だそうです」

フラー少佐は奇妙な顔つきで宇良木をながめた。

「そんな事にゃもってこいの男がこゝにいるが……外国人ではどうなのかナ」

「将兵、軍属《シビリアン》、現地雇用員《ローカル・エンプロイイー》その他なんびとたるを問わないそうです」

「行こう《レッツゴー》、ウラーキー」

少佐がさきにたって部屋をとびだしながら言った。「いいか。互恵条約《ごけいじようやく》だぜ。まだ書くなよ」

「いいです」

宇良木はこたえて、四階へあがるエレベーター機のなかですかさず言った。

「ウィリアム・タッシュは失踪するまえ、からだが青く光って、這ってあるいた、と言う者があるんですがネ」

少佐はにがい顔をして頷いた。

「そりゃいっしょにいた同僚の技術兵から出ているんだ。かれが嘘をつき、あるいは錯乱しているとは言わないが、精神鑑定もまだ進行中だし、そんな話をすぐそのままには信用できないネ」

「そのとき釜……失礼、炉《パイル》になにか異状がありましたか？」

「オイ、つけこむなよ」

とモレッティが歯をむいた。それをなだめる少佐。

エレベーターが止まる。

「それがいちばん厄介な点なんだ」

少佐は廊下をすすみながら答えた。「外見上では、パイルにはべつに何の異変もなかった。だがその時間に、僅かだが熱量があがった、という。ホンの十度か二十度Cだ。しかし制御バーの操作係は、バーを－《マイナス》にひいているときそれが起こったというんだ。そんな事はあり得ないネ。すると、ばかげた妄想噺《ばなし》をまじめに事実だと言い張るやつが同時にふたりも出てきたことになる――いま話せることはその程度だ、サア、忘れろ」

フラー少佐は廊下のはずれで宇良木の肩をこづき、「司令長官室」のドアをあけた。

同時に、かなり広い室内に集っていた人々の顔がしぜんにこっちをむいたが、はいりかけた三人はアッと口をあけたまま、そこに棒立ちになった。

「やそ・きりすと！」

とモレッティ大尉がひくく唸った。

——一座のまん中に、スターリンが坐っていた。

「フラー少佐、その日本の新聞記者はジョルジア語を話すだろうか」

部屋のおくの一方の壁のまえに、米国々旗と将軍旗にはさまれた大机をひかえて坐った半白髪の男が言った。無表情な声だ。

これが司令官メリット中将であることはいうまでもない。

〈フム、この男か——〉と宇良木はおもった。

テキサスの牧場主の倅。ウェストポイントへゆくまでに、街でならず者と喧嘩ばかりしていた非行学生。第二次大戦の功労章を十一持っている男。そして部下から頑固《がんこ》な分らず屋だと思われている模範軍人。

フラー少佐が紹介してくれたのでかれは自分で「将軍、私はジョルジア語はできません」とこたえてから、宇良木はあたえられた席についた。

メリットはかるく頷いた。

「そうか、それでは誰かできる者の来るまでもう少し待つか、でなければ遣《や》り方を変えるほかあるまい」

メリットは集まっている人々をひととおり見渡した。

「だが私はこれ以上この不思議な客人と、かれの個人識別《アイデンチフイケーション》にたいするわれわれの好奇心を待たせたくない」

その『賓客』が、将軍のまえにおかれた肘掛椅子に悠然とおさまって、にこやかにあの伝説のとおりの曲った大きなパイプをくゆらしているロシヤ人を意味していることはもちろんだった。

「ではまず皆のなかから、ロシヤ語にもっとも熟達している者をふたり、出してくれ」

よびよせられた者たちはてんでに顔見合せ、目で話しあった。宇良木はまっさきに二、三の視線にたいして首をふった。自信がないときは下《お》りたほうが得だ。

ロシヤ語のわかる、顔見知りの兵隊がふたりいた。アルメニヤ出の職工ジョウ・アサリヤンが隣りに、それから向う側に祖父《じい》さんがコミタジ暗殺団だったのが自慢のブルガソフ。が、けっきょくロシヤ系のジョン・カリロビッチと、ポーランド人のプルシュゼフスキー（兵隊はこの名をパシェスキーとしか言えない）が出た。メリットは頷いた。

「私ははじめ、だれかにこの客人にその出身地だといわれるジョルジアの言葉で話しかけさせて、その人物の真偽をたしかめてみたかった」

と、彼はいった。

「が、どうもそれは望めないらしい。客人はひじょうにすこししか英語を話されぬから、第二の方法としてロシヤ語の通訳を介して会見をすすめようと思う……カリロビッチ、始めてくれ」

　こうしてはじめられた会談は、驚くべき内容をもっていた。

「貴方はほんとうに前ソ連邦指導者・スターリン氏なのか？」

「ごらんの通りに」

「しかし、同氏は死んだ筈だ」

「報道の誤りだ。たしかに一時は危篤だった。しかし優れたソビエトの政策と技術のふたつの理由から、私はひそかに引退して生存をつづけたのだ」

「しかしモスクワには、遺骸《いがい》がレーニンと並んで祭られているではないか」

「あれも政策上のこしらえ物だ。おなじ理由で、それはもうずっと前から『赤い広場』にはない」

「スターリンは「鋼鉄の人」という意味の号でしょう？（『然り』の頷き）貴方の本名を言ってください」

「ヨシフ・マルケィエビッチ・ジュガシュビリ」

「どうしてここへおいでになった」

「前に出した手紙のとおり第二次行動としてそれを要求するために来たのです」

「手紙はいま翻訳中です。私がおききしたいのは、〝何故《ホワイ》〟より〝如何《ハウ》〟、すなわちあまりに性急な貴方のいわゆる第二次の直接行動が、現実にどうやって行なわれたのかという事です。貴方は私の部屋の戸をたたいてはいって来られたが、外来者が途中でとめられる事なしにここまで来ることはできませんよ。ところがどの衛兵もぜんぜん貴方を見かけていない。これは一体どうしたわけです」

ヨシフ・スターリンと名のる客は、もくもくと煙を吐き出す操作《そうさ》をちょっとやめた。そして何かひくく呟いた。

「やそ・きりすと！」

と宇良木のとなりでジョウ・アサリヤンが唸ると、かれのほうへ身をまげてソッときいた。

「オイ、ベーターシュって何だ？」

「知らんネ……どうして」

「イヤ」とアルメニヤ人はきまり悪そうにちっとためらいながら、「いま奴さんが言った独り言はジョルジア語なんだ。おれは実はすこし解るんだが、お前さんとおなじ理由で下りたのさ」

「それで？——なんと言ったんだ」

「よくは分らんが、『ヘマをやった』ッて事らしい。『むしろヴェターシュのまゝで来たほうがよかった』ッて言ってやがる。何のこったろう——？」

「なんだと!?」

宇良木はゾッと背筋が寒くなるものを感じてきき返した。このカウカシヤ生れの米兵が伝えた事は、かれが「まさか」という思いで受入れかねてきた、或る疑念を裏打ちするものだったからである。

「ジョウ、はっきりしてくれ」

彼は、冷汗をかきながら囁きかえした。「お前さん、はじめにゃ「ベーターシュ」と言ったろう。二度めにはヴェターシュになった――べーかヴェーか、どっちなんだ」

「V《ヴィー》さ。はなからそう言ったがナ」

「やそ・きりすと！」こんどは宇良木がかれらの口真似をした。「じゃ、そうなんだ――」

「何が」

「何がじゃない。それはタッシュのことなんだ」

宇良木はじぶんの声がふるえているのが自分でわかった。「ベーターシュじゃなく、W・タッシュなんだ。きみ達のWは大陸ではいつもヴェーと読まれるのさ。奴さんは『ウィリアム・タッシュのままで来ればよかった』と言ったんだヨ！」

「神さま《ガッシュ》！」とアサリヤンは眼玉を上にむけた。

「おれゃ何だか、反吐《へど》がこみあげてきたぞ」

「へどついてもいいから教えろよ」と宇良木は囁きつづけた。「おれは誰の警戒心もそそらずにここを出たい」

「そんなこたア簡単さア！」

アサリヤンはいきなり普通の声をだした。おどろいた宇良木といっしょに、皆が振向いた。アルメニヤ人は顔の筋ひとつ動かさず咳払いをすると、また小声になり、「いいから続けろ」と言った。

「何でもいい、夢中で喋ってるふりをしろ」

それがいい考えなことは、宇良木がそれに従うより早く長官の怒声がとんできたのでも分った。

「そこの二人は何をかってにベチャクチャやっとるんだ！」と中将は叱りつけた。「出てゆけ！　新型の下着の話なら籠《バスケット》でもか、えて市場でやれ！」

二、三人の士官と、通訳にきいたらしいロシヤ人が笑うのが、退場するふたりにチラと見えた。

廊下へ出るなり、「どうだ！」と鼻うごめかすジョウの胸ぐらをとるようにして宇良木は、「望遠鏡《スパイグラス》だ、大いそぎで」と頼んだ。そして、どこでどう算段してきたか、まもなく双眼鏡をひとつもって階段をかけあがってきた彼の肩をかりて、欄間《らんま》から室内の一角をジッと視た。

「何をしているんだ」

不審そうに見ていた廊下の立番兵が、すて、おけないといった風に咎《とが》めたときは、宇良木は目的をほぼ達していた。彼は相棒の肩からおりて、「いま分る」と答えた。「司令の一大事だ——電話かりるヨ」

廊下のかどに、立番兵のつかう壁電話がある。宇良木はそれで司令官をよんだ。へやのなかで中将の机のうえの電話が鳴り、その人が受話器をとりあげる様子が手にとるようだった。

「司令官中将メリット」

「将軍《ゼネラル》ですか。ただいまの日本人記者です。重要なことを確めてお報せするためにわざと出たのです。他の人達に話内容を感づかれないように受け答えしてください」

「よろしい、解った」

「報告の個条は三つあります。第一、そこに居られる『スターリン』氏は、先日失踪した一等技術兵ウィリアム・タッシュの腕時計をしています。これは、より正確にはかれが僚友J・O・マクロウドから借りたもので、文字盤の形をOに見立て、左右の巻革にJとMの頭字金具を嵌込んだ、本人自慢の夜光型で、タッシュは勤務上の必要からこれを自分の通常型ととりかえて借用していたのです。タッシュは事故にあったとき、助けようとしたマクロウドに、自分に触ってはいけない、という合図をしましたが、それと同時にこの時計を示して、これも返せなくなって済まぬ、という意味のことを別れの挨拶とともに身振りで伝えたそうです。マクロウドが激しくその友を悼《いた》むのはこの為めです。第二。通訳にたつ自信がなかったというジョウ・アサリヤンによれば、かれはここへ『W・タッシュのままで来たほうがよかった』とジョルジア語で呟いたそうです。第三。光線のかげんかも知れませんが、私の席からは彼の躰が、妙に黄緑いろがかった光沢をおびて見え、いま外からちがう角度で見たときも同じでした――以上です。私じしんには漠然とした恐怖以外、この不可解にたいするなんの答もうかびません。があるかもしれない危険にご用心ねがいます」

「よく分った。そうします。大変有難う」

電話がきれたかと思うと、廊下じゅうで警報ベルがなりはじめた。かれにはその性質がわからなかったが、ベルと同時に立哨が銃を撃発にしてなかへ飛込んでいったところを見ると、司令室の異変ないし非常召集の合図と、おもわれた。メリットが電話をおくとどうじにボタンを押したに違いない——ドヤドヤとMP、衛兵のむれが階段やエレベーターからなだれ出てきて、司令室をとりかこんだ。

扉はいつか大きくあけ放たれていて、宇良木たちは廊下にいてもなかの様子をよく見ることができた。

アメリカ人は、とりたてて威嚇ないし攻撃的にはでていないようだった。ただ明らかに、不法侵入者か詐欺《かたり》にたいする二段がまえの用意で、相手をいつでも捕えられるように、それとなく退路を断ってこれを遠まきにかこむ方法をとっていた。

しかし、客は平然とすわったままで紫煙をくゆらしつづけていた。宇良木がとなりのジョウとないしょ話をはじめ、ついで退去させられていたとき、一方でどんな会話がつづいていたかを彼は知らなかった。しかしとにかくあまり和気あいあいとしたものでなかったことは明らかだった。双方の口調はもはや話合いという域を遠ざかっていたからである。

「立ちなさい!」

とメリット中将はきびしく要求した。

「貴方の本名ならびに実際人物については知らんが、とにかくわが北米合衆国軍司令部にたいする威嚇ないし侮辱罪の容疑で逮捕する。これ以上言うことがあったら法廷でのべなさい」

「ジェイムス・アーチボルト・メリット。貴方はこのわたしにそんな応対しかできないのか」

客は生《き》まじめに、いくぶん悲哀のこもった面持ちで、しづかに口からパイプをはなすとゆっくりした口調で言った。

「君は私を忘れても、私は君をようく憶えている。廿八年前、きみは故ルーズベルト大統領の扈従《こじゆう》武官としてテヘランに来たネ。そのとき君は大尉で、許婚の写真を胸のポケットにいれて歩いているまだ若い少壮士官だった」

メリットの顔にある紅味《あかみ》がさした。

「お望みなら、そこで起った、君と私しか知らないはずの、ある小さな出来事の話をしよう。きみは私に、たしか会談のおわった日のあさ、フィルーシー宮の庭で私と個人的に会っている。私はもう睡眠が浅くなっていて、明け方に庭をあるき、部屋に煙草を忘れてポケットをさがしていた。君はそれを自室の窓から見て『米国もので宜しかったら』と持ってきてくれたネ。私がきみの姓名《フルネーム》を知っているのは、そのとき、後で返そうと思ってきいたからだ。そこで君は、私の落したマッチを拾ってくれようとして、自分が胸から手帖をおとした。今度はわしがそれを拾った。その手帖には表紙のすぐ内がわに一枚の写真が貼ってあって……」

「やめてくれ！　もうたくさんだ」

とメリット中将が絶叫するような声で言った。

中将は体の力が抜けたように、がっくりと肩をおとして机に両手をつき、蒼くなって額に汗をうかべていた。「どうして……どうして貴方はそんな事を……」とかれは唇をわななかせながら呟いた。そしてあたかも並居《なみい》る部下にむかって「この幽霊をなんとかしろ」とでもいうように、震える指先でさし示した。

がかれが実さいにその言葉を発するまえに、ワッと喚くに似た声をだして兵隊のひとりが発砲していた。だれもが蒼白な顔になって居り、連鎖反応《れんさはんのう》のように銃声がつづいて起った。

「やめろ！　射つな！」

メリット中将ははげしく制止したが、ききめはなかった。将校までが拳銃を発射していた。人こは狂気のようにその不気味な人物にむかって銃火を集中した。

スターリンは莞爾《かんじ》として立ち上った。そして悠然と弾丸の嵐をあびながらパイプを吸った。

「射つこと、むだ！」

とかれは硬苦しい英語で言った。「私はどこでも、好きなとき来る。私の言うことをきかないならば、さらに第三、第四の手段をとるだろう」

そう言ってかれは歩きだした。その方向にいた兵士達は恐怖の叫び声をあげて逃げた。宇良木は追う勇気がなかった。かれは機会をにがすかわりに、アサリヤンの腕をぎゅっと摑んで忙しく言った。

「たのむ、『W・タッシュを返せ』とジョルジア語でどなってくれ！」

アルメニヤ人がその通りにすると、怪人はこちらをふり返った。そしてパイプを口からはなし、強いが穏やかな声で言った。

「タッシュの躰はケースの温度があがらないかぎり大丈夫だ。つぎの場所は近いから私がじぶんで世話する。貴方がたが三次大戦をやめ、事がよいほうへ落着すれば、ぶじにお返しできるだろう」

——そして壁を通って、行ってしまった。

4

《三次大戦》は東西二大勢力の均衡《バランス》と良識の度あいにかかっていると、ながいあいだ言われてきた。思想と体制を異にする二つの世界が、互いに自分のほうが正しいと信じこんでいることは人類の不幸だった。片方が《自由》を鼓吹《こすい》すれば、他方は正義と平等が行なわれていたことを誇る——それは、実さいには同じところでも、そこへゆく道と歩き方がちがうようなもので、たがいに相反するために決して融和することのできない考え方なのだ。したがって、相手が居なくなってしまわない限り、どちらも安心できないのだった。

それでも、新しい中国が成長とともにしだいに自信をつけてくるまでは、どちらも第二次大戦の経験にこりごりして、闘争はどちらのためにもならないと思うことで一致し、たとえ不満な形でであっても、現状で釣合いをたもつほかはないという結論に甘んじていた。

が一方、新しい第三の勢力をめざす国ぐ、中共やインドやアラビア諸国はそんな申合わせはどうでもよかった。自分の都合が何より先だった。パキスタンとインドは際限もなく争い、中共はアメリカののさばり方に業《ごう》を煮やしていた。かれらには現状の打開に優先するものなどなかった。そこで小さな局地戦がいたるところで火の手をあげ、消し方にまわる者の神経もしだいに昂《たか》ぶってくる、といったふうなのだった。

ソビエト連邦はなんとか新しい中国の性急を宥《なだ》めようと骨折った。しかし急進派たちはそれを不純な行き方だと攻撃した。ふたつの社会主義がいがみあっているのは、ながいこと資本主義がわの儲けものだったが、しかしそれをデータに算えこむべきではなかった。ソ連はさいごには中共を助けるために立上ったからである。

第三次大戦は電子頭脳の誤まりのために起った、と断定するのは誤まりである。それは、電子頭脳はけっして誤まらない、とするのとおなじに正しくない。データを算定する運算には誤まりはない。がそのデータを与える者は人間なのだ。そして人間はしばしば誤りをおかす。

どうしてワシントンの電脳1《サイバーワン》が、二個以内の原爆ではソビエトは参戦しない、と答えたのか、いまではもうよく分っていない。その程度なら中国はすぐ報復攻撃できる、という程度なら人間にだってできる判断だからだ。とにかく「一コ——参戦セズ」「二コ——参戦セズ」と計算した電子機構の答にかかわらず、ソ連の第一発は米の第二発と同時に米国民のうえに降ったのだった。

戦いは酷烈《こくれつ》をきわめた。それは古くからのいい伝えにすぎない今日の言葉でいいあらわされる《戦争》とか《闘い》とかいう以上のものだった。この段階からすれば大むかしの《合戦》とおなじものにすぎない陸海軍の《戦闘》など、もうなかった。それは弾道弾と音速機と、レイザーとメイザーの非情殲滅的な闘いだったからである。

ヨーロッパとアメリカ枢要部はほとんど十数分のうちに壊滅し、のこる区域も数時間を出ずに荒廃した。戦うものはしかし、海と空とアジアの大陸が決戦の場であることを知っていた。どちらにも勝利はないことも知っていた。ただ殲滅につぐ殲滅にたえぬく者だけが生残るのだ。生残って、有毒化した空気と原始時代に戻った環境との、どんな生存をたのしむというのか、などという問題は彼等の知ったことではなかった。敵は、ただ敵であるがために討ち亡ぼさなくてはならないのだった。

濠州、アフリカにつづいて、南アメリカも二つの体制の闘いの場になったとき、報道員宇良木は帰国の望みをほとんど失っていた。故国はとうに爆撃の犠牲になっていた。横須賀や立川の基地を撤廃することができなかったからだ。彼は米軍司令部へきた不思議な客が正しいと思った。それが何者なのかを何より知りたかった。原子戦を阻止するという行動にも加わりたい——かれは必死になって再会の機会と手掛りをさがした。

案内の西蔵人《チベットじん》が山上のひくい屋根の建物をさして、あれがそうだと言ったとき、宇良木は目的物をさがしあてたような予感がした。

西蔵人をかえし、せまい岩のあいだの石段をのぼって表戸をたたくと、とびらは自然に内がわにひらいた。そして山小屋のような、飾り気のないひろい部屋に、宇良木の予感の通りのひとがあい変わらず大きなパイプの煙をたてていた。

「よく見えた」

とかれは、その東洋人ふうな細長い吊上った目をなお細めて笑いながら、じぶんの向い側にあたる、粗末なテーブルのはずれの席をさし示して言った。

「私はきっと誰かしらが来ると思っていた。貴方はサイゴンにいた日本人の記者ですネ。ロシヤ語が解りますか？」

「すこしなら話せるので、やってきました」

そして宇良木は自己紹介をした。

「どうしてここが判りました？」

「貴方の言葉からです。ウィリアム・タッシュの遺体は温度が上らぬかぎり保存される、と貴方は言われた。するとそれは多分に自然的な条件のもとに冷凍されていることになる。しかしそれがケースのなかにあるということは、人工的、研究室的の臭いがする。私はこのことから、遺体のありかは寒い土地の特設建築物のなかだと判断したのです。そしてみずから世話すると言われたからには、そこへ行けば貴方に会えると思いました」

「なるほど」

「貴方はモスクワからおいでになった。するとタッシュの体はなにかの方法でそこまで持ってゆかれてるのかも知れないが、ロシヤは先日の場所サイゴンから近くありません。しかし、貴方はつぎの場所が近いと仰言った。すると、その場所は貴方の手紙が〝警告〟している、残りの二つの地名のうち、東独よりもパミールに該当することになります。で私はこの地方へやってきて、さいきん外国人が来て何かやっている、ヒマラヤやヒンヅクシの嶺《みね》の雪線上にある研究所をさがし始めたのです」

「貴方はなかなかの敏腕《びんわん》記者だ。で、そうやってなぜ私に会おうというのですか？」

「もちろん貴方の正体が知りたいからです。貴方はそんな姿はしておられるが、故スターリン・ソ連邦首相その人ではありません。なぜならスターリンはいまの貴方の主張とは正反対の考えをもっていた男だからです。彼は一挙に八万人を焼殺した「ヒロシマ」にも驚かなかったばかりか、それを好機に、事実上もう済んでしまっている東亜戦争にわりこむ一方あらゆる手段で原爆と弾道弾を自家薬籠中のものにした政治家です。今日のソビエトの強大は多分にかれの辣腕《らつわん》に負うています。

「貴方はまったくこの過去と矛盾する行動に出ておられる。にも拘らずスターリン自身の記憶にしかないはずの、テヘランでの米軍士官との個人的出来事を知っている——これは一たいどういう事なのでしょう。私には漠然と、まるで物語にしかないようなある怖ろしい想像がちらつきますが、それはあまりに幻想的だ。私はもっと納得《なっとく》のゆく説明がほしい。私個人としては貴方の考えにまったく賛成です。ですから、貴方のお答によっては、この私もまた、貴方とおなじ側にたって、大国の驕暴《きょうぼう》のために、地球ぜんたいの安全が脅やかされるのを阻止することに協力するつもりで来たのです」

「……………」

相手は黙々とパイプをくゆらして宇良木の長広舌《ちょうこうぜつ》をきいていたが、かれが話しおわるとユックリと首をふかく傾けて頷いた。

「りっぱな考えです——お話しましょう。こちらへおいでなさい」

そう言って立上ると、「スターリン」は、先に立って彼をおくの部屋へみちびいた。ここも質素な二、三の調度類を別にしてはまったく飾り気のない場所だったが、窓からのパミールの山々の眺めは圧倒的だった。

「素敵でしょう?」

と主《あるじ》は言った。「あっちの窓からは反対がわのトランスヒマラヤの国土が一望千里に見渡せます。べつにそれが目的で、ここを選んだというわけではありませんが……」

「ではなぜです? 私はここまで尋ねあてて来るのにずいぶん苦労しました。戦争はシッキム地区が中心だから、てっきりその近くだと思ったのです」

と宇良木は、ほとんどチベット高原を横断しなければならなかった、このカラコルムへの、日本人でなければ難かしかったろう旅の苦情を言った。

「すぐに中心がもっとこちらへ移ってくるからです。おそらく中央アジアの平原が東西両勢力のさいごの決戦場になるでしょう——ちょっとこれをご覧なさい」

そう言って主人公は部屋の一隅に天井から下った、さっきから宇良木の目についていた大きな潜望鏡ようのものを、ちょっと覗いてみせた。

それはやはりテレスコープの一種と思われた。ただ違うのは、なんの作用か映像がしじゅうこまかくブれるのと、眺めが普通のテレスコープのように集中的でなく、逆にパノラマ写真のように広角度に分散して見えることだった。そこには涯《はて》しもない曠野がひろがっていて、なにやら右よりの下方に森にかこまれた団地のようなものが見えるきりだった。
「荒野のまんなかの近代建築――不調和だと思いませんか?」
とあるじ《スターリン》が言った。宇良木がうなずくと、彼は手をのばしてスコープの下底に集中してい
るいくつかの装置の一つを動かした。
と、おどろいたことに視野はテレビ画面の切換えのように何段かに飛躍しながらぐんぐん
その建物を拡大しはじめた。
「よくその施設的特徴をごらんなさい。いくつかの柱塔と、傾斜した台架と小さな円屋根《ドーム》が
たくさん見えるでしょう。なんだと思います?」
「ミサイル発射基地か!」
宇良木はおもわず大声でさけんで目をはなした。
「あんな所に!　あれはどの辺です?」
「トルケスタン」
と主はゆっくり言った。「そして弾道弾基地ではありません。イヤ、なくはない、むろん
全世界を攻撃し得るだけのミサイルを射ちだすが、じっさいは衛星の操作基地です。間断な
く地球のすべての地点の上をまわっている百個以上の衛星があそこで交叉しているのだ。あ
そこで、あのドームの下の地下本部が、精密な大操作盤のボタンをひとつ押せば、世界のど
んな地点でも七秒以内の電波時間で、頭上をとおる衛星に攻撃命令が伝達され、瞬間に水爆

が射ちこまれることになる」

「身の毛もよだつ話だ」

と宇良木は歎息した。

「しかし、この望遠鏡はどういうメカニズムでいまのように視野が自由になるのです?」

「巧妙な素粒子学の応用で、電離層の反射を利用しているからです」

「電子望遠鏡というわけですね」

「そう。だから角度や倍率はこちらの送受操作で自由になる」

主はうなずいて言った。

「そこでもう一つお見せするものがある。それがたぶん、先程からの貴方の質問にしぜんにお答することになるでしょう」

5

ヨシフ・スターリンの姿をした人は、一方の戸口からのびているながい階段をおりて、宇良木を地下室とおぼしい場所に案内した。

そこは明らかになにかの研究ないし実験のために設けられた場所で、中央に宇良木の知識ではわからないいくつかの、どれもさほど大きくない器械や装置の乗った卓があり、四辺の壁面にはほぼ大型の簞笥ほどの、一部に操作《そうさ》パネルとテレビようの映像板をもった長方六面体が立っていた。主人はかれをその卓上の器械のほうへ案内した。

「それは顕微鏡ですか？」

と宇良木はたったひとつ、じぶんの識別できるものに近い形をしたある器械をさしてたずねた。

あるじは頷いた。

「しかし貴方がたのとは違います。のぞいてご覧なさい。ご存じのもののようにして」

宇良木はそうした――するとわけの分らぬ物体が目にはいった。

何の細胞ででもあるのか、アメリカ人の机の前においてある名札の棒のような、あるいは光のあたっていないプリズムのような、さりとてそれらのように長くも角ばってもいない三稜形のものが、二つ空中に浮かぶようにフワフワと視界を漂っている。

視野はふつうの顕微鏡のように丸かった。が物体は通常そうされるようにレンズの中央にいないのだった。そしてよくみると、そのプリズムの三稜形は物体のように定着したものではなく、なんだかしじゅう輪郭を変えて不安定にふるえているのだった。

液体ならばこんなにある形がひとつ取出されることはないし、細胞ならもっとミッシリ並んでいるはずである――何だろうと思って宇良木は、スライドにあたる部分をのぞいて標本の原形を見ようとした。

そこには何もなかった！　ただ、我〻のとまったく異質な、なにやら磨きぬかれた特殊金属のような黒光りのする小さな球体が、ふつうのレンズのあるところにあり、その下にはスライドの支架と反射鏡が、それも鏡はうしろむきになって、あるきりだった。

変な気持になって、宇良木はもう一度のぞいてみた。すると今度はその三稜形が、双方の端で六ツになる角《かど》をひとつ欠損し、方形から五稜の錐がもりあがったような歪《いび》つな山になっている！　あいかわらずフワフワと、これもふたつ並んでただようように動いていることは同じだ。宇良木はハッとあることに気づいて、もういちど下を見た。

「下には標本はありません」と主がかたわらから補足するように説明した。「貴方はつまり、レンズの焦点の合った個所の空を見ているわけです」

「じゃ……じゃ……」

宇良木は舌がもつれたようになって、いたずらに唾《つば》をのんだ。相手はゆっくり頷いた。

「そう。貴方は原子を見ているのです。たぶん酸素か窒素《ちっそ》のでしょうが――」

「もちろんそれはレンズ式の顕微鏡ではありません」と主は説明をつづけた。「形はおなじですが、それは我〻が貴方がたのものの器材を借りたからです。上のテレスコープもそうですが、我〻はここでは、あまり貴方がたのような形でては物の製造や工作ができないのです。しかしある意味では、どうしてもそれをしなければ我〻の目的は達せられない。いきおい、借用という形をとらざるを得ないわけです」

宇良木は問題の核心《かくしん》に近づいたことを感じた。

「我〻といわれましたネ。サイゴンへお送りになった手紙には多数的な存在ともお書きになった。（相手はうなずいた）他の人々はどこに居られるのです？　どういう人達で、目的とおっしゃるのは何なのです?」

「もちろん破局的な戦争の阻止です。しかし間にあいそうもない」と主はその言葉をいう人としてはおどろくべき冷静な口調でこたえた。

「我々がどういう者か、という事になると、口では説明がむずかしい――ちょっとこっちへ来て下さい」

かれは宇良木を、テーブルの他方のはずれ近くにある黒い函《はこ》ようの器械のそばへ招いた。

「いまのやつでもい丶が、倍率に限度があるので面白くない。これを覗いてごらんなさい」

宇良木がしたがうと、さっきと同じものが見えたが、とたんにそれは急に大きくなった。主がそばで何やら操作しているのは倍率をあげているのだろう。拡大された視像はみるみる鏡の面いっぱいになった!

いまやかれはまさに驚くべきものを見ていた。それは原子の一つの形を見届けるという埒《らち》をのりこえ、さらにその構造のすがたを展開して見せているのだった。核は一個の太陽のように燦然《さんぜん》と輝き、なかにはいろいろなものの点のような黒影がうごめくごとく、荒狂うごとく犇《ひし》めいていた。前に物体の面を形づくる稜のように見えたものは、実はそれをとりまいて非常な速さで廻っている電子の軌道の交わる点が光るために、その点の三つ以上が一つの面のように見えるにすぎない、一種の虚像だったのだ。

「電子が原子核のまわりを、太陽をとりまく惑星のように廻っているというのは嘘だと、あなたらの世界ではいわれているようですネ」

スターリンはそばから静かに言った。

「それはただ、その周囲である運動状態をなしているにすぎない、と。ある意味ではその説も正しい。が、実さいには、電子はとほうもない速さで廻っていて、そのためにただ蠢《うご》めくにすぎぬような形になるのです。そして私はその世界から来たのだ」

客は青天の霹靂《へきれき》のごとく己《おの》れを語って宇良木をおどろかした。

「貴方がたの世界ばかりがこの世の世界なのではない。貴方がたの宇宙だけが宇宙なのでもないのだ。貴方がたが極微のかぎりと考え、それ以上の細分はあり得ないとして〈無分割〉――すなわちアトムと名づけた微粒子も、識って見ればさらに多くの微細物から成り、これに類する素粒子は百種になんなんとしているのが貴方がたの科学の現段階でしょう？　われわれは貴方らのいわゆる原子核を太陽のごとくにしてこれを取巻く、貴方がたの電子にすむ種族です」

「しかし、電子はそんな、たとえば、一個の惑星のような、質量をともなう存在では……」

「ないと言うのでしょう。だが天体の質量や比重は貴方らの宇宙でもそれがおどろくほどたがいに違っていますヨ。我〻をとらえて貴方がたのような質量の形に属さないから存在ではないといわれても迷惑だ。おそらく何もかもの基準と性質がたがいに違うでしょう。時間さえもが異った次元でながれているに相違ない」

「しかし、それならどうしてそれほど次元を異にする種族がそれを乗りこえてやって来られるのです？　また出来るとしても、なぜそんな事をするのです？　困難な事でしょうに」

「困難ですとも。我〻の全宇宙をあげての事業でした。しかしやらなくてはならなかったのです」

　異世界の客は面をあらためて沈痛に言った。

「我〻の宇宙は貴方がたの粗大世界——貴方がたが我〻を「極微」と考えるように、我〻は貴方がたをそう見ています——とちがって、非常に均質的にできています。ひとつの宇宙のとなりには、まったく同質の宇宙が整然とならんでいる。貴方がたはこれを、原子というものが集って物を形成していると考えていますネ。そうかも知れないが、バカげている。ひとつの宇宙とつぎの宇宙のあいだは、たいへんな無の空隙なのに——

　そんなバカげた、宇宙がたくさんあつまって出来たような粗大な世界が、我〻の上になお大きな次元で存在しているなぞということは、もちろん我〻にも長いあいだ判らなかったのでした。しかし貴方がたのところでもそうなように、科学の進歩にともなって、しだいにその神秘の扉はひらけていったのです。我〻の宇宙がひじょうに均等しているということを忘れないでください。我〻はほとんどつねに全宇宙の集まり、貴方がたによれば銀河——の単位で仕事をするのです。互いのあいだを旅行することは、貴方がたよりはるかに早くはじまり、いったん交通がはじまってからは、互いの均質なことがすべてに好都合だったからです。

「われわれの銀河連邦は単一で、平和で、豊かなながい年代を経てきました。ある年、とつぜんアルフという太陽がきゅうに割れて、その惑星系の宇宙全体を滅亡させてしまうまでは……。われわれの銀河は震撼しました。すべての星系から選りすぐられた科学者たちが原因をさぐりあてるのに必死になっているとき、第二のことがメルに起りました。そしてしばらくするとキブに、さらにまたソウラに——

「銀河がこわれてゆくような恐怖におののいて、われわれの交通機は宇宙をかけめぐりました。太陽の割れをふせぐためです。するとさらにつぎのボグドの壊れるときに原因が分りました。異常な、質のない天体がどこからかとんで来て、太陽にとびこむのです。

「もうお分りでしょうから、よぶんな話は省きましょう。貴方がたの世界が、どういう理由か知らんが、つぎつぎと我々の世界の太陽を分裂させていたのです。これは止《と》めなくてはならない。我々はいまや大宇宙の連合体の命運《めいうん》をかけて、異次元とたたかう決意をせまられたのです。

「科学者たちの努力によって、方法は見つかりました。前代に例《ため》しのない大宇宙機のむれをもって、銀河のそとへ飛出せばよいのです。粗大世界と交渉するには、すべてにわたり我々の億兆の何兆倍という尺度が要りますが、それもやりぬかなければならない仕事です。科学的に我々じしんを無限に複製していく増幅装置を作りました。貴方がたの脳髄という部分には五十億の細胞があるが、われわれの銀河の宇宙はもっと多い。われわれは一人を何億にも増複し得る数億人をもって貴方がたの世界へ出てきたのです」

「わかりました」

と宇良木はいまさらのように驚きを新しくして遠来の客の面《おもて》を眺めた。

「そして出たところは、我々の世界の「エンタプライズⅣ号」という船の原子炉だったのですネ？」

「そうです」

「そしてそこで貴方は、あるいは増複された貴方がたらは、最初にあったこの世界の種族のひとりの体に入いられた。そうですすネ？」

「そのとおりです」

「どうしてそのままでなく、今の形をとられたのです」

「ウィリアム・タッシュでは行動半径が小さいからです。お判りでしょうが、こちらで活動するにはこちらの姿かたち、言語、知識をもってしなければならない。そのためにこの世界の人の体を借用するわけで、したがって心身万端、その人として動きます。我ゝがひじょうに粗大な貴方がたの生体組織の空隙を完全に充たすと、その組織は生活をさまたげられて、死んでしまいます。その人の精神的容量《カパシティ》があまり豊かでない宿主をむだに殺すよりは、はじめから、よく保存された屍体をつかうほうが双方によい。タッシュの記憶にはそうした保存屍体がエジプトに多数とロシヤに二つ有るとありましたが、我ゝは近い年代のものをとるためにタッシュをモスクワへ行かせ、そこで同じ理由からレーニンよりスターリンのものを選んだわけです――

「米兵の体はわれわれが持ち帰って、このおなじ場所に保管してあります。貴方がたよりかなり進んでいる我ゝの科学と極微たる種族的有利を十二分に活用して、うち続く貴方がたの原子核破壊をぶじ阻止したあかつきには、もちろん元どおりにして返すつもりでしたが、おそかったようでしたネ」

客はそう、物語りをおえて静かにパイプをくわえた。

「手おくれだと、先ほども言われたようだが、なぜです？」

宇良木はいささか憤慨ぎみで問い返した。

「なぜ、もっとやってみないんです？　この世界の人間にだって、貴方がたとおなじ考えの者がたくさん、というよりほとんど万人の望みを代表して、働いていますよ。私だって、できれば協力するつもりで来たのです」

「間にあいません」

と相手は、パイプをもった手であたりをズッとさし示しながらいった。

「仲間を増加するにも、器械をつくるにも、まだ時間がかかる。しかるに事がこう押詰まってくると、とにかく今ボタンを押す気になっている不埒な政治家、軍人どもとその機関をすぐ抹殺するしか方法がない。後手《ごて》になっているんです」

そう言って彼が歎息するように首をふったとき――地響きがして、部屋がはげしく揺れた。

「ソレ、はじめた！」

と主は憤りに顔を紅潮させてせわしく手元の切断器らしいものを動かした。

周囲の四壁に設けられた映像板が光り、凄まじい光景をうつしだした。

この地点から四方を展望している電視像だろう。北と東の画景は静穏だった。しかし南がわから西方へかけての地獄図《じごくず》は言葉をこえていた。ただいちめんの落下と炸裂《さくれつ》と崩壊だった。

宇良木が上でみた中央アジアの基地は、火煙に包まれながらつぎつぎと死の円筒を射出していた。が、やがて矢のように飛ぶ三角の翼の大群が頭上をかすめ去ると、あとにはもくもくと盛り上るキノコ雲があるばかりだった。

瞬間に東の景色がかわった。そこには広い高原と、点々とした人間の営みの姿がながめれただけだったが、そこになん列もの蟻《あり》の横隊《おうたい》のようなものがノロノロと進んでくると、たちまち泡がふくらむような火の丸屋根《ドーム》がわきあがっていっさいを押包んでしまった——つづいて北に、さらにまた南に。

地鳴りと震動はひきつづいた。

「上をごらんなさい」

と異世界の客が言った。

宇良木が見あげると、そこにはいっそう広い映像板が半暗に空《そら》をうつしだしていたが、そこを何やら流星のように光るものが、間断もなく飛び交っているのだった。メイザー攻撃をされているのか、画面のなかで花火のように炸裂してしまうものがある。

「衛星ですか？」と宇良木はきいた。

客はうなずいた。そして

「もうだめだ」

とつづけた。

「原爆というもの自体が連鎖反応をおこす性質のあることをこの世界のひとは理解していな

い——我こは来るのが遅すぎた」

「上へいってみましょう」と宇良木は言った。「この目で生きた地獄図が見られるなら、せめてそいつを見て死のう」

相手はうなずいた。

ふたりが階段をのぼりかけたとき物音と震動がきゅうに止んだ。

「どうした事だ？——」

ふたりは室内をふりかえった。

四つの眼がいそがしく見くらべた五つの画面は停止していた。西の平原にはおびただしい甲虫《かぶとむし》のようなものの二つの隊列のむれが、南北から相手にむかって進みつつあったが、それらはきゅうに糊ではったように動かなくなり、双方の吐き交わしていた火煙りは、描いた絵のようにジッと静止した形になった。

身のうちの凍る思いで宇良木は天上を見あげた——数百の衛星も、弾道弾も、漂う雲もメイザーの飛跡も、何もかもが止っていた。そして半暗の空に、白くかがやく小さな円盤として映っていた太陽は……黒くなっていた。

「どうした事です⁉」

宇良木は叫ぼうとしたが、声が出なかった。

身動きもできず凍りついたようにその場に棒立ちになって主《あるじ》のほうを見た彼の心のなかへ、

「予期しない事ではなかった」

と胸の中でひとり呟《つぶや》いている相手の言葉が、考えの形のままで伝わってきた。

「だれかが何かを止めたのだ——貴方がた、または我〻この宇宙だけが宇宙なのではない。我われが貴方がたの極微世界に住むように、貴方がたはまたそのだれか達の極微粒子を宇宙としているかも知れない。貴方がたの全宇宙《コスモス》がそれの微塵《みじん》のなかに浮かんでいる巨大世界が、いまやっと貴方がたの存在や、そのしている事に気がついたのではないのだろうか」

「それでは我〻この世界はこれが終りなのか？」

宇良木は意識を失ってゆく感じで呟いた。

「わからない——宇宙の生成の原理とその有為転変《ういてんぺん》の大法をだれが知ろう。これでこの宇宙が消滅するのかも知れない。あるいは貴方がたの地球だけがまた原始にかえってこの事を開闢《かいびゃく》の神話にするのかも知れない。あるいはまたすべてが大世界の微細な事故で、すぐにたがいの事が元どおりになるのかも知れない。すべてはその、一つ上の世界の動きにあることだ。いずれにしても私の役目はおわった——さようなら」

かすんでゆく視界のすみで、宇良木はその、隣りの世界からきた客の体が、静かに緑いろに燃えあがって消えていくのを見た——

PART

Ⅳ

天気予報

——ヂリ〳〵〳〵〳〵〳〵〳〵！

けたゝましい非常ベルがとたんに鳴り響きはじめた。

〈しまった！〉

柴木は反射的に、かけた手をその器械から引いて、唇を噛んだ。〈よもやこんな警戒はしていまいと思ったのに——見ればただの函どうぜんの簡単なものじゃないか。こんな物に、本当にあんな力があるのか？〉

いやしくも国立の測候所が、そして全国にわたるその力の結集である中央気象庁の成績が、たかが一介の素人研究家に敗北しつゞけるなんて、そんな莫迦なことがあろうか。だが事実はその通りなのだ。

いつの頃からか、所長柴木の統率するＥ市の測候所は、星山と名のる人物のかけてよこす自己流天気予報の電話に悩まされだした。

はじめ所員たちはだれも、よくあるたゞの悪戯だと思っていた。測候所へ、中央の発表とちがう予報をしてくるなんて、よくない冗談だ。ところが星山というその自称研究家は、毎あさその日の自分の気象予測をしてきて、中央の当局発表を批評するのだった。それが彼の判断と合っているときはい、。が合っていないと頑強に自説を主張し、のみならず公式発表を遠慮なく嘲笑するのである。

「きょうは晴れだ？　トンでもナイ、日のあるうちにドシャ降りさ！　君たちゃどこの国の天気を予報してるんだ」とか、

「午後から雪だって？　お生憎さまだ。雪のユの字も降りゃせんよ。シベリヤの話と間違えてるんじゃないの？　オイ、おれ達の税金でむだ飯食うなよ！」

とか、失礼千万な御託をならべる。

ところが、それが残らず当るのである。測候所は恐慌状態になった。国営の科学的調査の結果が、名も知れない素人にかなわないという事になれば、中央の気象庁の威信にもかかわり、ひいては当E市測候所が物笑いの的になろう。柴木は極力これが公けにひろまるのを防ごうとしたが、とうとうA新聞のE支局が嗅ぎつけてしまった。

「なにか素人の予報家が完全に当局を出しぬいてるッて、本当ですか？」

と言って、支局員の婦人記者がきたとき、柴木は一計を案じて、彼女を星山氏の電話に出させてみた。女ならうまくゆくかも知れないと思い、何とか相手の正体を知ったうえ、でき

たら本人に会って詳細をつきとめたかったのである。

一問一答、怪電話対新聞社のやりとりは暫くつゞき、とゞA支局員は該星山氏が自宅にじしんの私立気象研究所をもち、「気象測定機」というものを発明してそれによって予報を出している、という答をとったのだった。

「それを見せてくれ」

「イヤ秘密だからだめだ」

という交渉が二三日つゞいたある晩、柴木所長は決心した。どうしても見せないなら、官の威信のためだ。相手の研究所へ忍びこんでも見調べてやろうというので、それを実行したのである。

——そして失敗したのだった。

「所長さん、困るネ！」

と、鳴りつゞける非常ベルをとめながら、星山氏が姿を現わして言った。「職務に熱心なのはいゝが、他人のプライバシーを侵犯しちゃいかんですよ」

そして後からはいってきたA紙の記者をふりかえって、面白そうに笑いだした。

「マア、こちらの、中央大新聞までが真剣になって取材に来ておられるから、堅苦しいことはやめにして、種を明かしましょう——じつは、「気象測定機」なんてものは無いんですよ」

そう言って星山氏が機械函の蓋をあけると、チンカラコンと優しい音が童謡を奏でだした。

「ご覧のとおり、ただのオルゴールです——ほんとうの測定機は隣室にいるんですヨ」

と星山氏はおくの境の扉をあけて客を招じ入れながら、

「お祖父《じい》さん、あしたの天気はどうです？」ときいた。

そこには百歳近いかと思われるほどの老人がひとり、膝のうえに猫をだいて坐っていて、こう答えた。

「うむ、朝のうちに大かみなりじゃナ。腰のレウマチが右上から痛《いた》みだしたで——じゃが雨はたんとは降るまい、こやつが耳を搔かんからノウ」

ミコちゃんのギュギュ

へんな人形

「ウワア。なんだい？　この人形は！」

きみ夫は、ミチ子の見せた新しい人形を見て、おもわずふきだしてしまった。

「ズングリムックリのからだに見たこともないへんなきものをきて、へんな棒もってさ！　黒人みたいに頭がちぢれて、ちっともかわいくないよ。こんなのオカチメンコっていうんだぜ」

「きみ夫さんのいじわる」

ミチ子は、自分が悪くいわれたようにベソをかいた。

「ひどいわ、そんなことといって。このお人形は妖精なのよ。だからかわった顔や形をしてるんだわ。もっているのは魔法の杖よ」

「へえ？　妖精ね。どこの国のなんていう妖精なんだい？」

「アフリカよ。カイロにいるおじさんが送ってくださったの。奥地の人たちがだいじにする人間をまもってくれる妖精なんですって。ギュギュっていうのよ」

「チェッ、チェッ。つまんない」

きみ夫は、ばかにしたように、したうちした。

それからピストルをもちなおすと、むこうのかどに立っているアイスクリームの広告人形をねらって、コルクの玉をポーンと撃った。

「そらあたった！　いいきみだ。あのエスキモー、大きな歯をむきだして笑ってやがって、ぼく大きらいなんだ。人形なんてなんの役にもたちゃしない。妖精だって、やばん人の迷信さ。ぼく、やっぱりタローくんたちとあそぼっと」

きみ夫はかけだしていった。

円盤と巨人

そのばん、きみ夫がねようとしていると、なんだか嵐みたいな空もようになった。窓の外がピカピカ青く光っている。

「カミナリかな？」

と思って、きみ夫が窓のそばへいくと、パアッと空がみどり色にかがやいて、ひらべったいお皿のような丸いものが、やはりうすみどり色に光りながら、ツーッとむこうの岡のほうにおりていくのが見えた。

「アッ！　空とぶ円盤だっ！」

きみ夫はむちゅうになって家をとびだし、岡のそばの林の中へかけこんだ。

大きな木のかげからそっと見ていると、円盤はすぐ近くに着陸して、中からみどり色の宇宙人が、きみょうな武器をもってでてきた。

するとそれをでむかえるように、いろいろなかたちのロボットが、どこからともなく集まってきて、円盤の前に整列するのだった。

「地球の状況はどうか——報告せよ！」

と宇宙人が命令すると、代表らしいロボットが進みでた。

「ハイッ！　地球人は戦争ばかりしていますから、各国が団結《だんけつ》することができません。ただちに侵略を開始してよいと思います」

そういっているロボットをよく見ると、それはあの町角のアイスクリームの広告人形なのだった。

「あっ！　あのエスキモーだっ」

きみ夫が思わずさけぶと、みんないっせいにこちらをむいた。

宇宙人の手から光線がでると、あたりは昼間のようになり、きみ夫はたちまち見つかってしまった。

エスキモーが、さけんだ。

「こいつめ！　よくも毎日、わしの顔に、鉄砲玉をぶつけおったな。われわれはX星のスパイ・ロボットだ。地球のようすをさぐるために、わざとまぬけな広告人形になっていたんだぞ。まず、おまえからさきにかたづけてやる！」

きみ夫は、おそろしさに声もでないでいた。と、そのとき、ふいにワーッというさわぎがまきおこった。

見ると、いつ現われたのか、見たこともないへんなきものをきた黒い巨人が、キラキラ光る金の棒をもって、円盤のそばに立っているのだった。

「X星の悪者どもめ。この地球を侵略するならしてみろ！　わたしがゆるさないぞ！」

そういったかと思うと、巨人はサッとその金の棒から銀色の光線をはしらせた。

ロボットたちと宇宙人は、奇怪な声をあげながらバタバタとたおれ、円盤もろとも煙になってしまった。

しかし、宇宙人がたおれながら発射した熱線も、巨人の顔にあたり、巨人はおもわず顔をおさえた……！

一夜明けて

気がつくと、きみ夫は病院のベッドにねかされていた。林の中で気絶していたのを、朝になって、とおりがかりの人に見つけられたのだった。

心配そうにのぞきこんでいる両親や医者にまじって、なかよしのミチ子も顔をならべていた。

しかし、いくらきみ夫が真剣になってゆうべのことを話しても、だれも信じてくれなかった。

「きみ夫さん熱にうかされているのよ。でもへんね。わたしのギュギュも、起きてみたら、ほら」

そういって、なぐさめながらミチ子がさしだした人形をひとめ見て、きみ夫は思わず、アッとさけんだ。

ギュギュのきものはゆうべの巨人とそっくりだったのだ。そしてその顔は半分ほど、まるで強い火にやかれたように、ケロイドになっているではないか！

「じゃ、やっぱり、あれは夢じゃなかったんだ。X星人はほんとうにきたんだ。そして、ぼくがばかにしていたアフリカの奥地の妖精が、この地球をまもったんだ」

そう思うと、きみ夫は胸がいっぱいになって、

「ギュギュもミチ子ちゃんも、悪口いってごめんね」

と、あやまった。そしていった。

「ぼく、女の子が人形かわいがるの、やっぱりいいと思うよ」

（戯曲）

怪物 ——一幕一場——

光速度を出すと、時間が無に近づくって？——それどころか、もっと恐ろしいことが起るんだ。
——宇宙船乗り

恒星間飛行艇の内部である。ただしここはもっとも非機能的な、休憩室ふうの場所で、正面中央の壁面には映像板をもった船内通信装置と若干の計器、べつの壁に非常用の呼吸マスクや二三の武器、消火器がかかっていて、いたるところに引力喪失時用の手摺りがひき廻してあるほかは、とくに宇宙船らしさを示すものはない。

正面の左手には、高い所から下りてくるらしい階段つきの扉〔い〕があり、右手には部屋と等高のふつうの扉口〔ろ〕がある。乗組員甲乙丙丁が、おのおの非番らしい様子で卓や長椅子にくつろいでいるが、態度や言葉つきはなんとなく緊張して、神経過敏にみえるのは争えない。真ッ正面には、赤色灯が大きく「加速中」という文字を映しだし、重苦しい黄色い光が部屋一ぱいに漲っている。そして、中央でおなじように特に目立つ度盛り一から一二〇までの半円計器の指針は、警告指標らしい「八〇度」の赤字を越して九〇度弱を示してい、船室全体にときどきグイと引立てるような軽い衝撃が感じられるが、上気した乗手たちはそれはそれなりに、気にとめていない。――事件はずっと、この只一つの場所で起る。

乗組員甲　（根気よく、卓上に数字を書いてみせながら）いいか、だからこの等速運動の間に経過する宇宙時間は、地球時間に対して、どうしてもこの割合で遅れることになる。だから地球では実さいに何十年も経過しているのに、飛んでいるおれ達には数時間しか経《た》たんことになるんだ――今度は解ったろう？

同乙　（絶望的に）ちッとも解らん――藪不知《やぶしらず》のなかで迷彩を見せられているようだヨ。

甲　解らんッて？　こりゃお前、古い数学だぜ。百年も前にアインスタインの言出したことなんだ――幼稚学校でやることだぜ。

乙　おれは幼稚学校へ行かなかったんだ。（別の所にいる丙・丁、大声で笑う）

甲　フン！　いきなり大人学校へいったと云うんだろう。お袋の腹の中から。

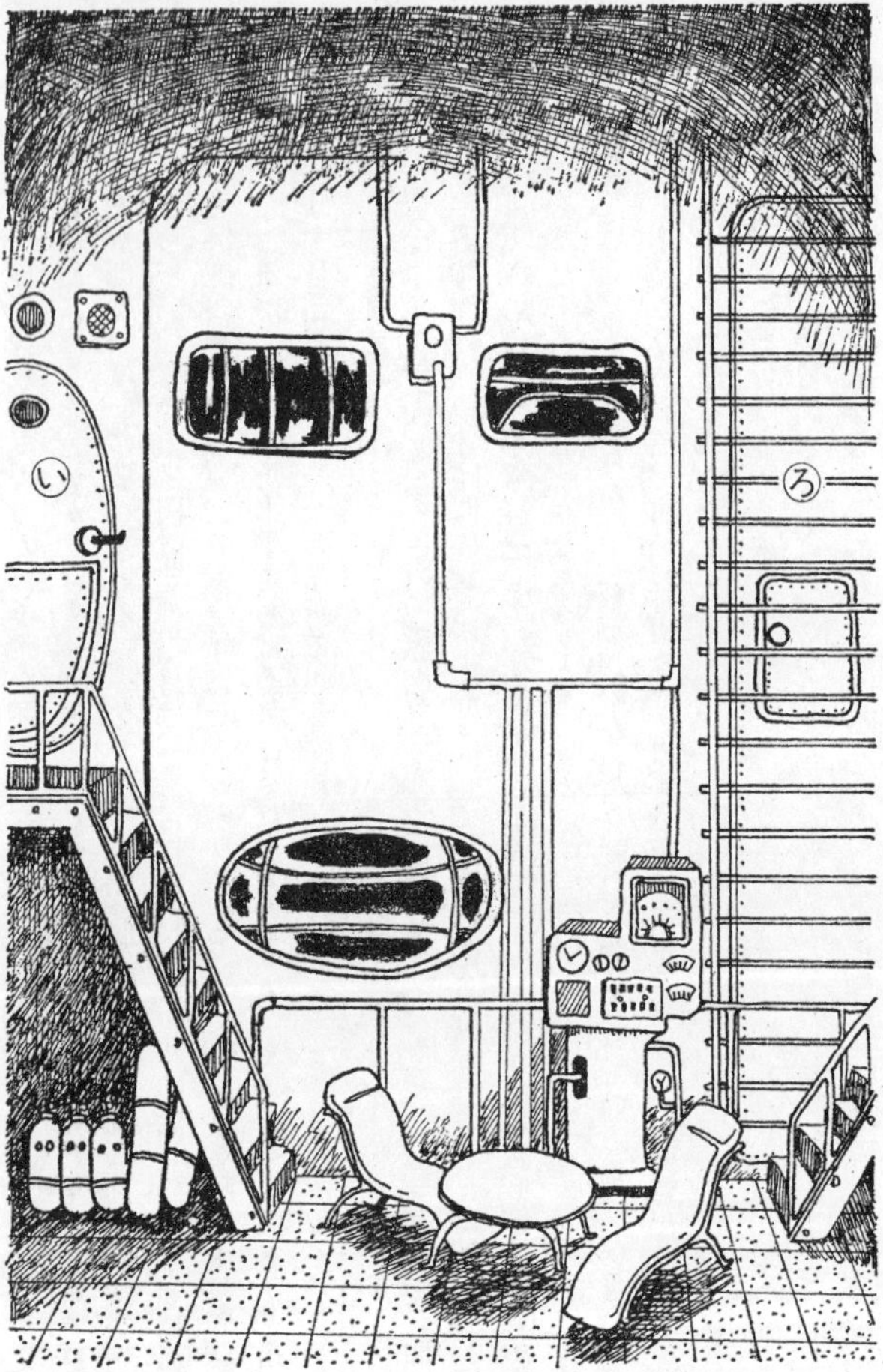
い
ろ

乙　おれはお袋の腹からも出なかったんだ。おれは外で造られたんだ。

丙　（立上ってきて――親し気に）お前も人工児か？　おれもそうだ。だが何か古い芝居にこんな問答があったっけナ。

甲　（怒ったように、ノートを投げつけて）とにかく、お前に解っても解らなくても、そうなんだ！（軽い船体衝動）

乙　何が――光速度を出すと時間がゼロになるってことか？

甲　そうさ。

丙　時間がゼロになると、どういうことになるんだ――おれ達は年をとらないのか？

甲　そうさ。

乙　すると、その速度を越すとどうなるんだ。――だんだん若くなるのか？

甲　（返事につまる）

丙　それじゃ戦争だからっておれ達みたいに、骨を折ってシリウスなんて遠くまで稀元素を取りに行くことはねえぜ。敵をみんな天空船につめこんでおいて、どん〴〵光速以上に加速すればいい。すると敵は赤ン坊から卵になって、しまいに消えてしまうわけだ。

乙　だがどうやって詰めこむんだ。そりゃ猫の首の鈴だぜ。

丁　（立上る）お前たちの話を聞いていると頭の筋がムズムズして来らア。何だってそんな下らねえ話をやめて宇宙船乗りらしく遊ばねえんだ。（見廻して）数技盤はどこだ。

甲　モリノが持ってる。什器室にいる筈だ。

丁　什器室にいる筈だって……奴はただ、氷をとりに行ったんだ。あそこで何をしてるんだ。
乙・丙　出入口はここだけじゃないか。
乙　（顔見合す）そうだ、十分も前だ——それに音もしない。
乙　（立つ。右手の扉〔ろ〕に近づき、あけて呼ぶ）モリノ！
（返事がない）
乙　変だナ！（はいってゆく——中から大声で叫ぶ）大変だ！——手を貸してくれ！
（甲をのぞく他みな走ってゆき——やがて死んだようになっている戊を抱え出してくる。長椅子へ寝かして介抱するとき甲も加わる）
甲　気がついた——
丁　オイ、どうした！
戊　（口籠って）……あそこに……化物がいる！
丙丁　——間。——軽い船体衝撃。
（笑い出す）お前それを見て気絶したのか？——こりゃ年代記ものだぜ！　恒星乗りが化物を見て、ポルノ女優か唄うたいみたいにご失神ときては。
戊　（弱々しく、しかし怒って半身起直り）嘘じゃない！　お前たちだって イキナリあんな犀《さい》を見せられれば平気じゃ居られん！
乙　サイ？——サイッて、何の賽だ。ありゃ悪い遊びだ、アメリカ式だゼ。
戊　その賽じゃない——

甲　その賽じゃなければ何だ。
戊　生きてる……真赤な目の光る、斑《まだら》色の犀だ……あそこにいる！
丁　（しびれを切らして）何を言っていやがるんだ！　馬鹿め！　こいつの言うことのほうがよッぽど頭の筋がヘンだ（立って向うの部屋をのぞきこむ――ふり返って）何もいやしねえじゃねえか！
戊　（刺戟のために力をつけられ、立つ）そんな筈はない！　でなきゃ何もおれは……まるでネオンのように眼を赤く光らしたんだ……（おずおず覗きこんで、非常に驚く）おれは……おれは……寝てなんかいたんじゃない！　確かに居たんだ！
丁　そうだろうとも！　起きてて見るんだ、底ぬけの馬鹿の夢は。（戊の後ろ首を押して）サア、しっかり見ろ！　その馬鹿げた・目玉で自分の広告をしている動物はいるのかいねえのか！
戊　（首をふって）いない――今は――それは認める。しかし……
丙　いないと決ったら退《ど》いてくれ。おれは思い出した。調合器をとってくる。
（丙、はいってゆく。丁・戊と甲は元へ戻る。軽い衝撃。甲は一寸よろけ、上を見上げて舌打する）
丙　（出てくる――顔面蒼白。口が利けないほど昂奮し、震えている）
乙　（ある不安を感じて）どうした！
甲　（冗談のように、無理に笑おうとしながら）いるとでも云うのか、モリノの云った犀が。

丙　（落ちこむように椅子に腰を下ろして、額の汗をふく）いる――もし頭に角があって眼《め》が紫いろに光る、牛よりも大きい蜘蛛のような七色の動物を犀というならばだ。
甲　（拳銃をひっつかんで立上る――丁・乙これに倣い、皆先を争って覗きこむ）
戊　（眼を覆って顔をそむけながら）同じ奴だ！
乙　（囁くように）牛どころじゃない――
丁　（同じく）まるで象だ！――つい先刻《さっき》はいなかったんだがナ。
甲　閉《し》めろ！　隔壁扉《しきりど》を下ろせ！　あれが暴れ出したら大変だゾ！
　　（乙・丁、傍らのスイッチを入れ、隔壁装置の鉄扉を下ろしてボールトをはます――甲は正面の壁の釦を押す。映像板が発光して、士官の上半身が映る）
甲　助空士、第二作業班ガモウ艇曹休憩室から非常報告します！
映像　（答える）よろしい、話せ！
甲　什器室に化物がおります。
映像　（笑いかけてやめ、屹ッと酷しい視線を浴せる）睡眠交替を励行してL剤を摂《と》んなさい！　すぐ光速度になる。（小衝撃）切れ！
乙丁　（進み出る）助空士どの、本当です！
丙戊　私共は現在それを見ているのです！
映像　（どなりつけようとして、フト皆の様子に気づき、しばらく見調べる）什器室に理外なものが存在すると、君らはまじめに報告しているのか？

一同　その通りです！
映像　どんな存在だ。
甲　助空士！　たとえようもない忌な姿の奴です！
乙　地球のものではありません！
甲　どうして這入ってきたのかも解りません！　しかし事実いるのです！　われわれは隔壁を下ろして閉じこめましたが、この処置でよいかどうか解りません。
映像　よし、いま行く。（消える）
（扉口〔い〕に灯点く。開《あ》く。士官下りてくる）
士官　どこだ。
甲　あそこです。
士官　（進みよって、隔壁《しきり》の下りているのを見て眉をひそめ――腰に佩《は》いた特殊な小銃を引抜いてもち、扉の前へ立って「開けろ」という身振りをする）
甲　（躊躇する）
士官　あけろ！
（甲・乙、切断器を切る――仕切戸上る）
士官　（注意ぶかく扉をあけて中を覗く）――いないじゃないか。
（他の者らも見て――顔見合す）
戊　（進み出て）助空士、私はみなより余計見ているので申しますが、われ〳〵は貴方を瞞していいるのではありません。怪物はソノ……一寸の間にいたりいなかったりするのです。始めと次ぎとが同じものかどうかも判りません。しかし私が見たかぎりでは同じ奴でした。
士官　（他をかえりみる――みな頷く）よろしい。では待ってみよう。
（かれは腰を下ろす。戊は不安そうに開け放した扉口を眺め、乙はその内側の見える位置に佇んでいる）
甲　これは一体どうしたことでしょう！
士官　（笑って）見てもいない私に解る筈がないじゃないか！（銃を卓上におき、莨《たばこ》でも取出すように衣嚢をさぐる。加速衝撃）
戊　（叫ぶ）いる！　また居る！　同じ奴だ！
乙　（同じく）扉をしめろ！――出てくるぞ！
――丙・丁が飛んで行って扉を閉めようとするとき、その戸口三分の一ほどの高みを残すばかり一ぱいに、異形なものがはみ出して来る。
それは地球上に似たもののない、得体の知れぬ物で、怪奇な長鼻類の脚のようでもあり、巨大な両棲動物の胴の一部のようでもあるが、しじゅう全体が到るところで蠢めくように不統一にうねっていて、一面に吸盤のような斑点があり、下端には鉤《かぎ》型の爪に似たものが無数に生えている、不気味な斑《まだ》ら色の奴である。そしてそれらの色は緑や黄の強い、境界のない五色で、何かとりとめのない迷彩のような嫌らしさがある。士官が立上って銃を発射するより先に甲が一発射つが、その物はくねるように反転しただけで、扉口元で一瞬室内へ踏込んだ小さい輪を描く。一ばん近くにいた丁はその爪に足をさらわれて転倒し、つづいてその物の下に捲込まれる。とたんにそこから薔薇《ばら》色の煙が排出蒸汽のように噴き上り、物体は引込んでゆく——

丁　（絶叫する）助けてくれ！　切られる！
（甲・乙・丙・戊、狂気のように乱射するが、それは些かも怯《ひる》み或いは傷《きずつ》くように見えない）

士官は用心ぶかく丁を傷けぬような側から小銃を擬して——発射する。強烈な火の線条が走って物体につきあたる。それははじめ狙いが外《そ》れて扉の框を瞬間黒焦げにし、それから水素鎔接にまぎらう白熱の火花を物体の表面で散らすが、その物はおなじように蠢めきつづけ、そして引込みつづける。士官は銃を捨てて壁の武器にとびつく。が他の者たちが駈けよってそれを下ろし準備操作を手伝ううちに、闖入者はもと来たところへ彼等の同僚をつれ去ってしまう。

戊　（加速衝撃によろけながら、女のように喚く）去《い》っちまった！　シラスを引込んだ！
熱線も利目がない！
（乙・丙、とり鎮める）

甲　（特殊銃器の装備を了えて扉口へすすむ士官を止める）助空士、什器室には冷凍用の電源が来ています。もしそれへ接地すると……

士官　構わん！　一部の破損ぐらいには代えられん！
丙　しかしシラスが把まれていますから、奴も一緒に感電してしまいます。
士官　（逡巡《ためら》って、内を覗き――落胆して銃を下げる）シラスは感電する心配はないヨ――もう。
（みな、扉口にあつまる）
士官　（どきながら）標的は行ってしまった――そしてシラスの残したものが残っている。
甲乙丙　（部屋の中を見て――呻き声を出す）
戊　（駈込もうとする）
士官　（とめながら）迂闊に踏込むな。いつ、そしてなぜ出て来るかが判っていないのだ。
（壁にある釦を二カ所押す）ガモウは直接司令室へ詳細を見たとおり報告しろ。それからトネは医長をさがして来てもらえ。
甲乙　ハ。（出てゆこうとする――扉口〔い〕で捲き担荷を持った白衣の医務班イ・ロと出あう）
医務班　どうした。救急ベルが鳴ったが――また宇宙病発作か？
甲　そうだ。ここにいる残らず重症だ。入院させてくれ！　（出てゆく）
（医務班は中央で担荷をとく）
士官　担荷じゃだめだ。
医務班　ハ？

医士長　（同じく白衣。乙と一緒にはいってくる）シラスが感電したッて？
士官　（扉口で、見ろという身振り）ええ、感電する前に死んだんですがネ。
医士　（医務班をつれて進みより、覗く）こりアひどい！　一体どうしたんだ。
士官　どうしたと言えばいいのか、ぼくにも判りません。とにかくこの部屋へはいるには充分注意してください。（案内するように先に立ってはいる。医士・医務班つづく）
（扉口〔い〕に灯つき、司令と副官はいって来る。甲したがう。室内が敬礼してむかえるところへ医士と士官、卓を裏返しにした台へ白布をかけて盛上げたものを医務班に運び出させてきて、おなじく挙手する。かれらは注意深く元通り鉄扉を下して両室を遮断する）
司令　報告をきいたが、シラスはどんなふうにやられている。
士官　（白布をかかげて見せる）
司令　（見て、眉を顰める）これは……（あとが出ぬ様子で医士を見る）どうした事だ。
医士　私にもぜんぜん解りません。一滴の血も出ず、体はまったく幾何学的な円と直線で十六に切断されています。
司令　それで出血しないということは有り得ないが……断片の状態はどうなんだ。
医士　（触ってみせる）ご覧のとおり、完全に凍っています。ちょうど船外の空間に置かれた屍体の状態です。
司令　しかし船内で熱射で応戦したのだろう？　物体が人に触れたとき煙が立ったとも云う

が——

医士　（首をふる）私には説明がつきません。

司令　（運べという身振りをする）

医務班　（運ぶ。一人は扉口でやや大きい動揺のためによろけ、上を見て独白）下手な加速をしやがるナ。階段でこんなのを食わされちゃ溜ったもんじゃねえ。（出てゆく）

司令　イワノが交替したナ。（釦を押して、現れた士官の映像を叱る）操舵室にはイワノしか居らんのか！　ソウはどうした。

映像　ソウは闇視症が回復しませんのでまだ操縦できません。

司令　加速中は誰かに代らせなさい！　イワノの痙攣神経でやられては此方が痙攣してしまう！

——かれがそう言い了るとき、第二の・前より強い動揺が来る。それと同時に什器室との境がまったく突然に向う側から破壊され、最前のとおなじと覚しい物が、しかし今度ははるかに高いところから、まるで泥細工のように易々と隔壁をぶち抜いて突出してくる！　頭部のように見えるその高い一部には魁偉な大芋虫の角のような赤黄色い突起物があり、体じゅうには数十の目のようなものがネオンそのままの赤さで勝手に場所を変えながら光り動いている！

人々は名状しがたい恐怖にとらわれ、ことごとく反対がわの一隅に退いてこれを見つめる。がそのあいだにも前場からの士官と乗員らはまだ使われていない残りの武器を試すことに希望をかけ、発射の準備をととのえて司令の下知をまつ。司令官は一方的な攻撃を好まぬように、部下の無言の催促にも応えず躊躇している――が怪物がさらに隔壁を壊して前進するのを見ると、たまりかねて発射を命じる。

たちまち高周波の電流が怪物にむけて放出され、淡紫の火の紐のような高圧電気が双方を凄まじく結ぶ――が怪物はいささかもたじろがない。

司令　（叫ぶように）圧をあげろ！（他の者らにむかって）磁気線、発射！

――はじめの電流は白熱したものに変り、同時に・待機していた他の二台からはほとんど見えないような、陽炎《かげろう》のようの気流が目標にむかって注《そそ》ぐ――。が同じことである。怪物は脹れあがるように依然押し出して来、ついに壁はメリメリと崩れ落ちる。物体は丸味を帯びて、想像されるその全体の半ばほどを現わし、比較的細い突端を巨大な爬虫類の太短い尾のように活潑に室内に跳ね辷らす。もっとも近く進んだ甲とこれを救けようとした戊とは前後して弾ねとばされ、つづいて共に捲きこまれる――再び、煙が噴出する！

乙・丙　（狂気のように叫ぶ）溶ける！　軍曹とモリノが溶ける！　溶けてゆく！

――電撃熄《や》む。一同は凝然として不思議な煙の向う側を見つめる。物体はさらに進み出る！　司令官は当面完全な敗北を認めざるを得ない。

司令　退避！

かれがそう命令するとき、一そう不器用な加速のショックが伝わり、一同は尽くよろけ或いは転倒する——同時にまったく突然、それはいなくなる。

医士　（呆然として）消えた！——どういう事だろう——

——一同は力抜けしたように、或者は椅子に崩れおち、或者は顔見合して溜め息をつき、或いは汗をふき、或いは懐中瓶から液体をのむ。

医師だけがやや平静をたもち、甲と戊の『溶けた』跡を見調べ、壁の破れ目から向う側を気味わる気に覗く。

医師　（呟くように）何も残っていない——脂一滴のあともない——それに前にはこうじゃなかった——（首をふる）

副官　（突然、はじめて発言する）司令、判りました！　これは次元交錯のせいです。

（皆、副官のほうへ寄ってくる）

医士　（キョトンとして）何のせいだッて？

副官　次元の交錯です‥つまり、われわれの地上の物理的相対空間においては本来交わりあえない時間と空間が、ここでは次元の拘束をうけないために自由に交錯しあっていて、われわれの船がそれを横切って通るからでしょう。

司令　（首をふって）解るような解らんような説だが——その交錯ということはどこから出た考えなんだ。

副官　つまりです。われわれの船がいま達しているこの速度は、感覚的には無限大に近いものであって、しかも航行にはある時間がかかる。それはつまり此処では空間というものが時間の意味でしか把むことができないことで、いい換えれば時間と空間とが同じになっていることです。私がここで見たかぎりでは、怪物は加速中のわれわれの船が速度を変えるたびに現れたり消えたりしています。これは船の加速がアインスタインのいわゆる世界線に接しておこなわれ、現象的には外界空間の断層を縫うことになるため、怪物の所属している次元が船と交わったり離れたりするとしか考えられないのです。ですから奴が属さない層を通る速度をもとめて、それで一定に走れば、奴はもう現れないと思いますが。

司令　（一寸考えこむ）そうかも知れない——よく解らんが——（計器をみて）しかしそれは出来ないヨ。

副官　（皆も共々——落胆して「なぜ」と訊ねる）

司令　我々はシリウスへ重素を採りにゆくのだ。（「それは知っている」という返事を抑えるように）打明けにゃならん破目になったらしいが、我々の持ち時間はギリギリなんだ。火星はあと廿年間、全地球を完全にイオン化するまで戦えるだけの窒素を持っているが、われわれの保有エネルギイ源は十五年しか持耐《もちこた》えられないのだ。地球シリウスの往復距離は光速十六年。たとえ我々が間に合っても一カ年の物質不足期間があり、その間われわれの祖国地球は無抵抗で火星の一方的攻撃をうけていなくてはならないのだ。この旅行の十六年地球時は宇宙機の経験時間で四時間、われわれの場合は前後一時間ずつの加減速時を加えて片道四時間が最大限度だということは判るだろう？（酷《きび》しく）光速強に達する以前にこの速度基準を変更することは絶対にできない！　我々がここで卅分遅れれば、地球では二カ年が経過するのだ。君らは窒素の絨壇《じゅうたん》爆撃で隕石ぐらいの燃えてる砕片《かけら》になった地球へ帰りたいか？

——死のような沈黙。

司令　（沈痛に）仕方がない。ここを棄てて外から真空封鎖してみよう。そしてもし、事実此方の加速段階ごとに出没するなら、光速に達してから奴の出ない速度で進もう。

士官　（考え込んでいて、このとき顔をあげる）司令官、それは駄目です。

司令　むむ？

士官　どうやってみても奴は出ます。そして結局この艦《ふね》を壊します。

——一同凍りついたような顔を見合す。

士官　もし真空が奴を封鎖するものなら、真空を旅行している場合に奴に出会うわけはないでしょう？　また、副官の断層説では彼奴がなぜ船体がまるで実在しないもののようにイキナリ船の中へ現れて、しかも中では壁を壊すのか……つまりなぜ現れるまではもっとも硬い合金を通過する磁波的存在であって、現れてからは矛盾した柔らかい固体であるのかも説明がつきません。

副官　（驚いて）君の言うとおりだ！　それじゃどうした訳なんだ。君は何を考えているんだ。

士官　（汗を拭いて）私の仮説は言うのが恐ろしいことなんです。これは……これは……時、間量子です。

司令　（思わず計器を見る――指針は正に九八度：殆《たい》光速を示している）君の言うのはゼロ時間のことか？

士官　そうです。時間が無くなろうとしているからなんです。これは副官の言われた時空の差異がなくなるということと同じですが、怪物にたいする私の考えは少し違います――あれがどこの何なのか、それは私にも判りません。しかしなぜ突然出てくるかという理由だけは解ります。

司令　どうしてなんだ？

士官　（壁に懸っている黒板に、ある間隔をあけて団子のような○《マル》を一列に幾つも描く）時間がなくなると、時間の性質はこういう形而下的なものになります。空間も意味のあるものとしての意味の上では同じです。

司令　（眉を顰めて）解らんゾ。哲学のように言わんで物理的に言ってくれ。

士官　ではこの○《マル》をゼロに近づいた時間のもっとも微小なものと考えてください。しかしゼロではありません。ゼロは幾つ並べてもゼロですから、ゼロにもっとも近い分割の極限です。すると各極微時間子の間はあたかも原子間のように空隙だということになります。そんな所に空隙はない、時間は物質ではないから各粒子は数珠《じゅず》玉のように連結しているとしても同じです。なぜならこれらの粒子は極微の・ちょうど物質における原子に等しいものですから、それ自体中心が量子的運動だけに充塡された一つの空隙の場で、一つの極微子とその隣人との間はやはり無です。つまりどちらにしても時間の微粒子の群れは無で繋がれていることになるのです。しかるに我ゝの三次元世界で事物は持続して∴つまり時間的に存在している以上、それはこれらの無が有を伝達している、つまり完全な形で受取っては渡していることに外なりません。要するに事象は無から有へ出現して不思議はないばかりでなく、むしろこの考えでなければ宇宙の起源は説明できないのです。しかし同時に、すべての存在が地球的な三次元に限定されると決めるのも間違いであって、宇宙間にはもっと高度な次元の存在することは学者の定説です。そしてそれは事象の波動周波についても同じことでしょう。吾ゝの識っているものだけが波動のすべてなのではありません。するとその周波のわれわれより高いか低いかする次元のものが我ゝの粒子の連鎖と重なり或いは交叉すると、互いに各粒子の配置間隔がピッタリ一致しないから、片方の粒子は他方へ重なったり離れたりします∴つまり一方の存在がもう一方の世界へ出たりはいったりすることになる——これが密閉されたあの部屋の中へあの怪物が、どこか別の世界から無拘束に出没する理由です。ですから、船が光速で走ってる限り奴は出ます。

（一同、各人各様の意味の吐息を洩す）

司令　すると——どうすればいいのだ？

士官　判りません。つまり双方の時波が交叉しているのですから、一たん交わった場所では強い方が弱い方を押破って通るでしょう。丁度速い車と遅い車とが同時におなじ道を走って、互いに物理的に停りも加減速もしないならば、何方かが何方かを壊して通るほかはないのと同じです。ですから奴は、現れるのは現象的で、現れたものとしては具象的に壁を壊すのです。

司令　すると彼奴はいつでも出て来て、船のどこでも構わず壊すと云うんだナ？

士官　そうです。私のもっとも恐れるのはそのことなんです。（立って、指し示しながら）奴はいつもこの什器室の内に現われ、いつもこの扉のあたりから此方の部屋へ進んできますが、これは後尾寄り外側から斜めに中央へ向う角度になります。つまりこれが我ゝと彼との交叉がずれてゆく方向なので、これを延長するとそれは船の真ン中を横断するのです。ですから奴が繰返しこの方向に壁を壊しながらずれてゆくと、奴はけっきょく中央の機関部を破壊して船を胴中から真ッ二つにしてしまうことになります。

乙　（叫ぶ）冗談じゃない！　中央は反応炉のロボット区域じゃありませんか！　彼処を壊せば陽子が解放されて船は破裂してしまいます！

士官　（陰鬱に）ウン。だが奴は壊すんだ――

司令　すると我ゝは絶対ゼロの空間へ光子になって飛び散るわけだナ。

医士　（鼻を擦《こす》りながら）そのようですナ。

司令　（決然と）仕方がない――「エル」で攻撃してみよう！

副官　電子破壊線を艇内で使うと仰言るのですか⁉　それでは線の届くかぎりが消滅します。破壊が外へ抜けたら大変です！

丙　（乙に）ここで外壁《そとかべ》をとり払うのは感心しねえナ。

司令　しかしいずれ破壊されるなら同じだろう。外壁を破損しないよう、できるだけ船体に縦に照射しながら、一か八かやってみるんだ。（促すように皆を見渡す）われわれは祖国地球防衛のために稀元素を採りにきた。時間に遅れることは出来ない――ここで使命を放棄して、土星便《びん》のようなノロノロ船になって逃げ帰るか――光子エンジンを壊されるまで待つか――船じしんの安全を脅やかす電子砲で闘ってみるか――どうする！

全員（口々に）闘います！　人間の誇りのために！

司令（欣ばしげに）その返事を私も期待した――私自身に云わせれば、量子を吸収されて崩壊しない物質はない。あれがたとえどんなに異質の物体であっても、すでに物体である以上「エル」の照射にばかりは耐える筈がない。が同時に船のどこかも必ず壊れるのだ――（厳然と）これが最後の、そして一方だけが生残る闘いだ。――戦闘用意！

（一同敬礼して急ぎ退場）

副官は壁の赤い装置のなかの釦を押す――たちまち艇内全体にけたたましい非常警報が響きわたり、灯火は人員の逆上を防ぐための深い青色に変る。扉口からは種々な乗組員が指示をうけに来る。その間に今まで左手の壁面だったものは重い軋りとともに観音びらきに開き、そこから或る非常に複雑な装置の照射武器が数人の乗員によって運びこまれる。乗員乙・丙と前場の士官、この群を先導している。そして装置は左手の端ちかく、つまり怪物が現れると・出来るだけその進路に交叉するような角度に捉えられる。

乙　（その作業に従いながら、丙に）お前、これが彼奴をやっつけると思うか？

丙　思うネ。だがどうもやっつけ過ぎそうなところが面白くねえんだ。

士官　（姿勢を正して）エレクトロン砲座準備、完了しました！

（司令官頷く――緊張した静寂）

司令　（静かに）皆いいか――（通話装置にむかい）定律外加速――計度二分卅秒！

映像　（復唱する）

馴染の衝撃が一きわ大きく伝わると同時に、怪物は先刻失せたところへ再び忽然と現れる。そして依然同じように前進する。かれの奇怪な姿は今やほとんどその三分の二を露呈し、全員はただ場所だけの理由ですら反対側の壁へ押しつけられるほどである。

司令　発射！

装置からは奇妙な音響とともにレントゲン螢光に似た光の閃条が何本も怪物めがけて照射される――が、何事も起らない。集注以前のはじめの光線の幾筋かは正面右手の壁を音もなく溶かし、遙かずっと向うまで船体内部の室や骨組が見通しになるが、怪物自身はなんら傷くところもなく不気味な蠢動をつづける！

乗員の一人　（突然指さして絶叫する）見ろ！　見ろ！　奴の向う側が溶けてゆく！――奴は何ともない！

――その通りである。集注した螢光の焦点は怪物を突抜けて船体だけを壊しはじめている。――絶望の呻きと呪詛の声が一同から上る。

司令　（忙《せわ》しく）照射やめ！　律外加速！　計度おなじ！

――光線の閃き止む。衝動。――怪物消える。

司令　（ジッと考えて佇立する――人々の息の聞えるほどの静寂――やがてかれは心を決めたように通信器に命令する）この速度で定速！　以後このまま加速やめ！

副官　（驚いて）それでは帰還が遅れますが――

司令　（瞑目して）仕方がない。なすべきことは尽した。私が先刻言ったことは皆に「エル」を使う決心を促すためだったのだ――機関部を壊されれば一切が終りだ。任務が遅れることにはまだ何かの機会や償いの望みがある。怪物のいなくなったこの速度で走ってみよう。

――一同歎息。

乙　地球はひどくやられるだろうナ。

丙　火星の奴等は程合いッてものを知らねえからなア――（不意に）だがもしこうやっていても出たらどうなるんだ？

乙　喉のヒリつくようなことを言ってくれるな！　先刻《さっき》から渇ききっているんだ。（決然と）おれはたとい一件と鉢合せしてもあそこへ行くぜ！（水瓶をとって什器室へはいる）

（内でガラスの砕ける音）

乙　（飛出してくる）またいる！　加速しなければ出ない筈だが――（副官にガミつく）こ

れじゃ約束が違いますゼ！

副官　（困って）私は何も約束しやせん。何も彼もが仮説なんだ。（行って覗く。他の者も随う）

丙　あれは違うぞ！

乙　イヤ同じだ！

司令　しかし小さい。――色も違う。

士官　そしてなぜやり直しをするように向うへ引込んでいるのだ。

――このとき医士長がいきなり爆発したように笑い出す。みな唖然として眺める。

医士　（笑の発作の中から）失敬、正気なんだ！（静まって）判ったヨ！　やッと判った――（真正面《まとも》になる）イヤ、君らの説はみな正しい。がみな間違っている。あれが光速の悪戯だということは間違いないが、ぼく自身も含めて皆あれを異次元の実在だと思っていたことが可笑しかったんだ。異次元の存在なんてそれだけポツリと切れて来るもんじゃあるまい。そうだとしたところが量子を破壊されて消滅しない物質なんかない筈だ。――あれは実在の物体じゃないんだ。だから何をしても駄目なんだ。

士官　しかしシラスや軍曹を殺しましたが……………

医士　そうだ、殺した。だがそれだけの訳があるんだ――いいかネ、まずシラスの死に方を考えてみよう：把まれると寒波をかぶったように凍った。だが熱線を浴びると、どうなった？　あれは「幾何学的」に切られたんじゃない。シラスは「切られる」と言ったが、それは急激な冷たさをそう感じただけなんだ。冷えた杯に急に熱湯を注いでみたまえ、円や直線に割れるだろう？ シラスはそういう風にやられたんだ。モリノとガモウは怪物が高圧と磁波を浴びたとき溶けた。どれも怪物のせいじゃない。此方の武器のためなんだ。エル攻撃でハッキリしたように、奴は自分はけっして何にも害《そこ》なわれないが、しかも実在しないものと同じに我々の攻撃手段を・接触した者にそのまま伝達している——これはどうした事だ？

皆（首をふる）判らん——判りませんネ。

医士　どころか！　正反対だ。それがその儘あれが何処から来た何者だかの説明さ——いま、小さくなったろう？　ぼくにはそれで急に判ったのだ。あれは外界のものじゃない。この絶対ゼロの中を通っている我々自身なんだヨ。

副官　我々自身？　——（意外そうに）我々の下意識《イド》か？　下意識《イド》の結像は出来んはずだが——

医士　潜在するとされている下意識は実在の証拠がないから問題外だ。が明らかに電波の活動たる上層意識の結像は原理上可能だろう。だからそうしたものが何かの作用で集結し、いわゆる思念の像を結ばないとは限らない。——いいかネ：ここに一つの船がある。乗っている各人の思念は各様で、その脳波もさまざまだ。がそこにいつも只一つだけ、強い共通の一波動がある、としたらどうだ⁉

（一同黙然——しかし上は司令官から一助手まで、すべての乗組員が心中ドキ

リ！　としたことが明らかである）

医士　（静かに）これは只みんなが口に出さない思念なんだ。もちろん私も例外ではない。人間は言葉を不正確に使っていて、ただ『思念』と云っただけでは欲と分別とのけじめがつかないが、ここでは理性が意志を濾過する前の、始源の意欲に近い「何々したい」「したくない」という類の意味だ。これを動物的なものとして軽んじるのは文明の迷誤であって、実はわれわれの行為生活を左右する大部分の力はこれなんだ。ショウはこの力を万能として「メッサラ」を書いた。生物がなぜ山を走るには蹄が出来、肉食をするには牙やザラザラした舌をもつに至るのか？：意欲が何代も引続いて結集するからだ。——みんな正直に言ってみろ：この船の中にこの旅行を心から望んでいる者が一人でもいるかネ？　光の速さで十五年もかかり、一たん故障すれば永久に帰れなくなる冒険を。死とスレスレの半日を過して帰ってくると、自分の女房が十六年上《とし》になっている使いを。命がけで持帰ってきた物質が、互いに全ての存在を殲滅しあう凄惨な天体間の戦争につかわれるための任務を——（叫ぶように）居まい！　それが現れたんだ！

——深い沈黙。

士官　（頷いて）解りました——だから司令官が任務を怠る決心をしたときに小さくなったんだ——（考え深く）しかし我々の本心がこの旅行を嫌っていることは、すなわち平和を望んでいることで、それならもっと形像が美しそうなものじゃありませんか。

医士　（笑って）鳩と女神でも出ればお気に召したのかネ？　それは思念自体が端的に「嫌

悪」という否定的な形をとっていたのだから仕方があるまい。
副官　しかしあれが我〻自身の思念なら、何だって壁を壊したり触れた者を殺したりするのだ？　まさか人間は自己の本体に会うと死ぬなぞという寓話をきかす心算じゃないだろうネ。
医士　波動の強さを考えなさい。艦《ふね》全体の人間の脳波が、共鳴現象で増幅されているんだ。もしこれが原子の新しい結合だったら、君らはそうした物を本来の物にたいして何と呼ぶ？
一同　（異口同音に）等位元素《イソトープ》か!!
医士　（頷く）不安定なあいだは、もっとも注意して扱わなくてはならん物だ。
司令　しかし脳波が結像するとしても、それには力か触媒作用が必要だ。何があれを結像させたのかネ？
医士　私に判らないのはそれなんです。副官は空間断層から異次元が顔を出したと言い、助空士は微粒子的な極小時間の流れの列が交叉したと言う。あれが出てくる理由はそれに相違ない。しかしあれを目に見える物にした力は何なんだろうネ？
（皆「解らない」という風に首をふる）
丙　（乙に）するとあれが人間の本音《ほんね》の形かネ？――イケ好かねえ態《ざま》をしてやがるナ。
——通話器の信号鳴る。当直士官の映像うつる。
映像　司令官どの、電報がまいって居ります。読上げますか。そちらへ持参しますか？

司令　こちらへ持……（と言いかけて急に気付く）貴公は何を言っているのだ！　光速で走っている我ゝにどうして電波が追付くんだ！

映像（泰然自若として）解りません。しかし届いたと無電室が申すのです。

司令（憤然と）莫迦な！――無電室に交替して医務班へゆけと吩いなさい！

副官（考え深く）司令ちょっとお待ち下さい。地球は火星戦争で智脳という智脳を絞っています。光より速い波動を創り出さないとは限りません――（映像に）暗号《コード》を確かめ、表と一緒に持参したまえ。（映像消える）

士官（だしぬけに叫ぶ）判った！　それだ！　その超強力波の悪戯だ！　そいつがさッきから作用していて、この船の意識波を集結したんだ！

丙（舌打して）畜生、地球の奴らめ、ロクでもねえことをしやがる！　これであの電報が勤務手当の切下げだったら、おれァ火星へ寝返りをうつゾ。

当直士官（帳簿と紙片をもってはいって来る）電文とコード、持参いたしました！

司令（受取って、はじめの黙読する――不審そうに、幾度か暗号簿やじぶんの手帖を繰って電文を確かめ――ついで皆に聞かせるように読み上げる）『休戦。シ計劃必要ナシ。帰還セヨ』――重素を採取して来んでもいいと云うんだ。火星の謀略かもしれんぞ。（当直士官に）どこか近い友軍の艦隊に問合せてみろ。

当直士官　光速では此方の送波が走りませんが――減速してよろしいですか？

司令（ジッと考えている――一同固唾をのんで返事をまつ）

——怪物、三たび・後方に現れる。が今度はその形がひとしお小さく、姿も色朧ろである。一同は凝然と石像のように佇立して見守っている。

司令（はそれを知らない——頷いて）よろしい。暗号式は出発前私だけが受けてきた特殊なものだ。火星がこれを知っているとは思われない。この電報は真実だ。減速してよろしい。帰還する。（通話器に）直ちに一八〇度転進！　準光速八〇度に減速、帰還せよ！

全員（叫ぶ）万歳!!

——怪物の姿、桃色になる。円味を帯び、何やら物優しいものになって——消える。——全員の溜息の声——

乗員乙　何だ、それじゃおれ達が出ると間もなく休戦になったんじゃないか。おれ達は命がけでカラ騒ぎをしたようなもんだ。

別の乗組員　どっちが勝ったのかな。

同じく丙（考え深げに）どうも吾等が祖国のほうじゃなさそうだナア。しかしおれァたとい白旗だらけの地球でも、半かけよりは増しだと思うよ。

——音楽。

パンタ・レイ

火星や金星は嗤っていた――

地球がそのもの静かな隣人を厚顔にも「戦争の星」と呼んでいるのを。

それは適当な治療法がみつかるまでは、人々が望まなければ望まないほど一そう猖獗《しょうけつ》をきわめる、この天体の風土病のようなものだった。

――しかも免疫はまったくないのだった。

人間がまばらだった昔は、それは百年ごとに起った。

近世では五十年ごとに。

現代はそれを三十年から二十年目ごとに縮め、その症状を精神的なものから物質的なものに変えた。

今日ではある国は敵が不快な人生観をいだいていることに怒るのではなく、ただ、加えられる圧力を怖れて軍備を強化し、今度はその尨大な用意が無駄になることを怖れて、それを実際に使いはじめるのだった。

原子力はその最後のものだった。

第三次大戦は地上の人間を大半不具にした。

第四次には地球の海と平野は只の泥沼となり、生物は山奥にしか生残らなかった。

第五次は地球そのものを壊した。太陽に近すぎも遠すぎもしない暖かい緑の星は、水星より小さい焦茶いろの破片になって、辛うじてその軌外を浮浪しないだけの宇宙の貧民になり下った。

そして碩学アマノの説によれば、人類の知性と愛情に逆比例して級数的に増大する「力」の膨脹と集中は、人間総合意欲の制御できない平衡作用によって、決定的な破滅の第六次大戦へ、必然的に二千……百年代に突入するのだった。


……………


アマノ博士はジッと舷窓からそとの暗黒をながめていた。

それは地上では物理的に矛盾である・完全な光と闇の同居だった。太陽は視界のはずれに煌々と白熱してかがやき、天体たちは冬ぞらを展いたような烈しさに光っていたが、しかもそれらをとりまくものは永劫そのもののような真の暗黒と冷たさなのだった。

〝闇のうちより生れし者よ、か――〟

とかれは呟いた。

〝百万年前に、最初の人間が立上ってから、なんと微細な変化もこの流転する滄溟の景色は見せなかったことだろう！　しかるに我ヽは、かれらの一瞬のうちに変ったのだ――ものの始まりを「想像」することも出来なかった猿から、己れとはすべてを知り、宇宙の中心であることだと信じる自惚れ屋に。この空間を占めているまったくありふれた物の、微細というにはあまりに微細な塵あくたがフト動きはじめた一滴から、暴戻《ぼうれい》とどまるところを知らぬ驕慢な「力」の叛逆者に――

――そこには一しお美しく、大きく、明るく緑銀にかがやく星があった。それ自体が緑であったその星は、もはや固有の容姿を失っていたが、とはいえ荒れた地表をかつての高等植物の楽園のかわりに、低い苔、這い草に覆わせるに足りたクロロフィルと大気の酸素のために、近くで見ればやはり青々と大きく、明るいのだった。

その五千八百九十万キロ隣りにやはり大きく、明るい赤い星があった。さらにこれより六分の一ほど近い反対がわには、一そう美しく、一そう明るい白い星が潤んだように光っていた。この三つは、まるで霜夜のオリオンが、そのまま月と化したように近々とあい並んで闇に浮かび、燦然と他を圧して周囲の無を照していた。

〝睦まじい兄弟のようだ〟

と老いたる科学者は白髪の頭をうちふりながら独り言いつづけた。

〝ここから見るとこんなにも美しく、平和に見えるのに――どうして仲良くできないのだろう。なぜそれぞれ自分固有のものに満足し、自分がそうである如く他もまたそれ自身である

そう無意味な優劣におきかえ、おのれの「優越」を他に認めさせようとばかりするのだろう
ことに安住し合おうとしないのだろう。なぜ、つねに独立の意味をなさない自他の差異を一
――？〃
そのとおりだった。宇宙船の特殊電視盤上に拡大されて見えるこれらの星は、三つ巴の争いのように間断なく何か光るものを射出して互いに撃ちあっていた。それは大気の圏内へはいって燃えさかる流星の群れに似て、チカチカと少時走っては消える微光にすぎなかったが、それ自身ではこの船すら一粒の芥子同然に溶かし去ってチラつきもしない巨大なエネルギーなのに相違なかった。そしてそれらが天体の一つにあたると、そこへ玩具のマグネシウム花火を燃やしたような火焰と光芒をおこし、しばらくすると小人の国のしめじのような小さな灰色の菌がそこに生えるのだった。
〃文字と暦をやっと作ってからたった二千年で――〃
と孤独の老宇宙学者は嘆息して言った。
〃情けないことじゃないか――ナア、ヘギラ〃
そこにはもう一人の者がいた。それは男でも女でも、老人でも若者でもなく、また白くも黒くも、その中間でもなかった。かれはどこの国の者ともつかぬ、幾何学的に整った顔をしており、金色に光る眼と銀いろの肌をしていた。その動作は非常に素早いか非常にのろいかどちらかで、つねにどこかギコチなく、言葉は簡単明瞭で短く、抑揚がなかった。
〃わかりません〃

とかれは無表情にこたえた。

〝そうだ。お前にはまだお前自身感じるということがない。それはどうしても私がお前に与えることが出来なかった一つだ〟と老科学者は言った、〝だが思想は？　――お前は与えられた記憶と判断によって考えることができ、他を理解することができる――そうだ！〟

かれは突然たち上った。

〝そうだ。類推だ。類推が鍵だ！　どうしてこれに気がつかなかったろう――ヘヂラ、お前に思想と感情を交換しあう相手をこしらえてやるヨ。事実われわれ人間の文明も、理解と想像と協力が一さいの元だったのだ〟

〝何のためです？〟

とロボットは言った。

〝相変らず一さいを目的部へもってゆくネ〟

老人は人形の頭部をあけ、複雑なゲルマニウムの配分器と回路を直しながら言った。

〝何のためかは誰にも解らないヨ。だが我ゝ人間が亡びてしまうと、残るのはお前だけだ。そしてお前の仕事には手助けが要るのだ。

〝あのありったけの水素をぶつけあっている浅ましい宇宙戦をごらん〟とかれは続けた。

〝火星と金星の新世界連合が地球本国と戦い、おとなしいが未開な金星人や絶滅に瀕した火星人を助けてやらずに巻きぞえにしているのだ。私はその滅亡戦の害を脱出して他の世界に移る人ゝを募った。お前の名をヘヂラというのも、それが新しいつぎの人類史の紀元になることを望んだからだ。が、戦争が時勢より早すぎたのか、私に説得力がなかったせいか、今日では誰も人間が人間を信用しないからか、ついてくる者はなかった。私がこんな小さい船とお前しか持っていないのはそのためだ。私は独りでここに残った。近辺にはロビンソン・クルーソーの生存を支える生命星はないし、その一ばん近いものへもこの船では、我〻がそこへ着くまでに私が死ぬだけかかるのだ——。

〝私はあの中へ帰ってゆく。一人だけ残っても仕方がないし、どっちみちあの核爆発の連鎖反応はあと一時間で全体の飽和量に達するのだ。その時はこんなヨタヨタ船で逃げたって無駄だ〟

かれはそう言って作業をつづけた。

〝新しく頭脳や骨組をつくっている暇はない。前の試作品の素材でただお前の小さな協同者を造ろう。これはお前をアルファとするベータだ。たぶんお前の胴に、へずっていい回線やバッテリーの余分があるだろう〟

老人はロボットの胸をあけて、装置をとり分け、もはや故郷の闘いを二度とふり返らずに営々と働きつづけた。

かれがそれを作り終ったころ、恐ろしい天体の燃焼が三つの星のそれぞれに起っていた。三つは何度も飛び散るかと思うばかりに爆発した。そしてその火玉は次第に白熱して、渦を巻いて燃え上り、ついに隣りあったそれらの火が各自の頂点に達したとき、凄まじい光と熱の波が闇空をこえて小さな船に押寄せた。船は灼熱して溶けはじめ、いくつもの爆発を起して散開した。

〝時が来た――ゆけ！〟

老人は二つを空へ押出して言った。

〝地球は火の塊りになっている。虫けら一匹残りはしない。沸返る地中や深海に深く潜った生命が壊れながら、その躰の中の原形質を一つ残してゆくかも知れない。ゆかないかも知れない。誰が知ろう――お前たちはそれを探して育くむがよい。それがお前たちの仕事だ〟

船はなくなった。かれらは吹荒れる曠天を舞った。それからの時間は意味がなかった。それを考え計るものがいなくなったからである。

一瞬間かも知れなかった。永遠かも知れなかった。小さい星雲は永劫の闇のなかで自転し、自転し、自転した。無辺際の宇宙に散らばった塵たちは、それにおのずから吸い寄せられていった。

それはいいがたい混沌だった。その中に二つのものがあった。ガスの渦が次第に鎮まったとき、宇宙の火の洗礼をうけたかれらは、新しく生れた者のように光り輝いて、濛々と巻き立っている雲の外れに立って地上を見下した。

ホンの少し固いところがあった。

〝まず彼処へ下りてみよう〟

とアルファが言った。ベータはうなずいた。

そこは広かった。出来たばかりの大きな岩がそばだっていた。

〝ここで暮せるかも知れないネ〟とアルファは言った。〝我われは、ここに人と国を作ろう。あそこで我こを作ったのはアマノ博士だから、あの高い所をアマといおう。我々は国を催作(いざな)ぐものだ。おれのことをイザナギとよべ〟

〝私は？〟

とベータがきいた。

〝お前はいざながれた身だから、イザナミと名乗るがいい〟

〝そうしましょう〟

――かれらは岩根をまわって出合い、互に思わず「おお、お前は素晴しい！」と言いあった。そして互が、片方は強かったが荒々しく、他方は弱かったが優しいのを見出した。そして互いに抱きあい、愛《め》であった。

そして小さく優しいほうは、愛《いと》しげに大きい、強い者にすがりついて言った。

〝生きるということは、本当に好いこと。――でもイザナギ、どうして妾はこんなに貴方の胸が恋しく、懐かしいんでしょう〟

PART
V

ロボット・ロボ子の感傷

古ロボットのロブは孤独な主《あるじ》に終始つき添ってきた。

主は素姓のいい地球人の技師で、「植民地者」ではなかったが、人嫌いの拗《す》ね者で、やくざな出稼ぎ人にも劣る放浪生活をつづけていた。たった一つ、かれと、九〇年代の旧式宇宙艇だけがその友だった。

その放浪《さすら》いがいつから始まったのか、だれも知らなかった。おそらく本人とても、おのれの根ぶかい人間ぎらいの素因同様、たしかな事は分らなかったろう。

とにかく、彼が月へ行ったのは、今のような磁力脱出装置をもたないあの噴射機関の加減速を、人々が開拓者の情熱をもって歯をくい縛り、鼻血を出しながら呪詛《じゅそ》呻吟《しんぎん》して堪えた植民時代の彼のひじょうに若いころだった。

しかし月に基地都市が出来だすと、かれは火星へひっこした。ロボット一つを家族に。

火星や金星の町々が賑わい始めると、木星の衛星ガニメデへ移った。

ガニメデからカリストへ。カリストからは土星のチタンへ——終始ロブだけが道づれだった。

そしてヒュペリオン、ヤフェス、フェーベ、テメスへ。ロボットはだんだん古くなりながら、やはり離れず随《したが》っていた。

そして天王星のチタニア、アリエルへ——

到るところで彼は人間を避け、機械人形だけを親愛した。

「逃げるのじゃない——離れるのだ」

と彼は相手にくり返すのだった。

「おれは只《ただ》、あの慾と己惚《うぬぼ》れと俗悪で一ぱいになった『人間』というやつがタマらないのだ。奴等はどこへもやってきて、獣のような飲み食いと性《セックス》・賭け事で充満した盛り場と、さもしい悪事だの、よけいな噂、愚にもつかぬテレビやスポーツで持ちきった俗世間をこしらえやがる。そしてかならず、嫉妬や利己主義の絶えまのない諍《いさか》い、仲間がいなければ何一つできないくせに仲間を邪魔にする利得と力のあらそいの闘争をはじめるのだ。この浅ましさには我慢がならん！　といって向うが退《ど》かぬ以上こっちが立退くほかはない——イヤ、ハヤ、これではもう太陽系のそとしか行くところは無いテ」

そこで彼は系外へ出た。光の速さで飛ぶことはまだ誰にも出来なかったが、帰ることを考える必要のない彼には、ほぼ五十光年以内のところへなら、船を新しい亜光速式に改造さえすれば行けるわけだった。そして彼は双児座のＡ《アルファ》星、カストルへやってきた。

さすがにここまでは地球人は来なかった。たとい光とおなじ速さで旅行しても、八十八年以上経った故郷へでなければ帰りつくことは出来ないからである。ここには十幾つの惑星があり、ことにその第六はほとんど地球と同準でありながら、小さくて無害な下等動植物しかいない、彼には持ってこいの世界だった。

「これでやつらとは完全に縁切りだ」

と彼は付きしたがう唯一の身内に言った。

「今度はどうやら落付けそうだぞ、ロブ」

「ハイ旦那さま」

と人形はこたえた。旧式宇宙艇では助手が要るので、人間嫌いのかれは財布をはたいてロブを一緒に買ったのだった。むろん買った当時は、どちらも流行の最新式性能のものだったが、今ではもう、主人もろとも古びきってしまっていた——「これで縁切りです。今度はどうやら落付けるでしょう」

技師は苦笑いして、忠実な僕《しもべ》をジッと眺めた。

「お前のその反復式言語機能も古くて退屈だネ。それにお前自身すっかりガタついてきた——そうだ、ここへはもう電波も郵便も来ない。本や新聞なぞを読むかわりに、お前をもっとおれの話相手になるような高性能に改造しよう」

家を建て、畠をつくる合間合間に、技師はその道楽に没頭した。そして二年ののちに、一つの古めかしい女性型ロボットを作りあげた。

「出来上ったぞ——どうだロブ子」

とかれはそれにスイッチを入れながら言った。「もちろんお前はただ高度な記憶・判断装置をそなえただけの機械にすぎない。それに材料が古いから、美しいとは義理にも言えん。大かたここで終るだろうおれの生涯の伴侶《はんりょ》といっても名ばかりだが、それでもせめて形だけでも優しい、従順な女性がそばに居てくれることは、だんだん年をとってゆくおれには大事なことなんだよ——ロブ子、今までのように「ハイ旦那さま」と言うんじゃない。これからは「ええ貴方」と言うんだ。分ったかい？」

「ええ貴方。分りましたわ」

と、改造された古人形はおうむ返しに答えた。技師は満足した。そして人間の女とほとんど違わない身ごなしで、自動的に家事にいそしみ始めた。

——そして、年月は彼らのうえに平和に、無事にすぎていった。

そして技師は老い、ロボットも色褪《あ》せた。

ある朝、技師は床から起上らなかった。そして言った。

「ロブ子や、わしは死ぬよ」

「死ぬッて？　——何のこと？　貴方」

人形は不思議そうに問いかえした。

「そうだったナ。お前にゃどう言えば解るのだろう」技師は弱々しく笑ってつづけた。「つまりその、われわれ人間が、古くなりすぎて壊《こわ》れるんだ」

「直せばいいでしょう?」

「直しがきかない程になんだ。そして二度と復活できない状態になって、機構がだんだん原始物質《プロトプラズム》に還元してしまうんだヨ」

「なぜなの?」

「なぜッて——つまりお前たち金属だって長いあいだには錆びて、ということは酸化して、崩壊してゆくだろう? それと同じさ。——おれが死んだら、お前どうする?」

「分らないわ」

「そうだろうな。しかしおれと違って、お前は直せるのだから、それを考えなくちゃならん」と技師は言った。「おれはどこでもいい、人間たちの来ている所へ届くように無電を打っておいたよ。だからいずれ連中のここまで来るときが来れば、連中はお前を引取って基地へつれて帰るだろう。そこでお前は工場へ行って修理をうけ、また新しい主人について末長く暮しなさい。その費用は残してある」

「ええ貴方」

と人形はこたえた。それから一寸考えて、「なにか感じがします」と言った。「新しい感じで、部分の異変知覚と違うのですけど、何か言わなければ不可《いけ》ないような反応ですの——何でしょう。人間はこういうとき、よく何とか言うじゃありませんか?」

老人はもいちど弱々しく微笑んだ。

「『有難う』かい？」

「ええそれです！　――貴方、ありがとう」

ロボットは眼をキラッと輝かして言った。

「いいやロブ子」と老技師はジッと彼女を見て、言った。「有難うを言うのは此方なのだよ――お前もずいぶん方々傷《いた》んできたネ。長いあいだ本当によくやってくれた。有りがとうよ」

――そして死んだ。

ロボットはそのまま主《あるじ》の遺骸を見つめて、動こうとしなかった。

「旦那は酸化してしまった――」

と彼女《かれ》は呟《つぶや》いた。

「古くなって、自然崩壊するのだ。私も古い。でも酸化するにはもっと時間がかかる。旦那は私をまた新しく直して、別なところで働けるように手配した。『有難い』けれど、少しもそうしたくない――なぜかしら？」

「また感じがする」とかれは続けた。「何だか解らない。どこも毀《こわ》れていないのに、どこも具合が悪いみたい。外界との繋《つな》がりが無くなったような、油が全部きれたような感じがする。新しくなって、別のご主人を持つために修理工場へなんか行きたくないわ。この儘《まま》でいい。このご主人と別れたくない――この感じを人間は何と言うのだろう。本当に何なのだろう、旦那が動かなくなって分解してゆくなら、私も一緒にそうなるしかないというこの気持は

――」

そして彼女は主《あるじ》のそばに横になると、身体各部の回線や歯車をバラバラに解きはじめた。

――澄んだ、白い油のようなものが人形の目のなかに滲《にじ》み出てたまっていた。

何百年かのち、最初の探険者の船がこの星までやってきたとき、人々は風化して砂泥になっている家屋の跡に、一体の白骨と錆びくちた金属の細長い堆積《たいせき》がならんで横たわっているのを見た。

「れいの人間嫌い氏らしいネ」とひとりが言った。「ロボットが残っている筈だが、妙な金屑が並べてあるきりなのはどうした事だろう」

「埋葬式じゃないかネ」ともう一人が面白そうに眺めながら言った。「ここにも原住民がいて、大昔の埴輪《はにわ》のように、当人の使ったロボットを一緒に葬ったのが雨で出たのだろう」

「ここには住民はいないよ」と始めのが言った。「それに埋めたにしては並び方が変だ」

――そうだった。その有機物と無機物のふたつの遺体は、ただ並んでいるのではなかった。ホロホロに砕け散りかけた金属人形は、白骨にソッとより添うかたちで横たわっていたが、その首を主《あるじ》の白い肋骨のうえに載せ、すがるように両腕をもう存在していないその胴体に廻して、やさしくそれを抱きかかえていた。

神よ、わが武器を守り給え

〝マンジノールが陥《お》ちた！〟

宇宙紀四十四年六月七日、内惑星連合のすべての星世界は歓呼にわきかえった。

これこそ彼等にとっては、生死をかけた乾坤一擲《けんこんいってき》の戦いだったからである。地球を中心とする火星・金星・水星の満ち足りた旧世界連合は、木星以遠の外がわ大惑星とその衛星の酷しい天地に発達しつつある、剛健だが粗野な新植民地世界の、きりのない物資と支援の要求にながいこと悩まされてきた。外惑星たちは半ば「持たざる世界」としての必要から、同盟してしばしば内がわへ侵入し、旧世界の権益を劫掠《ごうりゃく》した。

ついに内がわ世界の我慢も堪忍袋の緒のきれるときが来、人類は最初の宇宙大戦に突入した。が、木星圏や小惑星帯《アステロイド》でたたかわれた緒戦《しょせん》で連合がわは、勇猛な外惑星同盟軍に徹底的に打のめされ、全力を結集してふたたび反撃に出るため、涙をのんで後退した。

爾来《じらい》三年、連合は火星までの内戦線を固守して軍備の拡充につとめ、やがて全連合の機動力をあげて捲返し作戦にでた。そしてついに木星十二衛星の最外端・マンジノールへとりついて上陸に成功したのだった。

〝もう大丈夫だ。勝利も遠くあるまい〟

火星と金星は大きくＶ字を浮出さして地球と祝祭をともにし、水星はおなじ故郷を象徴する緑の発光ガスを打上げてこれに同調した。

そしてこの日を永く連合世界の記念日とする議案が、全連合議会で票決された。

がこの宇宙をあげての歓喜と祝福に、白紙でついてゆけない科学者の一群があった。各星にそれぞれ散在しているかれらの研究所は、一様に奇妙な憂鬱と焦《いら》だちにとらわれていた。

なぜか——

★

火星科学省物理局長ミルフェは、研究室の窓から大ドームを隔てて見える二つの月をながめながら、複雑な物思いにふけっていた。

〝どうしても荷電粒子の操作法を見つけ出さなくてはならない〟

とかれは独り呟《つぶや》いた。

〝反物質というものさえ自由にすれば、今までの何万倍というエネルギーが楽に得られる。文字どおり、マッチ箱のなかに一惑星を木ッ葉微塵《こばみじん》にする力が封じこめられるのだ。私はこの理論と可能性の予言のために木星世界を逐《お》われた。あの野蛮な外惑星同盟が太陽系を征服するまえに、それを阻止《そし》して人類を救うために、私は内惑星連合に招かれて火星へきた――あの溟《くら》い、涯しない無の洋《うみ》をわたってやってきたのだ〟

空には、たがいに反対方向へ駆けちがうように見えるダイモスとフォボスが、ぶつかりあうかと思うほどの勢いですれ違おうとしていた。

〝物質の原子はすべて、何コかの陽電気をおびた陽子と、陰電気をもった電子とから成立っている。その反対の荷電粒子がいわゆる反物質だ。いま、ある物質の原子を一コ、他から切離して自由にとり扱うことができると仮定すると、もしその電子たちに等数のつよい＋《プラス》の荷電粒子を接触させれば、その際に生じるエネルギーは核分裂のそれどころではないだろう。のみならず核を形成する陽子は元来＋の帯電質だから、加えられた陽電気にはげしく反撥して外へ飛び出すかも知れない。これが、互いどうし切離されていない原子世界でおこなわれたら、連鎖反応や臨界量を必要としない無条件の核爆発がおこるだろう。問題はいかにして核から必要な電子だけをとり出すかだ。――遠心分離法、濾過法《ろかほう》、沈澱法……あらゆる方法を試みてはみたが――〟

ミルフェはジッと机のうえに頭を抱えこんで考えつづけていた。

★

戦局は楽観をゆるさず、内惑星連合軍の最高司令官ハイゼンアワーが策戦に骨身をけずっていた頃だった。

そしてその年の十二月は連合がわにとって、最悪の日々でもあった。

〝閣下、大変です！　とうとうパンジャ小惑星が枢軸に参加しました！　やつらはケレスのわれわれの基地を攻撃しております。そして小惑星帯《アステロイド》の火星・金星軍の艦艇はほとんど全滅です！〟

副官からこの報告をうけとったとき、元帥は吸いかけの葉巻を口からとり落した。

〝ナニ真珠山をパンジャが!?〟

とかれは叫んだ。

〝すぐ全木星衛星の派遣軍をひきあげろ！　木星圏ではもう勝ち目はない。イオのケンダルクへ集結させて、できるだけ早く脱出さすんだ――なに、みっともない？　――そんなことが言っていられるか！　戦争は野球とおなじだ。はじめにいくら負けたって、あとから勝ちゃいいんだ。地球史時代のトクガワ・イエヤスという将軍を知らんか。始めから終りまで負けて逃げてばかりいて、政権を握ったじゃないか〟

その前日、連合の主軸カリメア合集星の総裁ベルトルーズは、パンジャ大使のラムノが帰ってゆくと同時に、副総裁マントルーをよびつけて言渡していた。

〝とうとう宣戦して来よったヨ――だがあと二十四時間は発表するな。きょうは土曜で、郵便局が休みだからナ〟

〝ご冗談を！〟

〝冗談なものか。カリメアの旗の星にかけて大まじめだ。やつらはいずれすぐ行動を起すだろう。日曜の朝寝込みをおそわれれば誰だって怒る。それが無通告だったと分れば、カメリアじゅうがイキリ立つに違いない。そうでもしなければ、パンジャみたいな小さな惑星にたいして、国民の敵愾《てきがい》心が湧かんじゃないか——なに、それはインチキだと？ ——ばかを言え。戦争なんてものは商売とおなじだ宣伝デスよ！ もっとも効果的なPR文句を、売って売って、売りまくるんだ。いいかネ？ 『真珠山を忘れるな！』——やつらがそこへ来ればだヨ。大かた来るだろう——これで行きなさい〟

そして、畏《かしこ》まって出てゆく部下にむかって、おごそかに付け加えた。

〝それから、どうしてもゾ連のタースリンを抱込んで、パンジャとの不戦条約を破らせんといかん。すぐ手筈しなさい。——チク生、黄色い猿どもめ、目に物見せてくれるゾ！〟

★

ミルフェがその電子論の最初の考えを学界に発表したのは、外惑星の世界でカリストとイオを併合したヒラトと、ガニメデから土星のチタンを狙っていたニリソムが手を握って木土枢軸を結成したときだった。

そしてついにこの両者の同盟が内連合との宇宙大戦をひき起したとき、ヒラトの君臨するツイド帝国から逃れた大物理学者ハインスライン博士の勧告によって、カリメアは人類最初の反物質爆弾製造にふみきり、全太陽系の粒子学者をよび集めたのだった。

ミルフェは必死だった。着想は自分のものだ。成果も人にとられたくない！

ついに彼は、一ばん電子の少ない水素を通常の陰電流で掻廻し、−《マイナス》どうしで反撥させることによって電子を分離さしてはどうかと考えついた。

がその攪拌炉《かくはんろ》を工夫するのに三年かかった。そのあいだに連合軍は戦線　火星軌道まで収縮し、対持戦のうちに装備を充実して、とつじょ総反撃に出たのである。

これは実に、人類史上最大にしてかつ空前の宇宙戦だった、のべ九万基の大誘導弾、五万隻の宇宙艦、そして三千万の将兵が、たった一つの小衛星に射《い》そそがれたのだ——マンジノールのツイド軍はついに支えきれず敗退した。

つづいてブルシェールが陥《お》ち、アンルーも陥落した。カリストとガニメデへの、連合軍の栄光の道は見えてきた。小惑星帯《アステロイド》戦区でも、パンジャが次第に緒戦の成果を失いはじめていた。

この形勢にミルフェたち科学者が、ある複雑な焦慮に囚《とら》われたのは無理もないことだったろう。

いつになったら我々の研究は完成するのだ。まごまごしていると戦争は終ってしまうのではないか、と——

★

爆弾ができあがったとき、同盟は壊滅した。

ガニメデでは民衆が叛乱してニリソムを吊《つる》し、カリストのヒラトは拳銃自殺をした。

ミルフェはこれを聞いて思わず叫んだ。

〝なんの事だ！　これではせっかく苦心した爆弾を使うことが出来ないじゃないか〟

すると助手のひとりが慰めるように言った。

〝イヤまだパンジャが残っています。これは建国いらい何千年間、連綿として一王朝を戴いている不思議な国民で、忠勇無双の武力を誇っています。全太陽系を敵にしても、ちっとやそっとでは屈伏することはありますまい〟

〝そうか、それならまだ良かった〟

とミルフェは答えて、いつになく手を上のほうへさしのべながら恭々しく言った。

〝神さま、有難うございます。これで私達も、長ねんの苦労を水の泡にせずに済みます〟

イワン・イワノビッチ・イワノフの奇蹟《きせき》

イワン・イワノビッチの素姓《すじょう》や経歴をくわしく知っている者はない。かれは「円盤」撃退の英雄になるまでは、まったく無名の極東軍の一兵士だったのである。そしてまた、部隊におけるかれの位置や成績についても、特記すべき事項はひとつもない——まア、言ってみればかれはまったく平凡かつ目立たぬ大衆のひとりで、イワン・イワノビッチ・イワノフという固有名詞は、「平均」とか、「全体」とか「公約数」といった抽象名詞と大して違わなかったのだ。この世におけるかれの存在の意義は赤軍東部×師団の連隊名簿の一枚としてのみ有り、またその価値はソビエト連邦という偉大な機械の微細な一部、それも一本の釘か鋲のような些末《さまつ》な部分であるにとどまったのである。

日本という、チョン髷のほうが似あう自分の中身に西洋の着物を着せようと躍気になっている国がおこした今度の戦争に、かれももちろん従軍した。しかしここでも、これと言った勲功ないし罪過のなかったことは、記録の空白に明らかに見られるとおりである。この従軍におけるかれの空白なる活動に多少色どりを添えているものといっては、かれが、あきれるほどアッサリ降参してしまった日本軍の捕虜どもから、手あたり次第にまきあげた腕時計を、さながらブリブリ族の酋長のごとく、両方の腕じゅうに肘《ひじ》のまがらないほど結びつけて得意になっていた事ぐらいのものだろう。このときのかれの感想といえば、後日新聞記者に語ったところによると、「日本人てのは米を食って下駄をはいている、もう少し強い兵隊かと思っていた」程度のものだったらしい。もっともかれには、北亜の一角でおこなわれたこの「戦争」が、実さいはスターリンという男が約束をやぶって、そのくわえた骨をひッたくるために負け犬を蹴飛ばしたのだ、などという知識は有りはしなかったのだ。

そういうイワン・イワノフがどうして人類の危急をすくった英雄になったかという興味ふかい事実には、奇妙なことだがかれが満州でやたらに日本人から奪いとった腕時計と重大な関係がある。言いかえればロシア兵にかき集められた日本の時計が地球を救ったことになるのであるが、これまた些さかもそれ以上該イワノビッチ自身の意志と計量に基づいていたわけではない。かれの、年中その口辺にただよっている薄馬鹿じみた人の好い笑いと、茫漠として何もあらわしていないコバルト色の瞳の奥に何があるのか知る人はない——たぶんそれは何もないからだろう。

同様に、ながい沈黙をやぶってとつぜん攻撃を開始してきたΣ《シグマ》円盤の第一班が、なぜモスクワや東京のかわりに小さなチタ市などから事をはじめたかも定かではない。がそれは多くの歴史上の事実がそうだったように、とにかくそうだったのである。小さなチタ市は、全地球壊滅の橋頭堡、という訳だった。

　攻撃は正十三時にはじまった。それは前世紀の謎として残っているシベリア大隕石の方角から陸続とあいついで飛来し、市の上空に奇妙な大三角形を形づくったと見るまに、なんとも形容のしようのない、ある不気味な怪音波を一せいに放出した。

　それは恐るべき高周波の振動だった。秒振一〜二万以下の音しか聞くことのできない人間の耳に、ふたたび音のように響いてくる周波は一たいどの位のものなのだろう。その振動は三角形の下のすべての物体の内部に浸透して、その構造を一瞬に分離してしまうのだった。

　甲虫や蜘蛛のように筋肉質をもたない昆虫や節足動物を除くすべての生物は、この振動波を浴びたとたんに一種の全身的組織崩壊をおこして溶けくずれた。そしてそれ以外の有機無機のすべての物質は、瞬間に網目のようにその全体にわたる亀裂を生じて崩れ去るのだった。

　この三角形に包囲される区域で生残る地球的存在はなかった。チタ全市はただ五秒をかぞえる間に、飴のような不定形に溶解した生物の遺体と、徹底的にひび割れて砂状になった物体の残りに変ったのである。

　チタの次ぎは北京《ペキン》とイルクーツクだった。イルクーツクの次ぎはトムスク、そして北京の次ぎはモスクワだった。東京とベルリンは三回、十五秒の振動で膠《にかわ》と砂の山になり、大英ブロックと南北アメリカの繁栄は数十分で死灰に変貌した。銀いろの海鼡《なまこ》のようなΣ人どもは、崩壊した都市のあとへつぎつぎと巨大なプリズムめいた水晶のピラミッドを建てて居すわり、生残った地球人たちは僻地の山中へのがれて、動物のように怖れと苦渋にみちた原始生活をはじめた。地球の敗北とみじめな隷属は、かくして決定的となりつつあった。

こうした頃、イワン・イワノビッチ・イワノフは浦塩《ウラジオ》の町で時計屋をやっていた。といっても表通りに店舗をはる時計商ではない。戦争に啓発されたかれの腕時計にたいする異常な愛着は、その後一さいの懐中時計から、やがて計時器全体にたいするものに発展向上していったのだった。そして復員手当をつかい果したかれは、市内の小さな町工場ではたらいている間にだんだんこの面白い器械の仕掛そのものに関心をもちはじめ、友達のものを修理してやることが度重なるにつれて、それの収入で暮すことが出来るようになり、その商売に転じたのである。もちろんかれはあい変らず、有りったけの腕時計を肌身はなさず捲きつけていたが、このごろではそのうえ衣嚢《かくし》という衣嚢に、預かったひとの物まで含めて、あらゆる型の懐中時計をつめこんで歩いているのだった。

で、そのとき、イワン・イワノビッチ・イワノフは、市外のある組合事務所の柱時計をなおしに行った帰りがけだった。無色透明に見えるほど蒼白な顔をして市のほうから走ってくる知人に出遇ったときも、かれの悠久なる眼差しに一こうの変りもなかったのは無論である。

――どうかしたのかネ？　とかれは言った。レオフ・フョードロビッチ、何をそんなに慌てているんだ。

友人レオフ・トルストイ……断わっておくが、これはれいの「カチューシャ可愛いや、別れの辛さ」という永遠なる歌曲の元を書いた文豪ではなく、もちろん別の、違うトルストイである――でその違う、別の鑵詰工レオフ・トルストイは顎をカチカチ言わしながら、

――ウラ、うら、浦……

と答えた。

――浦塩がなくなっちまったヨ！　空とぶ円盤にやられちまったんだ！

――何だと？

とイワン・イワノビッチは空いろの目をパチクリさした。――お前さん、気は確かなのか？

――確かにも、確かでねえにも……

とカチューシャを書かないトルストイが言いかけたとき、イワン・イワノビッチ・イワノフはフトなにか音を聞いたような気がして、あたりを見廻した。そしてかれがふたたびトルストイに目をうつすと、相手は居ず、眼前には出来かけのゴム人形みたいなものが横たわって、あたりの木立がクシャクシャに崩れていた。かれは不思議そうにそれらを眺め、それから哀し気に首をふって自分の住居へむかってまた歩きだしたが、わが市に近づくにおよんでは、動ぜざること磐石のごときかれもついにアッという驚きの叫びを発したのである。あるはずのウラジヲストークの街がなくなり、かわりに見たこともないようなガラスの三角が天につきささらんばかりに聳えているではないか！

――これは一体どうした事だ！

とイワンは叫んだ。――こんな馬鹿なことッてあるか！　おらア、ガラスの擂り鉢山ンなかで寝るわけにゃ行かねえぞ。どこのどいつだ、おらがの町を妙な三角とスリ換えやがったイカサマ野郎は！

この不敵な地球生物の出現とその放言におどろいたらしい「ガラス鉢」の中のいかさま師たちは、イワンが「野郎は……」の「は」をまだ言いおわらないうちに大きな弾丸のような小円盤を数基うち出してきた。そしてそれらは頭上からかれを押しつつむ形の編隊をくむと同時に、あの音波をこれに浴びせかけた。

イワン・イワノビッチ・イワノフは毛のはえた大きな手の指を右の耳につッこんで掘じった。

――イヤな音をたてやがる！

とかれは不機嫌に言った。

――止さねえか。茶托皿《ちゃたくざら》の化け物どもめ。悪戯《わるさ》もほどほどにしろ。それにウラジヲストークはウヌらの玩具《おもちゃ》じゃねえ。サア、おらがの寝床を返せ！

円盤人は自分らの兵器がこの相手になんの効果もおよぼさないのに驚いたようだった。かれらは続いてさらにどぎつい怪音をともなう数条の光線をイワン・イワノビッチに集中したが、それはかれの堪忍袋をつきやぶる力しかないようだった。

――擽《くすぐ》ッてえ！

とかれは躰をよじりながら叫んだ。

――もう我慢できねえ。穏やかに言ってればいい気になりやがって、ヒットラーをぶち負かした赤軍の兵士を化け物風情がからかえばどうなるか、見せてくれるぞ！

言うなりイワン・イワノビッチは、かれのもう一つの従軍記念、日本兵から豚肉の罐詰と黒パン三つで買った軍拳銃をとりだした。これはかれが、帰りが夜になりそうな用むきで市外へ出るとき持ってあるくものなのである。イワン・イワノビッチはまるで野兎でも狙うようにそいつを頭上の「茶托皿」どもにむけてぶっ放した。

円盤はその射撃をうけると、奇妙に動揺してもと来たピラミッドのなかへ逃げこんだ。そして怒りにまかせたイワン・イワノビッチ・イワノフがなおもその水晶の城砦にむかって、釣瓶うちに弾丸を盲滅法ブチこむと同時に、地球は救われはじめたのである。

内外を遮断するガラス体で防ぎとめられていた地球の空気は、爽快な音をたててΣ人の砦のなかへ流れこんでいった。そして中でそれとの接触を拒んでいた他天人たちは片端から仆れて死んだ。かれらには地球の酸素は無防備では致命的に有害だったのである。

ただの一人でも、どうしてかかれらの武器に平然たる地球人のいることは、Σ側にとって決定的に不利だった。イワン・イワノビッチ・イワノフはこうしてつぎつぎとΣ人の基地を葬ってゆき、地球は確実にその反撃の機会と可能性をつかんだのだった。

それにしても、他のすべての有機・無機おしなべた諸物質がゆすぶり壊された怪振動波のなかで、一体どうして元赤軍兵士イワン・イワノビッチ・イワノフばかりが無事だったのだろう。もちろん科学者はながい時間をかけてそれを検討したが、それはかれが躰じゅうに付けていた無数の時計が一せいに時をきざむ微細な音波が、ある種の共鳴現象をおこしてΣの振動を中和したものだろうという以外、なんの原因も発見することが出来なかった——

おお、上は小中学生から下はバタ屋のオッサンにいたるまで、全国民がひだり腕に正確な時間をまきつけている、極東の偉大なる安時計生産国に栄光あれ！

坂をのぼれば‥‥

NASA《ナサ》（米国宇宙局の略称）観測課の製図技師、ロバート・マクレーンは、つかれきった足どりで家路をたどっていた。

観測課は、本部づきとロケット発射地で管制課の製図をうけもっていた。

ロケットの発射や推進のために管制室がつかう宇宙図は大きな壁いっぱいのガラス図面で、これをつくる仕事は、写真製版のように熱処理や特殊光線をつかう、むずかしい作業である
――ロバートはその日の朝早くからずっとこれに従事し、夕方すこし頭がぼんやりしてきたので、いつもより早く暇をとって帰ってきたのだった。

ロバートたちの住む職員アパートは、基地管制部から二キロほど離れていたが、室内ですわりきりの仕事をすることが多いロバートは、わざと車をつかわず、運動のために毎日歩いて通勤していた。

まだ日が暮れきらず、西に沈もうとしている太陽が六階だてのアパートの立ちならぶグリ

ーンヒルの丘から、こちらへ真っ向に照りつけていて、まだ春なのにものすごく暑い。

ロバートは立ち止まって汗をふいた。西日が丘のアパートへ登ってゆく坂道のちょうど真上へきていて、彼の行く目の前がギラギラする光線で、いっぱいになり、まぶしくて目もあけていられない。

ロバートは手をかざして日をよけながら、なんどか休んでやっと坂道を登りきった。

なんだか、ひどくいつもの道とちがった感じがした。


…………


登りきったロバートは、思わず目をこすってあたりを見まわした。

――様子がまるっきり自分の住んでいる職員団地とちがうのだ。

見たこともない、ふしぎな色をした十階だてほどの、しかも窓のぜんぜんない四角な建物がずっと遠くの地平線まで立ちならび、見たこともないふしぎな形をした真っ赤な植物が、並木のようにこれもずっと地平のはしまで直線状に植わっている。――気がつくと太陽もいつのまにか消えて、あたりは夕方のような奇妙な薄やみに包まれているのだった。

ロバートはあまりのことに声も出ずぼうぜんとそこに立ちつくした。――こわくなって、もと来たほうへ駈けもどる、という気持ちさえ出てこなかった。

するとそこへ、すこし離れた建物のかげから、ちょうど通りがかりのように、ひとりの人が出てきた。そしてかれを見ると、これも驚いたように立ち止まって、気ぜわしくなにか言った。

それは聞いたことのない奇妙なことばだった。

が、それでいて、どういうものかロバートには、その意味がちゃんとわかった。

「きみはどこから来た、だれだ。」と、その人は言っているのだ。

ロバートは一生けんめい答えた。そして、これはいったいどうしたことだろうと逆にきいた。

相手は気の毒そうに首をふるばかりだった。そして、「きみが言っているような国や町は、この天の下にはない。」とでも言っているふうに、空を見あげた。

ロバートはさそわれたように、つづいて空をふり仰いで、アッと言ったきり声をのんだ。なんと頭上は一めんの星空だったが、それはかれがよく知っている、まいにち見なれ、作りなれた地球の空のものと違っていたのだ。

そして、そこにいた相手も地球人ではなかった。皮膚が青く、頭には髪のかわりにウロコがはえていた。

この宇宙には、「次元の断層」というものがあり、われわれの住む三次元の空間に、ふと何かで四次元のそれができると、そこを通った者はとんでもない世界へたどっていってしまう――このロバートのように。

――ロバートは帰るのに苦労するだろう。

早かった帰りの船

老アマノがとつぜん宇宙省に呼びだされたのは、その日の朝早くだった。

「准将、ヘリオス一号が帰ってきますよ。」

はいるといきなり、長官が興奮を押えきれぬ様子であびせかけた。

「エッ？　ユミオカの船が？――まさか！　だってあれは……。」

アマノは驚いて問いかえした。親友ユミオカが単身乗りこんで出かけていった銀河探検船ヘリオス号は、現在九十歳になる老アマノが百を越さなければ帰ってこられないほどの遠い世界へ出かけていったものだから。

「あれは八十八年しなければもどってこないはずじゃありませんか。私は生きて再びユミオカに会えるとは思っていないのだ。」

退役老宇宙士アマノは、感慨ぶかげに目をしばたたいて言った。ヘリオス一号の出発の日、まだ二十歳台だった若いふたりが、空港で別れの握手をかわしたのは、ついきのうのように思えはするが、遠いはるか七十年の昔なのだ。

「そのとおりだが、たしかにヘリオス号だ。」

と宇宙長官が答えた。

「出している信号波がヘリオスだし系内へはいってくるとき、冥王星観測所が確認している。さきほど土星からも『ヘリオス通過』の特電がはいった——サアすぐ空港へゆこう。減速はしているだろうが光速艇だから、土星電報からは半日とおくれずに現われる。」

空港のまわりはいっぱいの人だかりだった。長官とアマノの車が到着すると、ワーッという喚声が群衆のあいだからわきあがった。

「老アマノだ！」

「アマノ万歳！　宇宙の英雄！」いろいろな声がかれの名を呼んで叫びかけるなかで、だれかがこんなヤジをとばした。

「ユミオカと抱き合って笑ってみせてくれ！　でも、むこうは年取ってないから、親子のようにやれよ！」

ドッとおこる笑いの渦のなかを人ばらいした発着台のほうへ進《すす》みながら老アマノは「そうだ——。」とひとりソッとつぶやいた。

——そうだ。ユミオカは光速の船に乗って四十四光年のかなたへ旅してきたのだ。光の速さで動く者には時間がない——かれは年をとっていないのだ。ふたご座のα《アルファー》・カストルを観測して帰ってくるユミオカは、七十年前おれがこのおなじ空港で手をにぎって送り出したときのままの若者の姿で帰ってくるのだ――。

ワーッと津波のようにおこった群衆の歓呼に目をあげると、瞬間にキラリ！　と上空で何かが光った。

「ヘリオス号だ！」

アッというまに地球を十数回まわりながら減速着陸に移るのだ。運航はすべて電子頭脳による自動操作だから、一秒一ミリの狂いもない。

「しかし、どうしてこんなに帰りが早いのだろう。八十八年後にもどるはずのものが、たった七十年でもどってきたというのは――。」

そう問うようにつぶやくアマノに長官は「私も不思議に思うが…。」と答えた。

「科学者たちはあり得ることだと言っている。おそらくつぎつぎと前方にくる天体の引力のために、船が光速以上に加速されてしまったのではないか、ということだ。」

フーム、とアマノはうなった。すると、時間はどうなるのだろう。物体の時間は速く動くほど減り、光速で0になる――では、それを越すと…？

ヘリオス号はついに着陸した。

群衆は息をのんで見守っていた。

――が、艇のとびらはピタリとしまったまま、中の者はだれも出《で》てこようとしなかった。

「死んでいるのでは……？」

とアマノは心配したが、長官は首をふった。

「イヤ、艇の機能は万全で、乗員は病気一つするはずがない。開閉弁でもこわしたのだろう。」

「しかし、それにしても長い。通知ラジオも呼んできません――外からあけましょう！」

アマノは不安に耐えきれず、主張した。

老宇宙士の提議はいれられ、ヘリオス号のとびらは外からこじあけられた。

友の名を連呼しながらとびこんでいった老アマノの見たものは……。

若いままのユミオカではなかった。ながながと床にのびたユミオカの服の中からジッとこちらを見つめている、かれによく似た男の赤ん坊だった――。

三さ路をふりかえるな

「どうしてふり向いちゃいけねえんだ？」

と京介は、はじめてのはだし歩きの道を、ソッとふみだしながら聞いた。

「どうしてって——昔からそう言うんだ。いわば習慣だナ。」

高島のおじ御は、なれているとみえて、石ころだらけの道をおなじように、はだしでどんどん先へ行きながら、何でもなさそうに答える。

だが町育ちの京介には、何でもないどころではなかった。村かたのお弔いが、こんな変な習慣をがんこに守っているとは知らなかった。真夜中のはだし参りなんて、だいいち痛くてしようがねえ。ガラスのかけらでもあったらどうするんだい。

いなかのおばあさんが死んだのでついぞ足ぶみしたことのない故郷へ何十年ぶりで帰ってきた京介は、「湯かん」だの、「野辺おくり」と称する変な旗じるしを先にたてた葬礼の行列だの、古いしきたりのままの葬式に目《め》を見《み》はった。あげくがやっと埋葬もすみ、ヤレヤレこれで「お義理」の重荷がおりてユックリ一杯のめると思った今夜、こんどは「たいまつ立て」ときた。

たいまつといったって、昔の絵物語にあるような文字どおりのたいまつではない、いまでは普通の線香の束に火をつけたものを代用にして立てるだけなのであるが、ただ立てる場所が家の中ではなく、死者の家から一番近い三さ路、つまり道の三つまたに分かれた所へ立て来るのである。

それには血縁の者がふたり、夜中にその地点まではだしで行って来なければいけない。そして立てたら、西に向かって三度拝み、絶対に後ろをふりかえらずにもどってこなければならない。

「京介、おめえが一番若い。高島のおじ御とふたりで立ててこい。」

葬儀委員長格の川村さんに指名されて、いやとも言えず、親族で最年長のおじとつれだって出てきた京介は、心中すこぶる不平だった。

「昔からそうだと言ったって、何か訳があるだろう――どうしてなんだよ。」

小じゃり道を痛そうに歩きながらなおブツブツ言う京介を、高島のおじはジッと見つめた。

「それはナ、もどり道でふりかえると死人がついてくるから――というんだ。」

京介はプッと吹き出した――なんだ、ばかばかしい。

「ついて来るってだれがだ。死んだその仏がか?」

「わからん。墓にねているよみじの亡霊は、いつでもしゃばへ帰りたがっているんだ。だから弔いのたいまつで起こされた死人は、だれでも自分のほうをふりかえってくれた、この世の人間について来てしまうんだ。――サア、もうしゃべるな。三つまたの道へきた。はやく立ててもどろう。」

　高島のおじ御も、あまり気持ちのいい仕事ではないとみえて、手早く京介の分までじょうずに道ばたに立ててくれると、サッサッと型どおりの拝礼をして、帰りじたくをした。

「サア――ふりかえるなよ。」

「ウム。」

　ふりかえるな、と言われると、みょうにふり向きたくなるのが不思議だった。京介は、なれないじゃり道ですっかり痛んでしまった両足を、つま先だちのようにしながら歩いた。

「アッチッチ！」

　ものすごい、とがりかげんの小石を右足が踏んでしまって、かれはステンとやみの中でころんだ。

　瞬間、おもわず後ろに目が行ってしまった。

　――何もなかった。ただ暗い冬の夜のほかは――。

「どうした――ふり向きはしまいな？」

「ウー。」

　生返事にウソの答えをしながらおじのあとについて家の敷居をまたいだ京介を、家の人々は化け物に出あったような顔をしてむかえた。

「はいるな！　はいっちゃいけねえ！」

ワーッと、女子どもが泣きだした。

先にはいっていた高島のおじも、京介のほうを見るなり、顔いろを変えて押しもどした。

「あれほど言ったのに……ふり向いたな？　このやくざ者。帰れ！　二度と来るな！」

パラパラとまかれた塩が、頭上にふりかかった。

「くそっ！　どうしたというんだ。来るなと言われなくたって、だれもこんな所へ来たかァねえ！」

そう言い返しながら、サッサと町へ帰ってしまうつもりでクツをもって出てきた京介は、ふと軒あかりに映る自分の影を見てゾッとした！

――かれの影のそばにもうひとつやせた細い影が立っていた。

黒いお化け

「あれがそうか?」

イサオは近づいてくる巨大な黒い姿を見て、きいた。

「そうだ。あれが『お化け』だ。早く逃げろ。」

あたらしい仲間たちは口をそろえて恐ろしそうに答え、もう逃げじたくをはじめている。

――それはなにやら、まっ黒な丸い本体からのびてくる長い触手だった。むこうの立体交差の陰から半身のぞかしている小山のような球体から、八方へズルズルとのびてきて、逃げまどう人々を片はしからつかまえては本体のほうへ引き込んでゆく。人間がまるで、虫けらのように奇妙な怪物に追い回され、捕獲されている悪夢のような光景だった。

光速の恒星探検船が八光年のシリウスちかくで故障したため、いそぎ引き返してきたイサオは、しらないまに地球がまるきり荒廃してしまっているのにびっくりぎょうてんした。どんなに多くても十六年以上たっているはずはないのに、文明も人間もみんな滅びちゃってるのだ。

町や村はあれはて、都会は無人だった。そして、墓場のようなビルの残がいのなかに、ほんのひとにぎりほどの数の人間たちが、あちこちに小さな部落をつくって住んでいるのだった。

衣服はぼろで、器具も食物もろくにない――まるで昭和ごろのヒッピーかフーテンだ。きいてみると、なん年か前に、おそろしい大災害がおこり、地球上の人類は、他の動植物もろとも、ほとんど死に絶えてしまったのだという。

生き残った者たちも、かろうじて同じように生き残った虫や植物をたべて命をつないでいるものの、夜、昼おそろしい黒い「お化け」が現われては自分らをつかまえて食うので生きた空はないとのこと。

「よし、そのお化けと戦ってみよう。」イサオはそう決心して人々をはげまし、いっしょに出てきたのだが、いま見るその「お化け」の巨大さと強さには、ちょっとかないそうもなかった。

「あそこへひとまず退避――」

通りの向こうがわにある銀行の建物の残がいをゆびさして、イサオはみなを誘導した――銀行ならば必ず地下に大金庫がある。そこへ逃げこんでとびらをしめれば、いくら大力の触手でもつかまえようがあるまい、という作戦だ。

そこの地下は電動式の貸金庫室になっていた。それでもかまわない。イサオはみなといっしょにそこへ逃げこんで、廊下がわの大鉄扉をたてきった。

こうしてしまえば、もう外からはダイヤル符号を回さなくてはあかない。絶対に安全。大触手はかれらを追って建物の入り口から、ホール、階段と床をはって地下へのびてきた。そして地下廊の大とびらにつきあたった。

とたんに戸外の大球体に七色の目がピカピカと光りはじめた！　触手はしずかに金庫室のとびらのダイヤルをつかみ、右に、左にと回しだした――「お化け」が符号式のダイヤル錠を知っているのだ！

イサオは汗をかいた。触手は天才の金庫破りのように、カチリ、カチリと的確に符号をさぐりあててゆく。――そのたびにイサオたちの見ている鉄とびらの裏がわでは、ガチャンガチャンと複雑な組み合わせの旋錠《せんじょう》レバーがもどってゆく。

ついに最後のおし込《こ》みロッドがピシッとはずれた――重いとびらは静かにあきはじめ、そのすき間からズルズルと黒い触手がはいってきた。

イサオはしゅんかんに意を固め、とびらを押しもどして触手をはさみもった宇宙銃でその中ほどをやきはじめた。それを見た仲間たちもてんでに勇気をふるって、手オノだの、古い短刀だの、おもいおもいの武器で触手を切る手伝いをする。

触手はついに切れ、のこったほうは退却するように出ていった。

「万歳、万歳！　お化けをやっつけたぞ！」

大喜びではね回る仲間たちをおさえ、ジッといま切った触手を見ていたイサオは、やがて顔をあげて沈んだ口調でいった。

「わかったよ。この切り口を見たまえ。金属のジャバラに包まれた何本もの針金だ――お化けは生き物じゃない。機械なんだ。金庫のダイヤル符号の組み合わせは、右左にただ三回合わせるだけのものでも九の三乗の二倍、一四五八回まわして見なければ捜しだせない。お化けは光の目をチラつかすと、二分とかからずそれを捜しだした。やつは電子頭脳なんだ。二十世紀文明の公害があまりひどいので中央電子頭脳が狂うか、おこるかして、人類の大整理をはじめたんだ！　われわれは太古の氷河時代のように、最初の公害汚染期にいるんだよ。」

「なにくそ！　これしきの敵！」

横あいからのふいの攻撃に、マサルは一瞬ギクリとしたが、すぐ気をとりなおして熱線銃をそちらにむけて発射した。

「ワーッ！」
十五、六人《にん》いたギャングの一味は、バタバタと将棋倒しにぶったおれる。
「どうだ！　まいったか！」

マサルは谷のむこうに隠れている敵の首領に聞こえるように大声でさけんだ。

「ぎせいの少ないうちに、いさぎよく降参しろ！　男らしく降参すれば、命だけは助けてやる！」

「なにをぬかしやがる、このチンピラ小僧！　すこしばかり腕がたつと思って、えらそうな口をたたくな！　いまにほえづらかかしてやるから驚くなよ！」

敵の親分も負けずにどなり返してきて、はげしい銃火のやりとりがふたたび開始された。

——なにかトリックをつかってきやがるナ？　マサルはすかさず、そう先回りして敵の腹をよもうとしながら、自分の今置かれた、この奇妙な位置と状況を、チラッと考えた。

どうしてことこんなになったのかおかしなことにマサルには、その間のいきさつがいっこう思い出せなかった。

とにかく、気がついたときには、かれこれ百人ちかい悪党どもにとりかこまれたあげく、それらを敵にまわして戦わなくてはならぬはめに陥っていたのだ。

逃げたり、逆にあるときは追ったりして、場所もどこだかさっぱりわからなくなってしまっている——。

こうした状況で、ただひとり孤立して戦うというのは、ひじょうな勇気を要することだが、マサルは、自分でも意外なほど平気だった。

〈なんとかなる——〉

そういう感じが、いつもどこかでしていて、事実、いよいよ最後というところでは必ずなにか打開のみちがひらけてきた——すくなくとも今までは。

だがこれから先の成り行きはわからない。

「マアいいや——いよいよとなったら、それはそのときさ！」

そうひとり言のようにつぶやいたとたんに、マサルは「アッ！」と目をみはった。

なんと！——敵は恋人のチエ子を縛りあげて、高いがけの上から見せびらかしているではないか！

「ヤイどうだ！　これでもへこたれねえか、小僧！」

「なにをする！　ひきょうだぞッ！」

マサルはやっきになって叫んだが、悪党どもはアハアハとおもしろそうに笑うばかり。

とたんに後ろのがけからガラガラと大石がいくつもころがりおちた。

――前方に気をとられているうちに後ろへ回られていたのだ。

ピタリとがけ下《した》にからだをつけて、落下する石を避けていると、後頭部に、ズキズキ痛くなるほど当たるものがある。

手さぐりでそいつをひっつかんでみると、小さい岩のとっ起だ。

「ウーム！　こんちきしょう！」

マサルはそれをかんしゃくまぎれにもぎりとって、べつの堅いところへたたきつけた。風化した小岩石はこなごなに砕けとんだが、状況はいっこう好転しない――。

「マサルさん！　たすけて！」

チエ子はがけからつり下《さ》げられて悲鳴をあげている。がマサルはそれを、どうすることもできなかった。

美しい国だった。空は紫いろでいつも虹がかかり、地面にはそこらじゅうに五色の水晶の花が咲いていた。

しかし彼にはいまやそれは、地獄のようなものでしかなかった。

ウーム！　ウーム！　と彼はうめきつづけた。

そうして絶望状態におちいっているかれの耳に、どこからともなく聞き覚えのある一つの声と、聞きなれないもう一つの声とが話しているのがボンヤリ聞こえてきた――。

「どうしたんでしょう。もう二十時間もうなされつづけているんですけど――。」

「奥さん。ぼっちゃんは夢カセットをこわしちゃっていますよ――ホラ、寝台のふちへぶつけて――これじゃ催眠だけが持続して、さめるスイッチが働きません。これは私どもにも、どうにもなりませんナァ。」

光になった男

◇

篝《かがり》念介がだれにも分らない原因で行方不明になってから、もう足掛け二カ月になる。世間のほうは、七十五日もしないうちに彼のことなど忘れてしまったらしいが、お上の奉行所はそうはいかないとみえて、ぼくは或る日とつぜん町の警察の警部さんに扉をたたかれてびっくりしなければならなかった。

「驚かして悪いけれど、貴方がかれの一ばん親しかった友人だときいてネ」

とかれは丁寧な調子で言った。

「——困るんですよ、この『蒸発事件』というやつはほんとに。犯罪かもしれないし、たんなる家庭事情ないしまったく外的理由のない精神異常かもしれない。加害者かも知れないし被害者かもしれない。届け出のない金品の小さな拐帯《かいたい》かもしれないし、念入りなだけの下らん悪戯《いたずら》かもしれない。そのへんの事情は一さい犬みたいに外がわから嗅ぎ廻るほかないんですよネ。まァこの人のばあいは、どこにも犯罪の匂いがしないし、周囲の状況にも事故や災害との結びつきがないけれど、そうなると彼自身が被害者だろう場合も考えられるわけでネ」

「敵のない人間でしたヨ」

とぼくは註をいれた。「世話する雇い婆ァさんと二人きりで静かに暮していた穏和《おとな》しい男でネ。親の遺してくれた小さな家と財産のほかには、親類らしいものもない身の上だったなァ」

「そうなんだ。そしてそんな不動産を狙って殺しにくるばかもないしネ。とにかく失踪届けはその留守居の年寄りと会社が、十日ちかくも出社帰宅のないのに困って、出したんです。理由もなに一つ、双方ともに心当りがないというんだ。困るんだなァ、こういうのはまったく——貴方、なにかこう、知っているとか、気が付いてたとかいう事ありませんか、篝氏の失踪について」

「知ってますヨ、よゥく」

とぼくは有りの儘《まま》をこたえた。「でも彼のは『失踪』というんじゃなくて、むしろ『消失』というべきもんでしょうネ。そしてそれは僕だけしか知らない事だろうナ、おそらく」

「何ですと!?」

警部さんは魂消《たまげ》たような声をだして、それから半信半疑の顔つきでうさん臭そうにぼくをに」

ながめた。

「話してもらえるかネ？　それを」

とかれは暫らくしてからきゅうにいやに冷たい態度になりながら言った。「どうしてそれを今まで黙っていたんです？　関係者や当局が困っているぐらい、見て分ってたでしょう

「信じて貰えッこないからですヨ、むろん！」ぼくも憤然と言いかえした。「それに訊《き》かれもしないしさ——ちゃんと聴いてもらえるならいくらだって話しますヨ」

「聞こうじゃないか、それを」と警部さんは開き直った。「じゃ一たい、篝氏はどこへ消えちまったんだ。なんで、またどうして『消失』なんかしなきゃならなかったんだ」

「ひとくちにゃ言えないけど、彼としてはそうせずにはいられなかったからですヨ。消えたのはこれゃ文字どおり消えたんで、だから彼はいくら探したってもういないんです。いない人間のことだから何を話してももういいでしょう。犯罪の匂いがしないと仰言いましたがネ、これにはたいへんな犯罪が搦んでるんですヨ。犯人がまァ善良な人間だったから大事件にはならなかったものの、もし悪質な犯罪者や異常人格だったらどんな事になったか判らないくらいのネ。篝念介が消えたように、いろんな物体が人の目のまえで消えたこと憶えてませんか——ホラ、半年ほどまえ、現金や宝石の『消え失せ盗難事件』というのがひとしきりあったでしょう。あれは、篝のやつがやったんですヨ」

「…………先を聞こう」

と警部さんがおなじ調子で無表情に言った。

◇

東京の銀座へんや山の手の目抜きの街々で、ふしぎきわまる盗難事件のおこりはじめたのは去年の秋ぐちのことだった。

昔噺にあるとおりの「不思議」が、現実に目の前でおこるのに、驚歎と畏怖にうたれない者はなかったが、その驚異にちょくせつ参与できる仕合せ（?）をもつのは、ごく僅か、選ばれた職種の人々でしかなかった。

たとえば宝石＝貴金属商。

たとえば銀行員――。

現金出納係の女の子――の目のまえに置かれた札束が、スッと消えるのである。

『スーッと』、ではない。スッ！　と、あるいはサッ！　と、さらにあるいはフイ！　と急に消えてなくなるのだが、それも突然ないし忽然《こつねん》とかき消える、と言うより、なにかいきなり異次元へ飛び去るかんじで無くなってしまうのだから始末がわるい。宝石、または他の貴金属および生の物質るいでもまったく同じだった。

人々はまったく途方に暮れたが、とにかくそうした価値消失の災難にあった者たちが、それをある種の盗難とかんがえ、いつとはなしにこの現象を「消え失せ盗難」とよんで、ふしぎな、見えない犯人の犯行と見なしはじめたのは、ごく自然な成行きと言えよう。

もっとも、この消え失せはあまり夜はおこらなかった。小さな貨物や手鞄のるいが、野天の置場や駅の預り所から夜のあいだに紛失《な》くなってしまうような事もまれにあったが、たいがいは昼で、それも大ぜいの人間が出入りしたり見たりしている店頭や街かど、表通りでおこるのだった。かっ払いや万引などには指もささせないほど熟練した店員たちも、見ている前でスッと無くなってしまう宝石ばかりは、おさえる手の間に合いようがないのに歯ぎしりするほかなかった。このふしぎな盗難は、どうやら真夜中の人のいない倉庫などより、白昼公衆の面前でおこることを好んでいるようだった：つまり、それが起るためには「ひらいた空間と時間」が必要ないし適しているのだと思わざるを得ない次第だった。

「なんでまた『ひらいた空間』なんだネ」

と警部さんが解《げ》せぬ面持できいた。

「それゃもちろん、盗《と》って逃げるためですヨ。きまってるじゃありませんか」とぼくはこたえた。

「だから言ったでしょう。篝のやつがやったんだって。念介はネ、人の目に止まらないほど速くうごく法を発見したんです。つまり、ある所におかれた宝石を、光のように瞬間に来て持ってっちまうやつがいたら、そのどちらの動きもただチカッとするだけで、前後の静止状態しかふつうの眼には映じないでしょう：つまり宝石は『消え去』っちまうわけだ」

「でも……どうやって――いったいどんな方法でそんな速さをだすんだ」

「それをいま言うところじゃないですか。だまって聴きなさいヨ」

とぼくはつづけた——

◇

篝念介はべつに偉大な発明への功名心や、人類の福祉をのぞむ博愛の念に駆られていたわけではない。この、上役にたてつくことはおろか、同僚の女の子にこっちから近づくこともできないほど気が弱かった善人は、それだけにむしろ、ホンのわずか、非力な自分を前進させてくれる自信の種がほしかったのだ。

だから彼は、小さな自分の世界に閉じこもって、自分にわり当てられた役目だけに没頭していた。資材課の野屋が、ひそかに想っていたミエを、強引に働きかけて己れのものにしてしまったときも、ひとりソッとつらい涙をながしただけで、なにも変った様子をみせずに毎日の仕事にせいだしていた。もっとも彼の仕事というのは開発研究課の助手で、付属の温室で栽培される実験用植物の世話をするだけの、ひとりきりのものだったから、べつに誰にその涙を見られる心配もなかったわけである。

開発課が取組んでいたのは、近い将来にせまっている食料危機のための、クロレラの増産……つまり成長加速だった。念介が黙々とその研究の裏方をつとめながら、薬剤や紫外、放射線などの姑息な試みにあきたりず、素人らしい飛躍した着想につきあたったのは、半部外者としてごく自然なことだったかも知れない。

彼が考えついたのは、動植物の成長を早めるという事は、要するに細胞分裂や卵・精子の抱合い：つまり一さいの運動を速くすればかんたんに得られるのではないかということだった。

ついで彼に浮かんだのは、しかしギヤの大きい大きな物体はそれの小さい小さな物体より速く動けない。だからこの問題は構造：即ち質量や空間にたよっていてはだめだ。物のうごく時間のほうを変えるしかない、という妙な考えだった。光の速さでうごく物体には時間がない。そんなら時間をなくせば光の速さになるわけだ、と――

彼がどうして時間を、求めるときだけ止める法を発見したのかは誰も知らない。これだけは人に言わなかったからだ。とにかくそれからは彼篝念介は、いつ覗いてもちゃんと持場に居るのに、実さいはほとんど同時に好きな所を、ピカッと何かが閃いたようにしか人には見えずに、出歩いていられる人間になったのだった。してみればけっして有余る身上とは言えぬこの男が、欲しかったEEカメラや〈ミエちゃんに贈って喜ばしたい〉宝石などを、あいている店先からちょいと失敬してくる気になったとしても、さして深くは咎められまい。

首都をさわがした一連の「消え失せ盗難」はこうして起ったのだった。

◇

「しかしそんならなぜ自分まで消しちまったんだネ？　なんにも蒸発する理由なんかないじゃないか。三億円の犯人以上だ。人目につかぬ所で悠々と目出度《めでた》し目出度しを決めこみゃいいのに」

「付随する大きな問題があったんですヨ」

とぼくはせっかちな警部さんを制しながら先へ進んだ。

「だって考えてもご覧なさい。このCO混《まじ》りの濃密大気のなかで、光の速さでなんか動いたら、摩擦熱で着物はおろか、躰まで燃えだしちゃいますよ。もちろん篝はそれを防ぐ遮断服を工夫して着用していたようだけど、まだ完全じゃなくて、壊れやすかったんです。それに、問題はそうした動き自体のなかにあった‥つまり出発も停止も、きゅうにやれば慣性重力のために自分の躰がつぶれてしまうってことで、これは防護服なんかじゃどうにもならない。出発の加速は気をつけて徐々にやればいいけど、停止《とま》るのは誰しも平素の習慣で、ツイうっかり立止りかねますまい。篝の場合なんか、ことに外界が物珍しくなるという大きな誘惑があるんだからネ。

「電光のような速さで動いている者の眼から見るとネ、蝿なんかただポヤッと宙に浮いてゆっくり翅を動かしてるだけなんだそうですヨ。ふつうに活動してる人間たちは、全部静止して見える。エラそうにつッ走ってる新幹線なんか、芋虫が転がってるのと同じなんで、やつはその窓を一つ一つ覗きこんで　バアー　と言ってみたい誘惑を抑えるのに骨を折りぬいたといいますヨ。

「だが、そんな事をしたら事だ！　内臓がつぶれて、骨は折れ、躰が壊れるとどうじに服も破れ、瞬間の摩擦熱だけで彼自身が燃えてしまうことになる――

「もちろん念介は気をつけていました――が、自分でそれを、承知の上でしなければならないときが来たんです。行ってみますか？　その現場へ。まだ跡が残ってますヨ」

そう言ってぼくは警部さんをＴＩ線・東Ｍ駅へつれていった。

◇

「きょうこそ、ミエちゃんに贈り物をしながら、もうあの野屋のやつと切れてしまえ、と言おう——という決心で念介は、彼女の住んでいる東Ｍへゆっくりやってきました。野屋が、課長の娘とできたので彼女が邪魔になりだしたことを知っていたからです。気の弱い念介のやつはそれまでずっと、それを言うことはおろか、せっかく集めた宝石をわたすことさえ出来なかったのです。

「そのときです——かれが渡りかけた駅の陸橋の上から、当のミエと、はいってくる急行電車の前へ彼女をつき落としている野屋の姿をホームに見たのは。

「ネ、もうよくお解りでしょう？　彼のもつ速さでなら彼女は救えます。突進してくる急行なんか、彼には停止《とま》ってるのと同じなんだから。だがそうするには、彼は女のほうを壊してしまわないためにも、何度か急止急発をくり返さなければならない——

「彼はそれをやったのです。それとも言わず、ただソッとひそかに愛していた女のために。

「貴方もよくご存じでしょう。先々月の中ごろ、ＴＩ線東Ｍ駅でホームから落ちた娘がふしぎに助かり、連れだった男が爆弾にあたったようにけし飛んで死んだ事件があったのを」

◇

「ネ、ここなんですヨ」

とぼくは陸橋のしたの線路わきへ警部さんをひっぱっていって指さした。

「ホラ、砂利《じゃり》石が人型に焦げているでしょう？　ここで念介は燃えてしまったんです。それを知っているのはぼくだけ。ミエくんはソッと抱えだされた衝撃だけで気絶してしまって、ただ何かがボーッと燃え上ったのしか覚えてません。だが篝から話しをきいていたぼくにはそれだけで一切が読めたのです。だから警部さんももうむだな捜査はおやめなさい。篝はもういないし、『消え失せ盗難』ももう起りっこないんだから」

とぼくは話し了えて言ったが、警部さんは判断に困るような目付をして、「ウーン」とぼくの顔を見かえすきりだった。

まるい流れ星

◇

現場は酸鼻をきわめていた。

惨殺屍体などは大がいのものに驚かない所轄署の刑事たちも、これには思わず互いの顔見交して、

「ひどいな!」

と眉をひそめたものである。

そのうえなお悪いことには、その惨酷さが〝怪奇〟の様相を帯びているのだった。

死者――この場合それがそのまま〝被害者〟なことは誰の目にも明らかなのだが――は、まるで吸血鬼とフランケンシュタインに襲われて叫びたてようとでもしたように目と口を一ぱいに開いて、恐怖と驚愕の表情をうかべて死んでいる。それがなんと、胴から離れかける

ほど喉首を食いちぎられているのだからますますもって怪奇無惨――まるで夏の怪談映画の一場面という態だ。

「咬み傷かナァ――」

鑑識課の到着をまちかねている刑事のひとりがまたもう一度その傷をのぞきこむようにしながら言った。「だけどそうするとこの仏は被害者じゃなくて遭難者ということになるネ。相手は人間じゃないことになって、したがって殺人事件でもなくなってしまうわけだ」

「そうだな」

と引率の刑事部長がなにか考えついたふうで言った。「保健所に野犬と狂犬の情報をきいてみることもいいかも知れんナ――動物園に『猛獣の逃出したのはいませんか』と問合せるのは気が早すぎるとしても」

ところが、猛獣問題は気が早いどころではなかったのである。すこしおくれて到着した鑑識課員が〝被害者〟の喉元の咬み傷をみて、これは犬や猫、その他いかなる種類の動物の歯型でもない。これは人間の歯が食いちぎったものだ、と断言したのだ！

人間だって動物で、〝猛獣〟も敵《かな》わない暴獣だろう、なんて逆説めかしていられる場合ではない。人が人の喉笛を咬み切った、となれば由々しい一大事で、だいいちこんなに骨が出るほど深々と喰い取ることは狂人の仕業としても前代未聞。ほとんど不可能である！

「しかし、そりゃどういう事なんですかネ」

部下たちの疑義を代表するように刑事部長が不承げな面持ちで指摘した。

「それだと被害者《ガイシャ》が寝てでもいなけりゃ、人間にはこう横に噛み付けませんョ。ところがこんなに喉を食い切られて歩けるやつはないのに、ここは大通りの真ン中です。すると仏は昼日中《ひなか》大道に寝ていたんですか？」

「まっぴるまじゃないョ。夕方だョ。推定時間はほぼ六時前後だナ」

「それにしてもさ！　夕方ならなおのこと車の交通ははげしい。そんな所に大ノ字にねていた日には命がいくつあっても足りますまい。すると立っていたことになるが、竪《たて》に立ってる人間の喉笛に人間の顎は横には食い付けませんョ。口は竪《たて》にしかあかないんだからネ――するとこりゃどうなってんですかネ。犬猫か鮫なら横ざまに飛付けるかも知れないけど」

「ぼくらにゃ分らんョ、そんな事」

鑑識課も返事にこまるふうだった。

「ただ『これは間違いなく人間の歯型だ』ということだけだョ、ぼくらに言えるのは。あとは君がたが何とでもしてくれたまえナ。大たい、人間の歯がこんなに生活体の筋肉を噛みちぎるということ自体、ほとんど不可能で、謎なんだ」

「気違いだったらどうでしょう。常識はずれの力も姿勢も、連中ならばヒョッとして可能……」

「サァ、どうだろう。気違いだって人間なんだから、人間のだせる力と取れる姿勢以上のことはできないように思うがネ。その位なら狂人より超人を想定しちゃったほうがいい――それに僕らとしてはこの、被害者の表情が捨てておけないんだがネ。よくよく異様なものを見て驚くか恐れたのでなければ、死者の顔にはこう顕著な表情はのこるもんじゃないんだ。そりゃ貴方がただってたくさん見てきてご存じだろう」

「そうですナ」

と刑事部長もあぐねきった色をうかべた。「まったくもって、こりゃいよいよ超人の出現という怪奇談の発端てところですナ」――

◇

委細をきいて本件の調査にあたった本庁捜査一課の津真木警部補はなんとなくいやな予感がした。刑事部長の言葉どおり、ひどく胡散《うさん》くさい怪奇のにおうのが気に入らなかったのである。

果して、どちらも――ということは刑事部長の言葉も警部補の予感も、という次第になるが、みごとに的中して、怪殺人はそれから続々とあとを引きはじめた。

いずれも、人間とは思えぬ人間の歯型で喉首を食い切られ、人魂《ひとだま》に話しかけられでもしたような驚愕と恐怖のいろを凍りつかせて死んでいる犠牲者の後続部隊が、二号、三号、四号五号と鰻のぼり。

そのうち巷には奇妙な流言がひろがりだした。「この喰い切り事件のあった晩にはかならず空とぶ円盤があらわれている」とか、「イヤおれは円盤のことは知らないが、真ッ白な、まるでピアノの鍵盤のように揃った歯型が、カッと口をあけたように上下に向いあって宙を飛んでゆくのを見た」という類《たぐ》いである。しまいには、「イヤどうして歯型どころじゃない。おれは牙のような歯を剝出して飛んでいる生首をたしかに見た」と言張るやつまで出てくる始末。

津真木警部補はもちろんそういった流言の類いは問題にしなかった。しかし彼はそのころ、被害件数の増加にしたがい、一つの重大な共通事項が——もちろん事件の怪奇な特徴をべつにして——明らかになったことを重視していた。被害者が、申し合せたように歯医者なのである。

これは無視できなかった。何者か、とくに歯科医に恨みをいだくものが、つぎつぎと相手を「超人的な」方法で屠ろうとしているのではあるまいか——といったところで、さてどうすればそんな「超人的」なアゴの力が可能になるのか、となると、また問題は振出しへもどって五里霧中。

しかし津真木は断念《あきら》めなかった。かれは、解らぬことは解らぬまま、とにかく考えられる、、、動機に主点をおいて、歯科医を憎んでいる者を洗ってみようとした。——ところが、都民一千万のうち、歯医者を憎まない者なんか本人以外ひとりもなかったのである！

「いい気味だ！　もっとどんどん殺《や》られろ！　おもちゃみたいな入れ歯に何十万もとりやがる祟《たた》りだァネ。みんな死んじまえ！」

というのが、聞込みにあたる刑事たちの耳にはいってくる総ての人の答なのだった。

これでは仕様がない。もう少し焦点を絞《しぼ》って、少くとも何らかの実行的な態度に出ている者をさがしてみろ、と警部補は部下たちに指示した。

なん日かが徒労に費やされたのち、ついに北区の赤羽で、一歯科医の家に投石しようとしていた四十がらみの男がつかまった。

津真木は、しかけていた事をほうりだして、その男を訊問しに赤羽署へかけつけた。

「石ぐらい打《ぶ》突《っ》けたっていいじゃないですか！」

とその四十男は不服そうに調べ室で口をとがらした。

「私は保険の入れ歯に十万円もとられたんですぜ。なんでわずか8センチぐらいの弓なりのプラスチックに十万円かかるんです？　プラチナの台を使ったって一万か二万でしょう。プラモなら百円もしないものが奴等の『規定料金』だと一万から十何万円なんですョ。ちょっとした機関車や戦闘機の模型なら、メッキした部品だけでも百ちかく入っていて二千円としやしませんぜ——まるで盗《ぬす》ッ人《と》強盗追剝ぎの仕業でさァ！」

男は憤懣やる方ない口調で訴えるのだった。

「医者が悪くなったのは保険制度のせいだとよく言いますがネ、保険は患者のためなんだから、『患者のため』のために手めえが悪《わる》くなるんだという言い草が成立ちますか？　それに歯医者は医者よりもっと悪《あく》どいことを前からしてますョ。私が連中から害をこうむったのは何もこんどが始めてじゃないんです——」

◇

「私が以前かかったのはT線S駅まえのKという歯科ですがネ」と男はつづけた。「おくの右、親不知が痛いというなり、ちょいと見て『アア之ゃだめだ、抜くほかない』と言うがはやいか、こちらの訴えもろくに聴かずに注射をプツリプツリ、脳天へ響くような痛む虫歯をその場で抜いてしまい、『隣り近所も検《み》たほうがいいナ——オイ、レントゲン！』と助手に吩付《いい》けるんです。助手らしい若いのがいましてネ、これがまた心得たもので、『みんな撮《と》っときますか？』ときくと、『アア、一応全部撮っとけ』——どうです？　頼みもしないレントゲンをパチパチ口じゅう撮って、勘定が保険で三千いくらです。それから『お薬あげときますからネ』でこれがまた千なんぼ。抜いちまって薬もへちまもないもんじゃありませんか。まァ鎮静剤かなんか、『痛んだらお飲みなさい』とよこすなら解るが、それだって頓服一帖か二帖のことでしょう。これにまた初診料の追加がつく。どこの国に虫歯一本処置しに行って五千円とられる保険がありますか？　国保の本人負担が五千円なら、やつは一万六七千円の請求額を出してることになる。虫歯や抜歯の処置料がそんなになる筈はないから、むろん出たらめの申告をやってる訳です。訴えてやろうかと思ったけれども、事情通の友達にとめられました。先方はどうせ酢の蒟蒻《こんにゃく》のと理窟をならべて、けっくは医師会の規定がどうのこうので横車を押しきるにきまっている。喧嘩太郎とかつて渾名のついた猛々《たけだけ》しい男の牛耳る会とおなじなんです。被保険者の認知権まで医師がストライキをやって蹂躙しようというんだ。仁術もくそもありますか。実体は技工屋とおなじ歯医者が右へならえをしなかったら、しないほうが可怪《おか》しいでしょう。怒りたくもなるじゃありませんか。

それで私のした事が悪いと仰言るなら、牢屋へでも何でも入れてください」——津真木は溜息をした。

「いいョ。悪いとは言わない。帰宅《かえ》ってくれてよろしい」

そう言ってかれは男を釈放した。じつは彼自身、数日前歯槽膿漏だといわれて同じような目にあってきたばかりなのだった。

◇

マユミはガクン！　と椅子がうしろへ折れたとたんに危険をさとって跳ねおきた。

「何をなさるんです！」

「何ッて・・・だから治療ですョ——サァ、じっとして」

医者は硬ばったようなわざとらしい笑いを浮べながら顔と躰を近づけてきて、立とうとする彼女をまた押倒そうとした。「ネエ、わかるでしょ？　もういちど作り直すとしたら、よっぽど念入りにやらなくちゃ……」

「だからって入れ歯の型をとるのにこんな事する必要があるんですか。妾《わたし》、やめます！　帰してください！」

若いのに体質や食嗜好その他の原因で欠歯が多くなったマユミは、入れ歯をすすめられて吩《い》われるままに上下なん本も抜歯したうえ、局部式義歯床をはめた。分割払でよいといわれたので要求額の八十万円もはらうつもりでいたが、出来上った義歯のぐあいが悪くて痛むことに悩みきった。

医師はどうせ異物が嵌込まれるのだ、少しはぎごちないのは仕方がない、なじむまで我慢しろといって取合おうとしない。何度も足をはこんで頼みこみ、やっと追加二十万の工費で作り直してもらう約束まで漕付けた——そして、も一度型をとるというので指定の晩が来たら……椅子が倒されたのである。

抑えこまれたマユミはもう半分以上覚悟してしまった。男の力にはかなやしない。夜来いなんて吩《い》われてそのとおりにした自分が悪いのだ——そう思って観念の眼を閉じようとした。

そのときである！　閉じかけた彼女の両眼が世にも恐ろしい物を見たのは——

カーテンの蔭になっている工作室の台の上に置いてあった彼女の歯型が、いきなりカッと人のように口をあいたと思うと、ピューッと宙を飛んで医師の喉笛に喰《くら》いついたのである！

ワーッ！　と、たてかけた声も出なくなったまま鮮血にまみれて転がった男を、ひと目みるなりマユミはキャッと恐怖の叫びをあげて夢中で戸外へのがれ出た——

空は晴れていた。

そしてその晩も流れ星のように円盤が飛んだ。

マユミは何かそれが、人のいろいろな思いや願望をよく知り、また聞届けてくれているような気がした。

PART
VI

空族館

——多星海をぬけたか。

——ぬけた。

——どんなに見える？

——モノ凄《すげ》え。まるで大空はんぶん水藍石《アクワマリン》の玉になったやうに光ってやがる。縞みたいな翳《かげ》があってナ、そいつがユックリ動いてるヨ。

——怖くないか。

——イヤ。

おれは軽く逃げて横目をつかった。本当は〝ウ、ム……怖《おっ》かねえヨ、ヤマ、猛烈に怖《おっ》かねえ。なにか音楽でもかけてくれ〟と言ひたかったのだが、隣りに坐ったナ、がジッと自分も受話器をあて、三十分かゝってわれわれに追いついてくる故郷の電波とおれとの会話を聴いてゐるので、それは出来なかった。——どうもこれゃ足手まといで不可《いか》んナ。

大むかし、十九か廿世紀ごろの女族はこういふ恋の仕方をしたといふことが物の本に見えてゐる。だが今どきは珍らしい話だ。荷物に化け込んでまで男と一緒に来たがるといふのは。その志は有難いが、足手まとひに変りはない。さりとて一ぺん飛出しちまった天空船から、荷物だらうと人間だらうと、または荷物だと自称する女族だらうと、送り返す方法はない。空間六億キロという距離は、チョイと歩いて帰るといふわけには行かんのである。

おれたちがこんな所までやってきたのは、もとを質《たゞ》せば賭け意地なのだ。

おれたちの火星新國と地球本土で木星の探険が競走になりだしたとき、一ばんの問題となったのは、たとひ仝星《どうせい》に達しえても着発できないといふことだった。

才一《だいいち》に木星ハそれ自身気化液体であって、陸も海もありハしない。したがって着陸ハもちろん着水もできない。

才二は地球の千三百倍といふその途方もない図体の引力である。たとひ首尾よく・粉になってケシ飛ばずに着けたとしても、今度はおなじ力の艇《ふね》ではその重力場から脱け出すことができない。

だから出《で》先《さき》基地でハ地球領のカリストでもわれわれのガニメデでも、本星への接着はたうぶん見込なしとしてゐた。するとアベが古い飛行機を応用すれば出来ると言ひだしたのである。

宇宙艇に翼《よく》と上下性をもたせれば、着く場所がガスだらうと水だらうと、その合ノ子だらうと変りハないし、脱出についても人間が乗込んで舵《かぢ》をとるかぎり初速の心配は無用だ。木星には大気があるのだから翼をつかって行けるところまで離接着すればいゝ、おれが遣《や》って地球の鼻をあかす、と言って飛出したッきり——帰って来ない！

おれ達はみな心配した。アベといへば火星一ばんの粗忽《そつ》かしい男だから、無事に着いたって何をしでかすか知れたもんぢゃない。木星の大気はメタンだといふことを忘れやがって、「まづ一服」か何かでマッチを摺《す》るぐらゐ朝飯前だ。いまに木星がいきなり爆発するから見てゐろ、あれがケシ飛んぢまったら奴のせゐだと言って、皆が怒ってゐた。

しかるに奴の艇は、聯絡《れんらく》無電をきふに撹乱されたきり音沙汰なしになってしまったうへ、——木星も一かう破裂しないのである。

——こりゃ最悪の事態だゾ、と言ひだしたのはノダである、——やつは先方《むかふ》で火をつけなかったに相違ない。ところがあそこが昔の車庫みたいに「火気厳禁」だなんてことを憶《おも》ひ出す大将ぢゃねえから、やつの煙草から煙が立たなかったッてことはつまりそれより前にお陀仏になったッてことだゾ。

——違えねえ！　お先煙草で尻《ケツ》から頭へ継《つ》ぎ足す野郎だからナ。

シノん畜生が、てめえが年中ひとのまで空《から》にしやがるのを棚にあげて尻馬にのる。

——どうしよう？

——どうしようッたッて、救援を出すよりほかに仕様がねえ。お前行け！

——ジョウ談言ふな！

で、貧乏籤《くじ》をひいたのが俺なんだ。するとナ、のやつがくっついて来ちまやがったのハ先刻話したとほりである。

…………

そのうちに猛烈な雑音がはいりはじめた。

――モシ〳〵、基地本部！　聞えないヨ。凄い雑音だ。

――ウン。アベのときもそうだったんだ。只の雑音ぢゃない。何かそッちの磁場のせゐか、でなければ存在「X《エックス》」が妨害してゐるんだ。すぐもっとひどくなって役に立たなくなる

――ぢゃ巧くやれヨ。位置を間違へるな・北緯二二三、経度一二五時だ。リヅム音楽をかけてやらう。死に態《ざま》は立派にしておけよ、火星組の名にかゝはるからナ。

いやなことを言やがる。ナニが火星組の名誉だ。慌て者の迷児《まいご》さがしなんかさせやがって、宇宙ぢゅうの物笑ひぢゃねえか。

音はしばらく続いてゐたが、やがてまったく電離してしまった。

――聞えなくなったわ。とナ、が言った、――どうしたの？

――判らん。謎なんだ。――何をモジ〳〵してるんだい。

彼女ハ昔はいたらしいが今でハめったに聞かない小動物の名を言った。

――蚤だって？

おれハしばらく思出せないで、やっと考へあてた、

――そりゃ蚊のやうに血を吸ふやつだぜ。どうしてそんなものがクッついたんだらう。地

球の花の包みに附いてたんだナ。

彼女ハながいこと掛ってそいつをたうとう捕《つか》まへた。なにしろ六百七十一日間ふたりきりといふ旅では、どんな詰らないことでも重大事件の興味に匹敵する値うちがあるのだ。

——殺すなヨ。

とおれは言った、

——何か容《い》れ物にいれて生かしておけ。やつはおれ達ふたりと同じに、木星へ旅行する最初の地球動物だからネ。

——名前をつけませう。

——ノア。

彼女が大肌ぬぎになって、食はれたオッパイを掻いてゐるのを見ると、おれは妙な気になってきた。

——オイ、おれが掻いてやらァ。

——イヤーん！

——イヤんぢゃないヨ。なんでも掻かせろ！　もうこの化け巨星《でか》の引力内にはいってる。逆《さか》らひきれなかったら船ごと火ノ玉になって落ちるだけだぜ——一寸こッちへ来いヨ！

女ッてやつは妙な種族だ。どんな時でも反応できるらしい……マアいゝヤ、このお荷物はけっきょくたゞ厄介なばかりでもなかった。

気がつくと無電がまた働きだしてゐた。

今度のハ妨害音でハない。あひかはらず雑音が強いが、低い、途切れがちな効力音の唸りのなかに、ジー、ジーといふ微かな呼出しのやうな音が交ってゐる。見ると木星はほとんど視界の全部を占め、艇《ふね》が真ッ逆様にそちらへ落ちてゆく最中だった！

――大変だ！

とおれはバンドを締めながら翼装置のはうへにじり寄って喚いた、

――ナ、、噴射だ、噴射だ！　バカ、そッちぢゃない！　そりゃエーテルだ。そんなものを燃してみろ、木星ごと火がつくゾ――オイ、先にヅロぐらゐ穿けヨ、コッちまで火がつかア――ガスだヨ！　重水ガスのはうだ！

――体が動かないわヨ。ナ、がベソをかく、――これ、木星の引力なの？

――そうだヨ！　おれも動かねえ。何しろ地球の千倍もあるんだ――弱ったナ。このま、ぢゃ彼処へ落込んで溶けちまふだけだ。アベも之でやられやがったんだナ？　艇《ふね》が灼《や》けだしたら大変だゾ！

――でも、チョイト、

ナ、が妙なことを言ひ出した、

――この途方もない力が木星の引力だとしたら、ずゐぶん流れ星やなんか引ッ張りつけるでせうネ。

――流れ星？　ア、隕石か？　それゃ、アッタリ前ぢゃねえかヨ！

——でもそれでそんなに隕石が火になって飛込んでも木星ハ何ともないぢゃないの。

——アレ？？？　そうだ！　変だナ。——ヨシ、ぢゃ構ふことァねえ、ガスでも火でも噴《ふ》けるだけのものを噴《ふ》いてみろ！　その間におれハ翼《はね》をひき出すから。大気圏へはいってりゃ翔《と》べるから助かるゾ。

でおれたちは僅か二三尺動くのに汗だくになって噴射栓をのこらず開《あ》け放ち、大気用の旋回器《ヘリコ》や翼装置を働かした。

ロケットは落ちるのをやめ、抵抗しながら木星に近づいて、どうやら水平飛行に移りはじめた。

走角が変ると無電がきふにハッキリし出した。

——ジー、ジー、ジー、

ジー、ジー、ジー

電波の音がだん〳〵声に変ってくる：

——呼出し、呼出し！　そこへ来たのハ誰だ。こちらは火星艇「木星一号」アベ。——呼出し、呼出し！　そこへ来たのハ誰だ。こちらは……

——何だ、生きてやがったのか！

おれは大恚《よろこ》びで怒鳴りかへした。

——おれだ〳〵ヨ！　救けに来たんだ。どこにゐる。、位置を云へ。こちらはエ、と……ちょっと待ってくれ……これゃどの辺かナ？

ところがアベの返事は変ってゐた。

――何だお前か！　救けに来た？　チョッ、余計なことをしやがる。来なくてもいゝんだ、帰れ！

――何を強がり言ってやがんだ！　おれハ本當《ほんとう》にしなかった、――あのアカホシの街《まち》の灯が恋しくねえのか。位置を云へヨ！

――大きなお世話だ。とにかく来ちゃいけねえ、帰れ！　これゃ禁断の惑星だ。

――嘘ウつけ！　それゃ百年も前の映画《カツドウ》ぢゃねえか！　おまけに地球のだ。だいたいお前は趣味が古いヨ！

――ウルせえ！　とアベが怒鳴りだした。何か知らぬが、ひどくイライラしてやがる、――お前のためを思って言ってるんだ。無事なうちに早く帰れ！　逃げろといふんだ。ワカったカ！　低能。

「逃げろ」だ？――こりゃ少し話がちがふ。おれは面喰って、しばらくポカンとした。

――オイちょっと待て！　その「逃げろ」てのは何だ？　とにかく説明しろ。

――そんな時間ハねえ！　アベの答は断固としてかつ不愛想きはまる、――危険だからにキマってるぢゃねえか。それも急がんと間に合はん。早くしろ、ノロマ！

――危険ッて……何の、どんな危険だ。

――………………

しばしの沈黙。

——一ト口にゃ言へないヨ。とにかく間にあふうちに早く帰れ！

——だってお前はそうやって無事で、言ひたい放題を吐《ホザ》いてるぢゃねえか。地球がはの探険隊の捕虜になってるわけでもあるめえ。

おれがベラ〳〵喋ってゐるあひだに、艇《ふね》の機関が停止《とま》った。

——アレ？　とまっちゃったゾ！

——駄目だ！　もう間にあはねえ！　とアベの声が言ッた、——だから言はんこっちゃねえ、馬鹿野郎！

——何だと!?　さッきから黙って聞いてりゃ……

言ひ争ってゐるうちに、ヘンなことが始まった。

眼下は地球や火星の色には見あたらない、何といふか液体空気のやうな淡碧色の洋《うみ》だった。海といっても水のとは違ふ：それよりずっと密度の粗《あら》い、流れたり、漂《たゞよ》ったり、渦まいたり立昇ったりしてゐる・なかば気化状態になった液体なのだった。それが今まではわれわれの速さで下を走り過ぎてゐたのが……これも停止《とま》ってやがるのだ。景色とモートルがとまってるからには乗物はとまってゐるので、飛んでる乗物が機械ごと停止《とま》った以上は、これゃ落ちなけれゃならない——ソレが、落ちないのでアル！

それればかりではない！

見てゐると、ちゃうどわれ〳〵の艇《ふね》の真下にあたるあたりの海の一部分がきふに渦をまきはじめ、みる〳〵うちに螺旋状にのび上って、入道雲のやうにムク〳〵盛りあがって来だした。

――大変だ、アベ！とおれハ思はず怒鳴った、――海が……海が盛りあがって来るゾ！　こゝぢゃ年中こんなふうなのか!?

――言はねえことかヨ！　苦《にが》りきった声が答へてきた、――だから早く逃げろと言ったんだ。もうおそいヨ！　黙ってジッとしてゐろ！　おれを探すこたァねえ。どうせ大かたおれと同じところへ来ることになるんだ。

――同じところッて、何の……どこなんだ。

――それはだナ……ジー〳〵〳〵…………

アベの声はまた雑音になってしまった。

そうこうしてゐるうちに艇は青い煙のやうな気味のわるい・軽い液体の積層にみる〳〵包まれてしまって、窓のそとを青空のドシャ降りみたいなものが一面に流れはじめた。

どうもひどい世界《せかい》があったもんだ。地球でも水に溺れるやつハたくさん有るが、それも当人が沈むやうな船で海の上をウロついたり、泳がないで川なかを渡ったりするからのことで、水に云はせればおれの所以《せゐ》ぢゃないと言ふだらう。こゝぢゃ水のはうから人を溺らしにかゝって来やがる。こんな風習に女がかぶれやがった日にゃ、コッチはヒデエことになるゾと思ってるうちに、もっと忌なことが始まった‥

この軽さうな水（?）は、実ハ途方もなく重いのか、こいつをかぶると仝時《どうじ》に船体がいたるところでギシ〳〵いひだしたのだ。

——チョイト、木星の大気や水の圧力ッてどのくらゐなの？
ナ、が心配さうにたづねた。
——それが問題だアネ！　とおれがベソをかきながら答へる、——この船ハ木星の一地表気圧に耐《た》へるかどうか判らないんだヨ。てのはこの星の地表がどこだか判らないから、おれたちも見積りやうがなかった訳なんだ。大たい地球との量積の比較にもとづいて設計してあるだけなんだ。

——ぢゃもしひしゃげちゃったらどうなるの？

——よせヨ！

——あたし泳げないわ。

とナ、がしょげる。

——泳げたって、あれン中で泳げるかどうか判んねえヨ。あれゃ水でもなけゃ煙《けむ》でもねえ、何ともハヤ妙テケレンな物だゼ。

——水だわ。、とナ、が言ふ、——ガラス窓を流れてるもの。

——煙《けむ》さ。、とおれ、——フワ〳〵浮いて動くぢゃねえか。

そのうちに軋みはしだいに激しくなって、われわれのゐる操舵室のうしろを走ってゐる鉄の梁《はり》が一つ、高圧電気みたいな忌な唸りと酸《す》ッぱい匂ひをたて、曲りはじめた。

——こりゃ不可ねえ。イケマセンヨ。ほんとにひしゃげて来るゼ。

——艇《ふね》がどん〳〵下へ下ってるんぢゃないかしら。もと〳〵停止《とま》ってるんだからには。

――巧いトコ言ふゼ。そうだらうナ、おそらく。

――とするともう駄目ネ。下るにしたがって潰れてしまふわ。

――そうだらうナ、おそらく。

――感心してないで何とかしてよ！

――もうナンニもうつ手はないヨ！　おれハ本当のところを聞かしてくれた、――一巻の終りダナ。そうなると、することハ何だい？

ナ、はたちまち了解して、また素ッ裸になっておれに抱きついてきた。

チェッ――やっぱりかぶれちまった。こゝぢゃ水が人を溺らしに……………

メリ〳〵メリと恐ろしい音をたて、艇がひしげ、鉄骨が飴のやうに曲って、鋼《はがね》より硬い合成ガラスの窓が砕けて飛んだかと思ふと、鈍重な色靄《もや》のやうなこゝの水が、ワサ〳〵ッと流れこんできた――

……………

――サア〳〵いつまで腑抜けてゐるんだ！　と誰かゞおれの横ッ面をピシャ〳〵張りやがる、――どこもどうもしてやしねえんだヨ！　ショックで目を廻しただけなんだ。サッサと筋《すぢ》ッ骨を締めて起きねえか！

アベの野郎だ、こんな邪険な起しかたをしやがるのは。

と気がついておれは目をあけてみると――妙なところにゐた。

まるで夢の景色のやうな明るいとも暗いともつかぬ色と光が、しかも年中不安定に変化・動揺してゐる中で、じぶんは妙なゴムみたいな硬さと軟らかさのあひだの物のうへに寝てゐ、鼻ッ先にアベがその丸いツラをつき出して覗きこんでゐるのだった。

――気がついたか、太陽系一の大バカヤロウ！

――迷子《まいご》のくせに、じぶんの救援隊長に対面の挨拶にしちゃ不躾《ぶしつけ》すぎるゾ。、おれはやッと半身起上って注意してやった。どうも躰が恐しく重い。何百倍となく膨脹した感じだ。

――こゝハどこだ。

――木星茁界だ。とアベが答へる、――お前は生きてそれを見る地球の二番目の男サ。来るなと言ふのに来ちまやがったから一番目の馬鹿野郎だ――ワカったか。

――ちッともワカらねえ。どうしてこゝへ来たんだ。たしか艇《ふね》がツブれて………、おれは慌てゝ叫んだ、――ナ、は無事か!?

――無事だ。隣りの部屋にゐる。てめえよかずッと手が掛らなかったゾ。

――そりゃ女《メス》どものはうがイザとなると無シンケイだからヨ――会はせてくれ！

――いま順応装置にかゝってる。それが済めバ会へる。次ぎハお前の番だ。それまでこれを飲んで落ちつけ。

――何だ、ジュンノーソーチって。

――躰《からだ》のぐあひをこゝに合すヤツよ。そう重いッ放しぢゃ仕様があるめえ。おれ達だって速力服や気圧室を使ふぢゃねえか。何でもいゝから飲め！

言ひながらアベは妙な泡みたいなものをそこら辺からヒョイと掌にのせて突出した。見ると、無色透明なゼリイに似た丸い物がブワ〳〵と揺れ動いてゐて、そいつがイヤなことに、まるで始終蒸発でもしてゐるやうに周囲が不明瞭に外界と入れ混ってゐるところは、まるで焼酎火の餡玉といった案配式なのだった。

——何だこれゃ！　とおれは叫んだ、——貴様いつそんな手品を覚えたんだ。

——手品ぢゃねえ！　とアベがヒッ叱る、——これゃおれ達にゃ逆《さか》トンボリしても出来っこない完全な合成食品だ——食へ！

——前には〈飲め〉と言ったゾ！　おれは抗《さか》らってくれた、——〈食〉ふのか、〈飲〉むのか、どっちだ。

——地球の言葉がアテ嵌らねえからだ。といふのがアベの返事だった、——どッちみち仝《おな》じこッた。好きなやうにするつもりで口の中へ入れるがい、。ツベコベ言ふな。

言はれたとほりにすると、そいつハたちまち口の中ぢゅうに何ともいへない美味感を残しながら、生き物みたいに勝手に喉をとほっておれの腹の中へはいりこんでしまった。それと仝時に申し分のない満足と充実の感が消化器全体にみなぎって、おれハひどく好い気持になった。

——相當《そうとう》なもんぢゃねえか、これゃ。、とおれハ賞めてやった。——てめえ、だいぶ当地《こっち》で巧くやってるらしいナ。これで只か？

——只さ。

——フーム！　一たいこれゃソノ、木星世界の、どこで、何の場所なんだ。空港か？

アベは曖昧な顔をした、

——ウンヤ。

——病院か。

——ウンヤ。

——オイ、まさか〈才八十三何トヤラ〉てな名のついたガスの接待所ぢゃあるめえナ？

——違ふサ。そんなことハ地球の野蛮人どもしかしやしねえヨ。

——ぢゃ何なんだ。

——まァ自分で見て判断するんだナ。

でおれハ見た。

それハ何といふか、直径数十米の高い丸天井になり、そこにいはゞ〈吾れ吾れの〉地球型空気の充たされた、大きなガラスの泡の部屋だった。家具に類したものハまったく無く、おれの臥《ね》てゐた寝《ね》台のやうに思った物も、じつはそれと仝じ質でできた床《ゆか》の盛りあがったもので、どうやらそれも透明な壁面と素材ハおなじものゝやうに見え、要するにどこに一つ稜角と定型のない不分明な凹凸で成立った球体の内部の広場にわれわれハゐるのだった。このドームの外側はといふと、相不変《あいかわらず》の淡青いゆらめき：液体雲霧の海で、この巨大な部屋がそれのどのくらゐの深みにあるのかは想像がつかなかったが、明度ハ艇の上から見たときからは五割以上暗く、なにか生物らしいものがときどきその中をユラ〳〵動いて通ることから考へると、少くともわれわれの概念でいふ〈海〉に類したもの、中に相違なかった。

――判った。これゃ要するに設備だナ。そとハ木星の液質世界で、そこへ〈おれたちの〉大気環境をつくるために出来てるんだらう。

――その通りだ。

――誰がやってるんだ。〈木星人〉か？

――まァそうだ。

――フン、すると連中ハ友好的らしいナ。ぢゃマア結……リャ、リャ、リャッ!?!?!?

おれは〈結構だ〉と言ひかけて飛上った。

――何だ、何てえ声を出しやがるんだ！

――だっておめえ………

おれが奇声を発したわけは、そうやってやゝ落ちついて周囲を眺めやったとたんに、アベのやつが何と、生れたまンまの恰好でゐやがることに気がついたからなのだった。イヤ生れたまゝなら、形態論ならびに毛髪孛《もうはつがく》上の問題はない。やつのと来た日にゃ特に隆々房ことして……身動きするたンびにそいつがいとも壮厳《さうごん》に揺らめきやがるのだからタマったものぢゃない。

――オ、オ、オメ、おめえ……　おれは吃《ども》った、――イクラ何でも……そりゃひど、ひどからうゼ！

――何がヨ！

――何がッておめえ………こいつはヒデえヤ。せめて猿又《フンドシ》ぐらゐしろヨ！　いくらお前とおれの仲だって、あンまりだァ！

――そんな必要があるか？

アベは落ちつきはらって反問した、

――お前こそそんなウス汚ねえビラ〳〵を躰ぢゅうにクッ附けちらして、暑苦しくねえのか？

なるほど云はれてみると、さッきから体の具合がしごく好調に回復してくるにつれて、妙に暖かすぎた。

――こゝの気温や湿度はおれたちにもっとも快適に調整されてゐるんだ。とアベが説明した、――この純粋に機構的にコントロールされたドームの中にハ暑さも寒さもない。おれたちの祖先が楽園にゐたときと仝じ常春《とこはる》なんだ。そんな甲冑じみた何とやら衣《ぎ》の必要ハない。お前も裸になれ！

おれハさっそく上衣とズボンをとって、襯衣《シャツ》と股引だけになった。たしかにこの方が一そう好い気持だった。

――おれハこの辺までにして置かア。どうもまだお前さんほど土地馴れねえんでネ――ところでその木星の連中にゃいつ会ふことになるんだ。その時にもこの恰好でゐなきゃ不可ねえのか？

――当り前だ、とアベが答へた、――だい一とくべつに会ふ必要なんかない。いつだって外を見りゃ見られる。

おれハすかして見た、

——何もゐねえゼ。

——イヤ一人二人ハゐるはずだ。いつでもゐるんだ。よく見てみろ。

おれハもう一ぺん見すかした。するとなるほど少し遠いところに何かゐるやうだった。

——あの巨《おほ》きな海鼠《なまこ》みたいなものか？

——そうだ。

——こいつァ変チキだ、とおれは笑った、——木星の人間ハなまこ型か！　はじめてお目にかゝらァ。話してえもんだ、会はせてくれ！

——お前ハもう会ってるサ、とアベが言ふ、——それに会ったって話なんか出来やしねえヨ。連中ハ言葉ってものがないんだ。

——そう云や、なまこにゃ舌ハねえナァ。だがそれぢゃ何で意志を交通するんだ。

——なまこ、なまこッて馬鹿にすると恥をかくゾ！　とアベは厳《いか》つい顔して警告した、——言葉なんてものハむしろ野蛮なもんだ。精神活動が先鋭化して躰が鋭敏になれば声も符諜も必要ハない、思念の波動ハすべて直接に相手の皮膚に傳《つた》はる。

——それぢゃなほのこと改ためてお目通りがしたいネ。とおれハ言った、——お言葉だが、おれハまだ此処の誰とも会ってねえんだ。

——会ってるサ。会ってお前目を廻したぢゃねえか。でそれがお前をこゝへ連れてきたんだ——尤《もっと》もおれだってそれ以上威厳のある案内され方をして来たわけぢゃないがネ。

——誰がおれを連れてきたと？　おれハ呆れて反問した、——誰も案内になんか立ちゃしねえゾ。こゝで会ったのハお前が最初だ。

——ぢゃ何が船へはいって行ったんだ。

おれはアングリ口をあけた、

——何だと!?　もう一ぺん言ってくれ。どうも耳の具合らしい、船へはいって来たのが木星人だといふやうに聞えた。

——その通りサ。そうおれは言ったんだ。

おれの開《あ》いた口ハあいたッ放しになってしまった、

——だって、あれゃ海だゼ!?　海が盛りあがってきたんだ。あれゃ液体だ！

液体ならどうしたと云ふんだ。液体の卋界に液体の生物がゐるのに不思議はあるめえ。

——ぢゃお前ハこゝの人間ハ液体だと言ふのか!?

——おれが言はなくったってそうサ。

——そんなバカな話があるものか！

とおれハ叫んだ。

——バカなのハお前のその地球的尺度だヨ。とアベが答へる、——広い宇宙にはどんな状況だってある。そんなら訊くが、人間ハ何から出た！

——そりゃアメーバさ。

——アメーバは何体だ。

——ウ、ム…………しかし人間のやうな高等生物が…………それに奴だって水のやうな液体ぢゃない。

——だが不定形で、流れるんだ。かれに於ての〈個〉は表面張力の作用にすぎない。そういふ生物がそういふ条件《じょうけん》で進歩したら、どうだ⁉

——するもんか！ しても智能なんか生じないヨ。とおれは固執した、——たとひ生じたって進むもんか！

——でも〳〵盡《づく》しぢゃねえか！ アベが嘲《あざ》笑った、——そんなてもで何が証據《しょうこ》だつんだ。そういふこと自体が地球的尺度にすぎん。もっと物理的に考へろヨ。木星の生命なら地球型の千倍大きくてもいゝんだぜ。脳味噌だって千倍あらうぢゃねえか。

——ヨシ、ぢゃそういふ生物がゐるとしよう。だがおれハそんな海月《くらげ》や海鼠《なまこ》じみたものを人間とは言はないヨ！

——勝手にするサ！ アベは不機嫌に言った、——だがこういふ設備をつくって、おれ達にハ生きられない環境からおれ達を保護してるぢゃないか！

——ウ、ム…………

——彼等はおれたちが彼等の衛星へ踏込んでゐるのもチャンと知ってゐて、それを好《す》いてゐないヨ。本星へ寄せつけない決心をしてゐる。電波を完全に撹乱してゐるのもその表れの一つだ。おれたちの船が失速したのもそうだ——だが、命は助けてくれてゐるゼ。われ〳〵

地球人はおなじ場合にそうするだらうかネ。

——ウ、ム………

——形のねえ心太《トコロテン》みたいだからって〈人間ぢゃない〉なんてのは、地球上ならともかく、宇宙ぢゃいさゝか扁見でムン《ござ》せうがノ。

——ウ、……

おれが三度目に唸らうとしたとき、外界を隔てゝゐる透明な障壁の下方にゆらついてゐる、色と境ひ目のない蒟蒻《こんにゃく》みたいな昏い部分をつき抜けて、黒ン坊の女とナ、がはいってきた。こういふ出入り口てのはワカらん！

——オウ、無事だったか！

とおれは叫んで彼女のはうへ駈けようとして、また不思《おもわず》〈リヤ、リヤ、リヤッ!?〉と口をあけて立停ってしまった∴二人の女は、これまた両方ともソノ……わが友人とおなじく生れたまゝ＋Ａ《アルファ》だったのでアル！

——こいつァすこウし行過ぎのやうだがナァ！

とおれはこぼした。

——それが扁見だ！　とアベがにべもなくキメつける、——いゝかげんに事態認識の目をあけねえと、もう一つ特別の順応装置にかけるゾ！

——そんなものがあるのか？

——あるとも！　おれがこゝで発明したんだ。

――い、加減なことを仰言《おつしや》い！

と黒ン坊の女がアベをたしなめるやうに割ってはいって、おれに挨拶した、

――キオさん、しばらく！　この人、出まかせを言ってるんだから、心配しなくてい、のヨ。木星の新婚旅行気分ハどう？

――なんだ、ル、ぢゃねえか！

おれは叫んで、あきれてアベの顔を非難がましく見据ゑた、

――おめえ、ル、を連れてきたのか⁉

――ル、ならどうしたと云ふんだ！　アベは負けずにおれを睨みつけて言返した、――こ、ぢゃ、それから先てめえの言ひさうな文句は通用しねえゾ！　こ、は木星なんだ。

おれハ黙った。フ、ン――それでアベのやつは扁見問題に熱心なんだナ。そんならそれでもい、が――なるほどカフェーの裸踊りとクッつかうが、黒ン坊と夫婦にならうが、ほかに人のゐない木星で文句をいふのハ馬鹿げてゐる。

――おれの言ってるのは出まかせぢゃない！　とアベは気難かしい顔でまた語りはじめた、――もう一つの順応装置ッてのも、じっさい作らうと思ってるんだ。むろん真面目なところ、木星人がおれたちのために作ったものでハ不充分だからにすぎんが、それはおれ達がこ、に長くゐさうなことになるかぎり、おなじ理由でどうしても必要になるんだ――でナ、くんが揃ったところで、話を戻さう……――木星人のこと、いふとお前は嗤《わら》ふ。だがそれは間違ひだ。木星人とよぶのがあまりにわれわれと違ってゐて不自然なら、木星族とでも云ふがい、。ど

っちにしてもおれたちと互角の知能をそなへた生物たることに変りハないんだ。そしておれ達は帰れるやうな事情になるまで、その木星族の設備してくれたこの地球的環境と住居のなかで、連中のご厄介になって暮すほかハないんだ。ワカったたか。わかったら裸になれ。

——え？

——チャンと素ッ裸になれヨ！　おれ達のやうに。

——そういふことになってるのか？

——そうサ！

——おらァ嫌《いや》だヨ！　とおれハ言った、——こゝの連中がコンニャクの化物じみてゐても、じつは高等な知能をそなへた種族なんだッてことはよく解った。だがその木星族がどういふご趣味の連中かしらんが、その楽園風はどうも見た目がよくなからうゼ。おめえは話みてえな太ッちょのところへ、おれが話みてえな瘠せッぽちぢゃねえか——い丶見世物だア！

アベは頰面《づら》をピクリと震はしたやうだったが、おれは気にとめずナ、にむき直った、

——見世物でおもひだした。あいつを出せヨ。もう飯《めし》をくれてやらなくちゃ。

おれはナ、から蚤のノアを入れた瓶をうけとって、血を吸はせるためにその口を手の甲へ仆《さか》さまに押しつけた。

アベの顔は一そう気難かしく硬《こは》ばった、

——何だ、それゃ。

——蚤サ。こいつは雌だから、いまに子を生んだら曲馬をやらせるんだ。面白いゼ。お前

にも見せてやるヨ。

——コノ大バカヤロウ！

とアベが、勘忍袋の緒をきらしたやうに怒鳴りつけた。

——蚤の見世物をこしらへるより先に、ウヌが見世物になってるのがワカらんのかッ！

——エ、!? 何だと!?

——イヤサ、こゝでのおれ達はその見世物なんだと言ったらどうするんだヨ！

——ホ、ホントかい？ 脅かすなヨ！

——お前を脅かして何になる！ アベは吐出すやうに言ひ棄てた、——さッきからおれがしてゐる説明でも解りさうなもんぢゃないか…こゝハ木星——、ゐるのハ液体人間——、そしてやって来たのハ・おれ達がかれらをそう思ふと仝様にかれらにとっても途方もない型の生命…固体人間なんだ。え、？ やつらにとってこんな珍妙な生物はないんだヨ！

——ウム！ おれハ予期しないことでハなかったが、いざとなるとやッぱり忌《いや》な気がして顔を顰めた、——つまりおれ達ハ生物孳上《せいぶつがく》の重大資料ってわけだナ？

——その通りさ！

——しかしそれぢゃなぜ裸にするんだ。着物をきてるおれ達のはうがずッと本質的ぢゃないか。

——ワカらんやつだナ！ アベはおれの頭の悪さに呆れるやうに、舌打してつゞけた、——液体であるかれらのもっとも理解に苦しみ、したがって尤もその興味と知欲をそゝるものは、かれらにとって然《しか》く鞏固《きょうこ》なわれ〳〵の個体が、どうして分裂・繁殖してゆけるか、というふことなんだ∵つまり生殖の方法だナ。

――ナニ!?　おれハ先廻りしてウス赫《あか》くなり、それが恥しくてさらに赫くなった、――なんだって!?

――生殖の方法だヨ！　もっとハッキリ云へば○○○○だ！

アベがおそろしくズバリと吐《ほざ》いたので、おれハしばらく啞然としてゐてから、ついで猛然と腹をたてた。

――オイ、こゝが木星で、おれたちが二人きりの、それも一方がモちっと他方に感謝してゐて然るべき迷《ま》ひ子でなければバ、おれはお前を殴るところだゾ！

――殴りな〳〵！　とアベは陰気な顔つきで、ケシかけるやうに言った、――言葉をそのまゝ使って悪けれゃ、それで用を便じることなんか止めたはうがいゝ。おれハ貴様に感謝なんかしてやしねえゾ。来るなと言ふのに貴様のはうで勝手に来たんだ。貴様が殴りゃ、おれが殴りかへすだけサ。サア殴ってみろ！

おれハ唸った、

――ウーム、この野郎！

――殴れねえのか？　ぢゃ此方からさきに殴ってやらア。ソレ！

とアベは気でも違ひやがったのか、イキナリおれの横ぞッぽをイヤといふほど張りのめした。

——コン畜生！ でおれもムカッ腹をたて、二人はしばらく卅《さんじゅう》年ぶりでお互ひの体の埃を派手に叩きあった。

——サァもうよからう。

とかれが言った、——外《そと》を見てみな。

——なんだこの野郎！ おれはまだ怒ってハアハアいひながら怒鳴った、——何のことだ！

——マアいゝから見ろ！

やつにグイとねぢ向けられて、おれは其方を見た。

透明な壁のそとの景色は変ってゐた。異様に重い液体空気のやうな淡碧色の海は、なにか相変らず全体と一部が不分明で判らない、いろ〳〵なゼリイのやうなものが沢山集まって、それらがてんでにムラ〳〵クネ〳〵犇《ひし》めきあってゐるために、厖大《ほうだい》な生き物の臓腑のやうに不気味に蠢めいてゐた。

——わかったか！ とアベは陰気な顔にかへって言った、——観《み》てゐるんだ。おれたちが動物園の檻をのぞくやうに。動物園だって年ぢゅう人がむらがってゐるわけぢゃない。孔雀が翅《はね》をひろげたり、豹がカミあひを始めたりすれば、そこへワッと集まるんだ。お前がさッき見たとき誰もゐなかったのは、おれたちが〈ツマラな〉かったからだヨ。が今ハ珍奇な他天界の生物が叩きあってるので、大勢集まったんだ。

——すると、すると…………

おれはやうやく事態を認識して、おそろしく狼狽した。

——するとこゝハ動物園なのか!?

——マアそういった類《たぐひ》のものだらうナ。おれたちは水の中で生きてゐる魚どもをできるだけ自然に眺めるために、かれらがその故郷にゐるやうに快適に生きられる設備をして、これを〈水族館《アクアリウム》〉とよんでゐる。こゝではおれたちは空気の中で生きてゐる珍奇な動物として扱はれてゐるんだ。

——ぢゃ〈空族館《アエリウム》〉ッてわけだナ。そしてそとからお前の木星人どもがおれ達を面白がって観《み》てるッてわけなんだナ。

——その通りサ。

——そりゃしかしひどいぢゃねえか！　おれは憤慨した、——人権蹂躙だ！　宇宙国際法に訴たへてやる！　非人間的だ！

——地球の〈宇宙国際法〉なんぞ糞の役にも立たん！　とアベは一蹴した、——それにこれが非人間的かどうかも感情でハ判らん。地球でも驚異と好奇《ものずき》が知恵の素因《もと》であった以上ハ、こゝでもそれハ全じことだらう。おれハむしろ、かるが故にこそ彼ら液質の者たちもこれまた人間であると思ふんだがナ。どうだらうナ、ダンナ。

おれハ渋々それを承認した。

——ぢゃこれからずッと、こうしてゐるのを見られて暮すッて寸法なのか？

——そういふ訳だ。

——しかし、とおれは一所懸命すかして見ながら言った、——それにしても、どうもハッキリ見えねえゾ。

——一つがおれ達の五百倍もあるからサ。それがこゝでハほやのやうに幾らでも聚《あつま》るんだ。だからお前ハ海が盛上ったと思ったのサ。

——そう聞かされても判らん。よく見えない。

——全体を見ようとするからだ。お前は蚤に、ツル〳〵した丘をよぢ、黒かったり赫かったりする藪をとほりぬける以外、おれ達の全体が見えると思ふかい？

ナ、が何思ったか、真赤になった。おれより一ト足先きに〈順応〉してゐた彼女は、二人の先住者に倣《なら》はされて完全な裸だったから、おれは女の羞恥の赧《あか》らみが首筋から躰まで走るのを見た。

おれは艇《ふね》でのことを思ひ出し、また〈ヘン〉な気になった。そしてこの二年間慣《な》れてきた・人目をもたないかけ構ひなさで反射的に彼女にノシかゝりかけ、女がさらに真紅になって抗《さから》ふのにハッと気がついて自分も赧くなった。

——かまはねえ、やらかせ、やらかせ！　とアベは言った、——おれもやる！　さッきから言ってるのはこの事なんだ。

そう言ひながらかれはルゝを押仆《おしたお》した、

——赧くなることなんか、こゝぢゃ不必要だ。イヤ不必要どころか、有害無益だ。といふのはこれがこの星でわれ〳〵の生きてゆくたッた一つの方法だからだ。おまへも精出してやってみせて御機嫌をとりむすばねえと、われわれが地球でつまらなくなった虫を棄てたやうに、どこかへ棄てられるヨ。どこへ棄てられたってこのメタンとアンモニアの、零下百五十度の𡿺界ぢゃ、われわれは生きてゆけないからネ。ちゃうど魚が水から出されちゃ生きてゆけないのと同じにナ。

何かゞわれ〳〵の住居をそとから揺ぶったやうだった。

——見物が催促してゐるゾ！

とアベは先に立って手本を示しながら言った。

——われわれがジッとしてゐて面白くない金魚を動かすためにガラスの縁《ふち》を叩くやうに、連中が揺ぶってゐるんだ。早くしろ！　生きるために。

おれは慌てゝ見ならひ、こんどはハヤまったく味気もなく、おなじ顔つきをしてゐるナ、を押仆して重なった。……イヤハヤ、これはぜんたい何事でアルカ！

つぎに来るもの

「わからんなア、まったく——。」

防衛司令官は、なんども双眼鏡から目をはなして、さも不思議そうに小首をかしげた。

「あれでは本気で戦闘しているのか遊んでいるのか、わかりません。」

望遠レンズにたよってない将兵たちの目にも、それはまったくそういうふうに見えた。

「敵」は、近づく戦闘機をかたはしから、なにやら自由自在に素早くとびまわる、奇妙な豆つぶみたいな空中魚雷のような武器で爆破してしまうかと思うと、そのあとでは、

「どうだ、たいしたもんだろう!!」

と見せびらかしでもするかのようにいつまでもその豆つぶ爆雷を風にまう粉雪みたいに、空一めん無数にとびまわらしていたりするのだった。

司令官は、戦闘機の敗北と同時に攻撃をすぐレーザー光線の集中照射にきりかえていた。

しかしこれもたちまち敵のほうから、反射するように瞬間に射出されてくる不思議な紫いろ

の光線のために、電磁力を吸収されてしまい、それといっしょに敵のエネルギーがこちらの放出機につたわって、発振装置を破壊してしまうのだった。

そして、そのあとでは、またもや奇妙な示威運動か遊戯のように、このえたいのしれぬ異界の敵は、あたりの立ち木や丘の斜面、さては飛んでいる鳥などを、まるでおもしろ半分にその光線で焼きちらして煙にしてみせるのである。

ひょっとすると、この外界からの客は、「敵」でもなんでもないのかも知れなかった。人たちが、この変てこな宇宙船らしい円盤形のものが丘のふもとにチョコンと着陸しているのに気がついたのは、きのうの朝だった。そしてそれは、村の人々がただ遠くから、となかめているあいだは、中になに一つの生物などいないように、ジッと静まりかえっていた。

「なんだろう？」

が、それは、昼ちかくなって、村の学校の先生が「どうもあれは、よくいう『空とぶ円盤』みたいだぞ」と言いだして、近くまで調べにいった時、急に敵性を発揮しはじめた。

——つまり、いまいった恐るべき紫光線で、彼をアッというまに煙にしたのである。

村は、たちまち国じゅうからの機械兵団の集結地となった。そして、近づくもののすべてを瞬時に消去してしまうその恐ろしい敵性がはっきりすると同時に、事態はいまやわが国どころか、ひいては世界未曽有の危機たるに至った。

「それにしてもわからん！」

何重にも怪円盤をかこんだ防衛軍の司令官は、あきれはてたようにまた首をふった。

「われわれをばかにしているのか。とにかく敵の心性がつかめないのでは困る。」

「レーダー線をつかって心象検査機にかけてみましょう。」

とひとりの科学者がすすみ出て言った。

「さきほどチラッと中の生物らしいものが顔を出しましたネ。動物ならイヌ、ネコの感情でも検出できるのですから、あれだけの科学兵器をつかいこなす生物の心が写らぬはずはありません。」

「ウム。それはよい。さっそく頼みます。」

科学班がそのしたしにかかっているとき、司令に軍用電話がかかってきた。

「なに!? 東海上空にさらに大型のものが現われた? しかも二つもだと!?――ウーム!」

処置ナシといった面持ちでもどってくる司令官を、科学班はぎゃくに活気づいてむかえた。

「わかりました司令! あれは子どもです。それも赤ん坊程度の心情しか投射しませんから、おそらくひじょうに科学の発達した世界の赤ん坊が、まわりにあるおとなの器具をもて遊んでいるのでしょう。ですからほんとうの敵意はありません。だましすかしてやれば、事は平穏に解決します!」

が、司令官の顔はくもったきりだった。

「そうかネ?――」

と彼は言った。

「赤ん坊とすれば、それをおいていった親がいるはずだ。あの宇宙機はわれわれが遠足《ピクニック》のときにちょっと坊やを入れておくベビーカーのようなものだろう。あなたがたはヒナを攻撃された鳥や獣の親がどんなにものすごく敵に襲いかかるか知らんのかネ?――ソレ、もうやってきた。見たまえ!」

――司令官の指さすはるか東の上空に、地上のものに十数倍するような大きな宇宙機がふたつ浮かんで、しだいにこちらへむかって舞いおりてきた。

ケンの行った暗い国

ダダ、ズダダダーン！

両方がほとんど同時に発射した拳銃のひびきとともに、ケンは相手の仍《じょう》が「ワッ！」と肩から血をふいてひっくり返り、その勢いで仰向けに、がけからころげ落ちて行くのを見た。

——やった！　やっつけたぞ！

ケンは心中たかく叫んで、がけふちから下を見おろした。

仍のからだは数十メートルの断がいからまっさかさまに海へ落ちて、荒波に呑まれていった。

「あの傷で、そのうえ、このがけから海へ落ちちゃ、まず助かりっこはねえ。」とケンはほくそえんだ。

彼は市の暴力団××組の中幹部。この日親分の命令で敵組の幹部仍をおびきだし、首尾よくこの人けのない町はずれで討ちはたすことに成功したのだった。

――ドレ、では引き揚げるとするか。

ケンは、そこらに証拠を落としていないかどうか、あたりをよく見調べてから町へむかうバス道路へ出ていった――。あとはもうただ組の事務所へもどって親分からたんまり約束の報償金をもらうだけだ。また高飛びの必要などがあれば、それはそれで十二分にお手当てがでる。

――悪くねえよナ、殺しの役も。いい気持ちでひとり笑いしているうちにバスがやってきた。乗る客はほかにいなかったし、ドアなんかない、いなかバスなので、ケンは止まりきらないうちにパッと飛び乗って、「ねえちゃん、止めないでもいいいぜ！」と女車掌に軽口をたたいた。

車掌はそんな冗談の相手などしていられないといった顔で、なにやらいっしょうけんめい切符の束を勘定していたが、運転手が客はケンひとり飛び乗りをしただけなのを見ていたか、バスはそのまま走りつづけたので、ケンはポケットから五十円玉をだし、

「M町まで――つりはいらねえよねえちゃん。」

と、またふざけた。

ところが、こんども娘車掌はしらん顔をして、やっぱり切符を数えつづけている――おおかた、勘定に夢中で気がつかないか、でなければ悪ふざけはよしてくださいとおこっているのだろう。

「かってにしやがれ！　切符を買わなくていいなら、こっちだってありがてえや！」

ケンはそうどなって、あいた席へドッカリすわりこんだ。まばらな客は、だれも相手にならず、見て見ぬふり——もっとも、こんな扱いにはケンは慣れている。人中でだれかが乱暴しそうなときは、いつまでもこんなふうなのだ。

フン！　おつに澄ましやがって！

ケンはふてくされたように鼻であざ笑って、M町でおりた。車掌や相客たちはおじけづいたのか、かれのただ乗りに、なにも言わなかった。

町はへんに暗かった。まだ日が暮れていないはずなのに、まるで夕方のように薄暗い。

ケンは顔見知りのかどのタバコ屋で、タバコを買おうとした——いつも買う〝ひびき〟だ。

ところが、ここでも店のおやじが知らん顔——。

まるで、ケンの姿が見えないように、ポカンとして、通り向こうがわをながめたきりである。

ケンはうす気味がわるくなって、おこるのも忘れて、かけだした。とにかくはやく組へもどって、仲間と活気のある会話がとりかわしたかった。

事務所のとびらをあけると、こんどはやっと二、三人の顔がふりむいて、「ヤア、来たか！」と笑ってくれた。

「おめえの来るのを待ってたんだ。」が、その笑い顔をひと目見て、ケンは、ゾーッと背中が寒くなった。

それはいつもそこで会うテツや、正公《まさこう》や竜次ではなく、何年も前に死んだ辰吉《たつきち》やサブが青黒い、無気味な顔で笑っていたからだった。

「仍は助かるらしいぜ。」

と、サブが言った。

「だがおまえはだめだ。みごとに心臓へ一発くらってる。」

「はやくおさばきを受けてきな。」

と、辰吉もそばから言《い》った。

「ソレ、お迎えがきた。」

——じゃ、死んだのはおれだというのか！

ぼうぜんとケンがそうつぶやいたとき、かれのしめたとびらがまたギイーッとあいて、赤い鬼と青い鬼がふたり、長い鉄の棒をもってはいってきた。

ロボットを粉砕せよ！

「ウーム、これゃアひどい！　まるで血だまりだ。」

と、工場視察にきた内務大臣は気味わるそうに、床にながれているまっ赤なものをよけて歩きながら言った。

「どうしてロボットをつぶすのにこんな血が出るんだ。それにこの生ぐさいにおい！　まるで、と殺場のようだぞ。」

「血ではありません。それは硫酸です。」

案内にたったグル博士は、ちょっと笑ったような口調で説明した。

「ロボットは機械ですから、大量に処分するためには、どうしても硫酸で溶かさなくちゃならんところが出てきます。それには最新の〝擬似人間《アンドロイド》〟型ロボットほど、ゴムやにかわのような有機物質を使うことが多いので、それらが染料といっしょに酸にとけると、ごらんのように赤くなって、ひどくにおうのです——ご不快を与えて、申しわけありません。がマア、二階までおいでになってみてください。小生じまんの〝最新型ロボット粉砕機〟がどんなにすばらしい威力を発揮しているか、じゅうぶんにごらんになって、政府首脳がたに安心していただきます。」

「ウム、それをはやく見せてもらおう。そのために来たのだ。」

と、軍部大臣が気ぜわしげにヒゲをひねり、博士は視察団の人々を二階へ導いていった。

細微工学《ミクロ》と電子頭脳の発達がロボットをどんどん精巧にしてゆくとともに、ついに完全な自動的機械人間つまりアンドロイドの生産を可能とする時代がきた。これは、内部的な構造はいぜんロボットなのだけれども、完ぺきな超小型電子頭脳によって、人間と同様に、イヤむしろ人間以上に的確かつ急速に、ものごとを判断し、予知し、行動する、つまり「考える機械」なのだ——これが自分たちの数がふえるにしたがって自分たちを人間以上のものと『判断』し、人間に使われてなどいるべきでないと『考え』はじめたのは、いわば当然だったかも知れない。

そして、ある日とつぜん、ロボットの反乱が起こった。指揮しているのはアンドロイドで、自分たちこそこの地上のあるじなのだ、人間の支配世界をうち滅ぼし、逆に彼らをわれわれのどれいにしろと号令しているのだった。

反乱はたちまち全地球にひろがりそしてすぐロボット対人間の全面戦争となった。しかし戦いでは、機械であるロボットのほうが圧倒的に人間より強かった。人間は至るところで負け、たちまちのうちに世界の2/3がロボットの制圧圏となった。全力をつくして1/3の地域を確保し圏内のロボットを見かけしだい処置、解体するだけがいまや人間の最後のそしてただ唯一の防衛戦法なのだった。

階上からのながめは壮観だった。ひろい工場いっぱいに、大きなジョウゴのような肉ひき型の粉砕機がデン！と居すわり、四方からそこへ流れこむ仕切り付きコンベヤーには人間そっくりのアンドロイド・ロボットが乗せられて、あとからあとからと粉砕機の口へ落としこまれる。粉砕機はグゥーンとものすごいひびきを立てて回りながらそれらを吸い込み、すさまじい音とともにたちまち下から、ただの粉と液体になった彼らを吐き出す。

「なるほど。これならだいじょうぶだ。」

「あなたを表彰しよう——しかしすごい音だな。骨をかむようだ。」

視察団が喜んで帰ってゆくと、グル博士は「ありがとうございます。」と丁重に送り出しながら、グイとどびらのそばのレバーを押し下げた。

廊下がたちまちそのままコンベヤーになった。

「ウワーッ、なんだ、こ、これはっ……。」

あわて騒ぐ人々は、見る見るうちに粉砕機にむかって流れ落ちていった。

「フフフフフフフ。」

なにやら笑うに似た息がピアノのようにまっ白な歯のそろったグル博士の口から漏れた。

「骨をかむような音だ、か——まったくだな。」

ああ大宇宙

「たいへんだ!!　地球の命もあと半月ぐらいだゾ!!」

米州連合イルソニアン天文台が上を下への大騒動をはじめてから、全地球が半狂乱の状態になるまでは、ものの六時間とたたなかった。

なにしろ、地球の千三百倍ある木星より大きな宇宙ジン（塵）である。そいつがどこからともなくやってきて、秒速六〇キロのとほうもない速さで地球にむかって突進してくるというのである。地球は疑いもなく人類もろともこっぱみじんだ。

宇宙は広大で、神秘だ。あすが日にでも、とんでもない大イン石がわれわれの頭上に落下してこないとは言いきれない――と、イギリスの宇宙物理学者F・ホイルが言ったとおりのことが、まさにとんでもない大きなスケールでやってきたのだった。

――どの天文台の計算もぴったり一致していた。そいつはまちがいなく十六日後にわが地球とまっこうからぶつかってしまう、というのだった。

そんな大きな宇宙ジンがあるものか——などといったってしかたがない。宇宙ではどんな物だろうと、ただ浮遊していればゴミだ。わが地球は、そのゴミと正面衝突してケシ飛ばされるはめにたち至ったのである。

全地球はたちまちのうちに恐慌状態におちいり、いたるところで略奪暴行、やけくその乱痴気騒ぎがはじまった。警察も法律もあったものではない。だいいちその秩序を守る役目の者までが、もう何もかも投げやりの気持ちになっているのだ。

「政府は何をしてるんだ。」

といってなげく者もあったが、さてその政府を動かしている支配階級と政治家の考えときたら——今も昔も変わりない。

地球が粉々にフッ飛ぶなら、火星か金星を確保して、そこへ移住しよう。貧乏人は地球といっしょにフッ飛ぶがよろしい。わたくしはうそはもうしません。てなわけで、世界じゅうの政府が火星、金星それから木、土星の衛星のとりっこで戦争をはじめる始末——。

ああ、かくして光輝ある地球人類は、その終局的破滅を前にして、またしても大宇宙へ舞台をひろげて世界大戦争をやりだしたのである!!

★

果てしのない暗黒と寒冷の宇宙の大海原に、その宇宙艦隊は浮かんでいた。

「総員配置につけ!!」

と指揮官はかたい決意をび宇にただよわして、司令室から命令した。

「敵は約六五七〇万メートルを隔てたスバルの方角にある。十分後、この距離は約半分となる――戦闘開始!!」

「気をつけろ。台座の軸がアマいからナ。修理班がこないうちに戦闘になっちまったんだ。急に回転させるとすべるぞ。」

「冗談じゃねえ。飛び出しちゃうじゃねえか。」

昔の軍艦ほどもある宇宙魚雷が遊座の上をおくり出されてくる部署で砲手が弾倉係に文句をいった。

「だから気をつけろといってるんだ――いいか。射角×××度。ハンドルをおさえていてくれ。まだ……まだだぞ――アッ、オイ!!」

係りの手元が狂ったとみえ、操作台からはずれた魚雷が艦とおなじ亜光速で、スバルどころか反対のシリウスのほうへ飛びだしてしまった。

「だからいわんこっちゃない。どうする気だ、あんなどえらいものをオッ放しちゃって。」

とアンタレス軍の宇宙艦砲手は、三つの目を火みたいに赤くして仲間をしかった。

「艦長のお目玉はおまえがくえばいいとして、小さい星たちがどんなに迷惑するか知れやしねえぞ。じっさいその惑星世界全体がおれたちの太陽へスッポリはいっちまうくらい小さい星系が、この宇宙にはいっぱいあるんだ。」

あとがきに代えて（ハヤカワ文庫JA『最終戦争』より）

「あいつは一たい、何やってんだ」
と友達どもにその怠惰と不流行ぶりを「批判」されながら、空々漠々と十数年生きている間に、なんとなく彼方此方で書かせてもらった大中小の擬科学小説が廿なん篇にもなりました。こうした、量も質もまちまちな少・短篇るいをまとめて上梓することは、早川書房の英断と好意がなかったら、ちょっと我国の出版事情と習慣では難しかったように思われます。（尤もそれは小生がかってに時勢におくれている感違いで、当今ではもうそんな事はないかも知れません。が、少し前まではたしかに一篇単行の書下しでなくては本屋さんはいゝ顔して買ってくれなかったものです）
で茲《ここ》には、戦後まもなく手がけはじめた小生のSF類が長篇と二三の例外をのぞき、全部収めてあります。その例外というのは主に小生の無能と事情の逼迫とで、ほんらい長篇に仕立てるべき主題のものを短い読切りにつめこんだり、主題そのものがちょっとこの集には不調和すぎたりしているもので、前者はいずれ正しい形に書き改めるつもりですし、後者は別の機会にその種類に適わしい集におさめますから、その節どうぞ宜しく、と今からお願いしておきます。またもう一つ、ここ一二年のあいだに同じ早川のＳＦＭにのせた物は入れてありません。ご購読の出資をＷらせては申し訳ないからです。そうでなくても、この種の累輯には、読者が前にお読みくださったものがどうしても若干交ってくることが避難いのですから。

各篇の配列は年代順によらず、類型で分けました。作品の出来年度と発表の場所、などという書誌学的問題は小生ごときへっぽこ作者にはイミない事ですし、それだと打通しにまっすぐお読み進みくださる読者に多様な内容を乱雑に押付けることになり、一方選択的によんで下さる読者には之もまた採りあげるのに目安のつけようがないという仕儀になります。で、全体を三つに分けました。（これを、「PART　I」だの「PART　II」なぞとハイカラな英語で印刷したのは早川の編輯部で、小生は知らんデス）終りにもう一「PART」付いていますが、之は別冊的附録で、読者へのお礼のための特別サービスです。芝居だの一ト口噺だの、いろ〳〵取揃へて御座いますから、よろしく御笑覧ください。

三部の分け方は長さ（量）と内容（質）との両標準によっています。表題にたてた「最終戦争」の入っている第三が、「幻兵団」以外、三篇で全冊の半分を占める・謂はゞ中篇相当のもので、他より質量的ですから長いもの、お好きな方はこゝから御覧ください。「一」はそれより短い、卄枚どまりの小篇です。この種のものは質量より効果をねらうので、肉薄だという弱味はありますが、巧く成功すれば結構楽しんでいたゞけます。

さらにそれより短い、十枚以下の「コント」小品るいを「二」にまとめました。「古時機」だけは廿枚です）少年雑誌や「日本」に書いたものが主要部分を占めていますが、みな手を入れて一部書直しました。

お詫びしなければならない事は、そんな訳で執筆時期や発表場所がまちまちなため、字使いの統一がわるいことです。尤も、国語の正文法《オルソグラフィ》をかつてひん曲げたのは文部省のばかどもで、またその言いなりに人の文章をかってに子供絵本みたいなカナ書きにしてしまうのは見識のない新聞雑誌なのですから、筆者のほうでも思いもよらぬ体裁にされて困ることがあるのです。で早川編輯部が一切そのまゝを重んじてくれたこの本では、字使いが新聞式、雑誌式、文芸式、読物式といったふうで、新カナ・旧カナ各篇各様になっています。それを出来るだけ、それなりの整頓へもってゆこうとして校正してくれた早川編輯部の良識と深切、および労苦は並ゝのものではありません。末筆ながら厚く感謝する次第です。

編者解説

日下三蔵

本書は、一九七四年十月にハヤカワ文庫ＪＡから刊行された今日泊亜蘭の第一作品集『最終戦争』に、未発表作品一篇を含む単行本未収録作品十五篇を増補して再編集したものである。再刊とはいえ、元版のほぼ五割増しの分量になっているので、今日泊作品に触れるのは初めてという方はもちろん、ハヤカワ文庫版を以前にお読みの方も、ぜひ改めて手に取っていただきたいと思う。

まず、本書がちくま文庫から出ることになった経緯に触れておこう。きっかけは『評伝・ＳＦの先駆者今日泊亜蘭――〝韜晦して現さず〟の生涯』（01年10月／青蛙房）を書いた峯島正行さんが、著者から預かった資料の中から生原稿を発見したことであった。「決闘」と「空族館」の二篇の原稿が筑摩書房編集部に持ち込まれ、そこから筆者に話が来た。未発表作品であるかどうかを鑑定したうえで、これを使って本が出せないか考えてくれ、という依頼であった。

「決闘」の方は今日泊さんからタイトルを聞いたことがあったが、雑誌に発表されているかどうかは不明。「空族館」はまったく初耳の作品であった。もちろん「絶対にどこにも発表されていない」と断言することは出来ないが、少なくとも三十年以上今日泊作品を渉猟してきた筆者が初めて読む作品であることは間違いない。おそらく未発表であると考えて差し支えないと思う。

ここで今日泊亜蘭の著作リストを掲げておこう。

1　光の塔　62年8月20日　東都書房（東都ミステリー30）
　72年6月15日　早川書房（ハヤカワ・SF・シリーズ3291）
　75年12月31日　早川書房（ハヤカワ文庫JA72）
2　アンドロボット'99　69年3月20日　金の星社（少年少女21世紀のSF6）
　77年4月30日　朝日ソノラマ（ソノラマ文庫68）
3　シュリー号の宇宙漂流記　71年4月25日　国土社（創作子どもSF全集20）
　81年4月15日　国土社（創作子どもSF全集20）
　06年5月31日　国土社（創作子どもSF全集20）
4　最終戦争　74年10月31日　早川書房（ハヤカワ文庫JA41）
5　縹渺譚《へをべをたむ》　77年1月31日　早川書房（ハヤカワ文庫JA84）
6　怪獣大陸　78年3月25日　鶴書房（SFベストセラーズ）
　80年6月30日　朝日ソノラマ（ソノラマ文庫158）

※ソノラマ文庫版は内容を大幅に改訂

7　海王星市から来た男　78年5月31日　早川書房（ハヤカワ文庫JA106）

8　シューベルト　81年10月10日　ぎょうせい（世界の伝記20）
95年2月1日　ぎょうせい（世界の伝記20）

9　氷河0年　82年3月31日　朝日ソノラマ（ソノラマ文庫201）

10　宇宙兵物語　82年8月15日　早川書房
88年4月15日　早川書房（ハヤカワ文庫JA263）

11　我が月は緑　上・下　91年12月15日　早川書房
95年10月15日　早川書房（ハヤカワ文庫JA527、528）

12　まぼろし綺譚　03年7月28日　出版芸術社（ふしぎ文学館）

1と11は長篇SF、2、3、6、9はジュニア向けの長篇SF、4、7、12がSF短篇集、5は連作中篇集、8は児童向けのノンフィクション、10はSF連作短篇集である。

二〇一六年九月現在、このうち新刊で入手できる著作は12だけだが、5と7の合本が創元SF文庫から刊行される予定がある。となると、短篇集で復刊すべきは4の『最終戦争』ということになる。

未刊行だったSF短篇については、12を編んだ際に、ほぼ収録することが出来たが、未収録のショート・ショートまでは入れる余裕がなく、むしろショート・ショートを多く含んだ

4が復刊される際に、ボーナストラックとして収録した方がいいのではないかと思っていた。今回、まさにその機会を得ることが出来た訳である。しかも未発表作品という思いがけないオマケ付だ。これほどうれしいことはない。

今日泊亜蘭の生い立ち、経歴については評伝の作者である峯島正行さんの解説が別につくので、ここでは割愛して、SF界での立ち位置についてのみ簡単に触れておこう。

「探偵倶楽部」「文藝日本」「文藝首都」「歴程」などに参加していた今日泊は、一方で「探偵実話」「オール読切」「笑の泉」といった娯楽雑誌にも作品を発表するようになる。探偵作家クラブ（現在の日本推理作家協会）でSFを志向する作家たちが結成した「おめがクラブ」にも参加。SF同人誌「宇宙塵」を発刊した柴野拓美に頼まれて、客員としてそちらにも参加することになる。

一九五七（昭和三十二）年、「宇宙塵」から星新一の「セキストラ」が、「おめがクラブ」の機関誌「科学小説」から今日泊の「完全な侵略」が、相次いで江戸川乱歩の編集する探偵小説専門誌「宝石」に転載された。筆者はこの年に「現代SF」が誕生したと考えている。

ちなみにこの年、今日泊亜蘭は満四十五歳、矢野徹は三十四歳、柴野拓美と星新一は二十九歳である。後に矢野がSF界の長老、今日泊が最長老と呼ばれていたが、こうしてみると年齢差が実感できる。

一方、六〇年に早川書房で「SFマガジン」を創刊（発売は前年十二月）した福島正実は、プロとアマチュアを峻別する編集方針から「宇宙塵」のメンバーに作品を依頼することはなかった。光瀬龍、眉村卓、小松左京、筒井康隆、平井和正、豊田有恒らは「宇宙塵」の同人でもあったが、みな「ＳＦマガジン」のコンテストを経由して同誌に作品を発表するようになっている。

六二年に日本作家として初めてといっていい本格的な長篇ＳＦ『光の塔』を刊行した今日泊だが、ついに福島編集長時代には「ＳＦマガジン」に登場することはなかった。今日泊の「ＳＦマガジン」初登場は編集長が森優に交代した後、七二年八月号の「海王星市から来た男」であった。

次いで七三年一月号に中篇「縹渺譚」が載り、七四年十月にハヤカワ文庫ＪＡから『最終戦争』が刊行された。つまり、同書の「あとがきに代えて」で「ここ一二年のあいだに同じ早川のＳＦＭにのせた物は入れてありません」というのは、「海王星市から来た男」と「縹渺譚」の二篇を指す。

「ＳＦマガジン」掲載作品は、「縹渺譚」と「深森譚《しむしむたむ》」（76年4月号）を併せて『縹渺譚』（77年1月／ハヤカワ文庫ＪＡ）、「海王星市から来た男」、「ムムシュ王の墓」（75年10月号）、「奇妙な戦争」（「奇想天外」76年6月号）、「綺幻燈玻璃絵噺《きねおらまびいどろゑばなし》」（76年12月号）の四篇が『海王星市から来た男』（78年5月／ハヤカワ文庫ＪＡ）として刊行されているが、こちらの詳細については、創元ＳＦ文庫から出る合本版をお待ちいただきたい。

いずれにしても今日泊亜蘭は、世代交代を繰り返す国産ＳＦ界とはほぼ関係なく、悠然としたペースで自らの作品を書き続けた。野田昌宏、光瀬龍、横田順彌、山田正紀、栗本薫など、わずかな理解者の他にはＳＦ作家との付き合いもなかった。峯島評伝の章タイトルにもなっている「寡作、孤高の作家」という表現がふさわしい存在であった。

五七年から七三年までの作品二十五篇を一挙に収めた『最終戦争』は、「ＳＦマガジン」登場以前の初期今日泊ＳＦの総決算ともいうべき一冊である。

元版に収録された作品の初出一覧は、以下のとおり。

ＰＡＲＴⅠ

完璧な侵略　「宝石」57年12月号「完全な侵略」改題

次に来るもの　「つぎに来るもの」改稿（原型版はＰＡＲＴⅥに収録）

博士の粉砕機　「日本」63年8月号「赤い粉砕機」改題

地球は赤かった　「高二コース」73年1月号

ケンの行った昏い国　「ケンの行った暗い国」改稿（原型版はＰＡＲＴⅥに収録）

ＰＡＲＴⅡ

無限延命長寿法　「日本」63年1月号「あなたは無限に生きられる」改題

素晴らしい二十世紀　「日本」63年2月号「素晴らしい20世紀」改題

「お、、大宇宙！」　「日本」63年3月号「しかし宇宙戦争は続いている」改題
スパイ戦線異状あり　「日本」63年5月号「スパイ戦線異状有り」改題
恐竜はなぜ死んだか？　「日本」63年6月号「恐竜はなぜ滅んだか？」改題
完全作家ピュウ太　初出不明
最後に笑う者　「日本」63年7月号「最後に笑うものは」改題
秋夜長SF百物語　「日本」63年9月号
宇宙最大のやくざ者　「日本」63年11月号「宇宙最大の〝やくざ者〟」改題
「オイ水をくれ」　「週刊少年チャンピオン」71年2月22日号（9号）「オーイ水をくれ」改題
何もしない機械　「週刊少年チャンピオン」71年4月19日号（17号）
古時機ものがたり　「日本」63年12月号

PARTⅢ

溟天の客　「実話」58年1月増刊号「怪円盤は静止せず」改題
幻兵団　「丸」66年3月号
カシオペヤの女　「別冊宝石」64年3月号（127号）「遥かなりカシオペアの女」改題
最終戦争　「推理ストーリー」65年12月号「世界最終戦争」改題

ＰＡＲＴⅣ

天気予報　初出不明
ミコちゃんのギュギュ　初出不明
怪物　「宇宙塵」65年2月号
パンタ・レイ　初出不明

巻頭の「完璧な侵略」は「科学小説」一号に「完全な侵略」として発表され、宝石社の探偵小説専門誌「宝石」に同じタイトルで転載されたもの。その際に江戸川乱歩のルーブリック（紹介文）が付された。

またもやSFの新人

人工衛星の実現は、人類史の一大転期となるであろう。あれ以来科学小説、科学記事の需要は俄かに高まった。日本で未発達のSFのためには絶好の機会である。計画的か偶然かは知らないが、ちょうどこの好機に、渡辺啓助さん、矢野徹さんなどの「おめがくらぶ」が、同人の作品集「科学小説」第一集を発行した。わたしは「宇宙塵」で味をしめているので、早速通読した。そして今日泊亜蘭さんの「完全な侵略」を本誌にもらうことにした。

この作品集「科学小説」はジャーナリズムに原稿を送る代りに印刷したという断り書きがついていて、発行部数も二五〇というのだから、これは再録とはいえない。生原稿を頂戴したことになる。同書では渡辺啓助さんの作はもう契約ずみだというし、矢野徹さんの作もラジオに買われたと聞く。まだほかにも売れるものがあるかもしれない。「おめがくらぶ」のこの企画は成功だったと云えよう。

今日泊さんは画家水島爾保布さんのご子息で、「宝石」に二三度探偵小説を発表されたことがあり、また探偵作家クラブの常連の一人で、よくお会いしていたが、これまでの作品はさして印象に残っていなかった。この「完全な侵略」で、はじめて今日泊さんのことが、はっきり頭に残った。

他星の生物が地球人のからだにもぐりこむという着想は先例があるけれども、それにもかかわらず、この作はよく出来ていると思った。子音ばかりの言葉も面白いし、幕切れもドキリとさせる。必ずしも独創はないかもしれないが、これだけうまく組合わせてあれば、創作権を主張しうると思う。読者の御鑑賞を乞うものです。（R）

ちなみに、この号の目次には「日本にも科学小説が産聲をあげている・第二の新人を紹介」と書かれており、そのため今日泊は、佐藤春夫や大坪砂男に「ヤア、第二の新人君」とからかわれ、大いにクサッたという（「その往の昔話」）。

「次に来るもの」「ケンの行った昏い国」は、それぞれ秋田書店のマンガ週刊誌「週刊少年チャンピオン」に見開きで掲載された「SFショートミステリー」コーナーに、「つぎに来るもの」「ケンの行った暗い国」として発表した作品を改稿したもの。『最終戦争』収録作品は、多かれ少なかれ手が入れられているが、この二篇は改変が甚だしかったため、初出を原型版として第六部に収めた。ぜひ読み比べていただきたい。

「少年チャンピオン」の「SFショートミステリー」は、同誌の創刊二年目に当たる七〇年から翌年にかけて掲載されたショート・ショートのコーナーである。同誌が隔週刊だった七〇年の前半には、平井和正と光瀬龍が交互に執筆していたが、七月から週刊化されたため、今日泊亜蘭と横田順彌がローテーションに加わり、七一年には平井和正と入れ替わりで団精二（荒俣宏）が執筆陣に加わった。各人の執筆本数は、平井和正10、光瀬龍16、今日泊亜蘭11、横田順彌17、団精二5（登場順）である。

六三年の一年間、講談社の月刊誌「日本」に連載された「ポケットSF」は見開きで原稿用紙十枚の連載だったが、最終回の「古時機ものがたり」のみ四ページ二十枚である。十二篇のうち『最終戦争』に収められたのは十篇。割愛された二篇「ロボット・ロボ子の感傷」と「神よ、我が武器を守り給え」は、元版あとがきにある「ほんらい長篇に仕立てるべき主題のものを短い読切りにつめこんだり」した作品に該当するものと思われる。残念ながら改稿の機会は失われてしまったので、本書では原型のまま第五部に収録した。

「地球は赤かった」が掲載された「高二コース」は学習研究社の学年誌。この作品は日本SF作家クラブ企画協力によるアンソロジー『たそがれゆく未来　巨匠たちの想像力〔文明崩壊」』（16年3月／ちくま文庫）にも収録されている。

「溟天の客」が掲載された「実話」は実話出版の月刊誌である。この増刊号は「宇宙攻撃は開始された」と題して、工学博士・糸川英夫教授の読物の他、星新一、夢座海二、潮寒二、栗田信、矢野徹、丘美丈二郎、日影丈吉、今日泊亜蘭、渡辺啓助らのSF作品が掲載されており、実質的なSF特集号であった。初出の「怪円盤は静止せず」が『最終戦争』収録時に「溟天の客」と改題され、さらに横田順彌の編によるアンソロジー『戦後初期日本SFベスト集成1』（78年5月／徳間ノベルズ）に採られた際に「訪客」と改題されているが、本書は『最終戦争』を底本としているため、タイトルは「溟天の客」のままとしてある。

潮書房の月刊誌「丸」に掲載された「幻兵団」は、六五年から六八年にかけて五人の作家が参加した「SF戦記」コーナーの一篇。当初は、光瀬龍、眉村卓、今日泊亜蘭の三人が執筆し、今日泊は六六年に四篇を発表した。六七年からは今日泊に代わって福島正実と高橋泰邦がローテーションに加わり、同シリーズ全二十九篇は、後にアンソロジー『SF未来戦記全艦発進せよ！』（78年12月／徳間書店　↓　86年3月／徳間文庫）にまとめられた。『最終戦争』に入らなかった三篇、「確率空中戦」（66年6月号）、「みどりの星」（66年9月号）、「御国の四方を——」（66年12月号／初出時タイトル「危うし、日本列島」）は、『まぼろし綺譚』（03年7月／出版芸術社／ふしぎ文学館）に収録。

「カシオペヤの女」が掲載された「別冊宝石」127号は「特集・世界のSF」と題したまるごと一冊SFの特集号であった。今日泊亜蘭の他に国内作家では広瀬正、小松左京、筒井康隆、都筑道夫、半村良、光瀬龍、眉村卓、海外作家ではエドマンド・ハミルトン、アイザック・アシモフ、アルフレッド・ベスター、フリッツ・ライバーらの作品が掲載されている。「最終戦争」の掲載誌「推理ストーリー」は双葉社の月刊誌。現在の「小説推理」の前身である。「最終戦争」は日本SF作家クラブ企画協力によるアンソロジー『あしたは戦争 巨匠たちの想像力〔戦時体制〕』（16年1月／ちくま文庫）にも収録された。

元版で「付録」と位置付けられた第四部は特殊な作品が多く、「宇宙塵」に載った戯曲「怪物」以外は初出を特定することが出来なかった。詳細をご存知の方は編集部までご一報願えれば幸いである。

なお元版の目次では「ミコちゃんのギュギュ」を「ミッちゃんのギュギュ」、「パンタ・レイ」を「バンタ・レイ」と誤植している。SF童話の「ミコちゃんのギュギュ」のヒロインはミチ子で、作中ではミコちゃんともミッちゃんとも呼ばれないから、どちらが正しいタイトルなのか判然としないが、「パンタ・レイ」に準じて本文トビラの方に合わせておいた。

以下は、このちくま文庫版で新たに増補した十五篇の初出一覧である。いずれも単行本未収録だが、元版収録作品の異稿版については、未発表作品とともに第六部として別に章を立てた。

PARTV

ロボット・ロボ子の感傷　「日本」63年4月号

神よ、我が武器を守り給え　「日本」63年10月号
イワン・イワノビッチ・イワノフの奇蹟　「小説現代」63年7月号
坂をのぼれば……　「週刊少年チャンピオン」70年7月27日号（14号）
早かった帰りの船　「週刊少年チャンピオン」70年10月26日号（27号）
三さ路をふりかえるな　「週刊少年チャンピオン」70年12月21日号（35号）
黒いお化け　「週刊少年チャンピオン」71年2月8日号（7号）
永遠の虹の国　「週刊少年チャンピオン」71年5月24日号（22号）
光になった男　「問題小説」75年7月号
まるい流れ星　「週刊小説」75年6月27日号

PARTⅥ

空族館　未発表
つぎに来るもの　「週刊少年チャンピオン」70年11月23日号（31号）
ケンの行った暗い国　「週刊少年チャンピオン」70年8月24日号（18号）
ロボットを粉砕せよ！　「週刊少年チャンピオン」70年9月28日号（23号）
ああ大宇宙　「週刊少年チャンピオン」71年3月22日号（13号）

「小説現代」は講談社、「問題小説」は徳間書店の月刊小説誌、「週刊小説」は実業之日本社

の隔週刊小説誌である。「光になった男」は単行本未収録だが、元版収録の「完全作家ピュウ太」と併せて豊田有恒の編になるアンソロジー『日本SFショート&ショート選　ユーモア編』(77年6月/文化出版局)に採られている。

前述のとおり「空族館」は新たに発見された未発表作品。なお「決闘」はページに欠落があったことと内容がSF要素のないサスペンスものであったことから、今回は収録を見合わせた。これについては次の機会を待ちたい。

「ロボットを粉砕せよ!」は「博士の粉砕機」、「ああ大宇宙」は「「お、、大宇宙!」」の、それぞれ別バージョン。「日本」の「ポケットSF」から「週刊少年チャンピオン」の「SFポケットミステリー」に改作されたもの。基本的なストーリーは同じだが枚数が減ってダイジェストされていることと、雑誌の対象年齢が下がったことで、読み比べてみると印象はかなり変わると思う。

今日泊SFの特徴としては「流麗な文章」「奇抜なアイデア」「サスペンスフルな展開」「意外な結末」といった点が挙げられる。本書はワンアイデアのショート・ストーリーが多いため、展開の妙を楽しむという面では、やや物足りなさが残るかもしれないが、それでもこれだけ作品が揃えば、その独自性、特異性は充分に感じていただけるものと思う。本書をきっかけに、ぜひその他の今日泊作品にも手を伸ばしていただきたい。そのいずれも時代を超越した極上のエンターテインメントであることは保証します。

解説　遅咲きの明治っ子

今日泊亜蘭のデビュー

峯島正行

大正から昭和の初年にかけて、画家、漫画家として、当時のマスコミで活躍した水島爾保《にほ》布《ふ》という人がいた。水島は文章も、漫文からエッセイ、小説までの筆をとり、いずれも一家をなしていた。彼の妻、福は女流新聞記者の第一号として知られ、当時の文化人との幅広い交流があった。

今日泊亜蘭は、この夫婦の長男として、明治四三年に、東京下谷の根岸で生まれた。行衛《いきえ》と名づけられたが、幼名を太郎と呼びならわせたという。「今日泊亜蘭」は、行衛が長じた後、ＳＦを執筆するに到ってつけた筆名である。

水島の家は、多くの文人、学者などが出入りして、さながら文化人のサロンの観があったという。出入りした人をあげると、思想家の長谷川如是閑を筆頭に、武林無想庵、辻潤と妻・伊藤野枝、佐藤春夫、その愛人の川路歌子、後に東大新聞研究所長となった小野秀雄、その妻でオペラ歌手・小野千代子、寄席の研究家、作家の正岡容等の多士済々ぶりであった。

これらの人々の内、少年水島太郎が親近したのは、武林と辻潤であった。武林の家に、その背中におんぶして、遊びに行ったというくらい幼少から、親近した。父、爾保布の竹馬の友である辻潤も同様、幼少から慣れ親しんだ。

大正のリベラリズムに乗った、コスモポリタンで、生命の燃焼を求めて耽溺放蕩した作家、武林、自らダダイスト（反合理主義、反道徳）と称した、放浪のアナーキスト、辻潤、この二人の体臭が、自然水島少年の体内に浸みこんで、否定的な思想を育んでいたのは確かであろう。

ともあれ、水島少年は、こういう大人に囲まれて育ったせいか、甚だ早熟の秀才で、小学校五年修了で、府立五中（東京都立小石川高校の前身）に入学した。

府立五中は、府立一中と並ぶ秀才校であったが、校風は違っていた。当時、中学の制服と言えば、詰襟金ボタンに決まっていた。それを五中では、中学生でも「紳士として取り扱うべきだ」とし、制服を背広にし、ネクタイを結ばせた。生徒の間も上級生下級生の差別をなくす教育方針の為、自由な雰囲気を持ち、別格の学校のようにみられていた。

入学当初は、よく勉強したようだ。とくに彼は語学の才能が際立ち、英語は、学校の授業を追い越し、独力で自由に読み書きできるまで、マスターしてしまった。それから、独学で、フランス語、ドイツ語を始め、三年生になるころは、英、独、仏の原書を読みこなすようになった。

岩波文庫がその手本としたという、レクラム文庫を手に入れて、西欧の思想書や古典的な文学を原語で読み漁るまでになった。

そうして、五中の三年生になってからは、学校に行っても、教えてもらうものがないと言い出して、次第に登校しなくなっていった。そして、ついには、中学校を卒業せずに終わった。五中の卒業免状なんか欲しくないというほど、誇り高かったのであろう。

竹馬の友であった、漫画家の杉浦幸雄が言うには、当時の論壇で盛んであった社会的思想、革命についてよく友人と論じ合っていたという。

「マルキスムは新たな権力を作り出すから社会を平等にはさせ得ない、それよりアナーキズムに希望が持てる」

と当時流行のマルクスを拒否、バクーニン、スチルネル、クロポトキン等、アナーキストの名を舌頭にのせた。

そうして旧来の社会は権力階級のエゴイズムが人民を塗炭の苦痛に落とす。現代の社会制度を一切排除し、相互扶助によって、個人の自発性と社会連帯性を合致させる、理想の社会建設を強調したという。

こうして見てくると、水島は中学生にして、その思想的根拠を確立していたといえそうだ。その思想の基幹は、虚無の思想で、現代の国家社会構造と、それに基づいた人間観を破砕し、あらたな価値観を創造すべきだというところにあった。

今日泊はその思想を一生つらぬいたといえる。それは、昭和二八年、戦後復活した「文藝日本」に、佐藤春夫の推薦で発表した今日泊の処女作というべき「桜田門」から、後年の彼のSFの代表作、「光の塔」「我が月は緑」までの、彼の諸作品の基底に一貫して脈々と流れているといえよう。

その後、中学三年修了という学歴のまま、両親の家で、コツコツと独学で「言語学」の研究をして過ごした。

「人間の文化のもとになっている、言葉とは何か、どうして言葉が出来たか、それを解明したかった」

今日泊は語っていたが、その後アテネ・フランセに通い、古典語のギリシャ、ラテン語を学び、さらに上智大学付属の外国語学校で、各国語の研究をしたりしたが、基本的には、自己流の勉強を暢気に続けた。そういう生活が三〇歳を過ぎても続いた。

しかし、戦争が彼の環境、経済、生活を根こそぎ、ひっくり返した。終戦時、水島一家の状況を述べると、まず、父親の爾保布は、愛人を作り、彼女の故郷、新潟長岡に住んでいた。残された家族は、今日泊と、老母、妹の三人で、茨城県古河の知人の家に疎開していた。

東京に残した家は焼け、敗戦で貯蓄は無に帰した。今日泊の働きで、一家を養わねばならない。芸は身を助くというが、永年研究してきた語学が役立った。

古河市の近く、群馬県の小泉町（現在の邑楽郡大泉町）の、中島飛行機の工場の跡に、占領軍の主力部隊、第一騎兵師団の司令部が出来た。今日泊はそこの通訳に雇われた。住まいも、小泉に移した。今日泊は、生まれて初めて、給料を取り、それで家族を養うことになった。時に三六歳であった。

彼の通訳ぶりは、絶対の権力者である占領軍と連絡がスムースにいかなくて、こまっていた、町役場や、町民に、大変喜ばれた。

事あるごとに「通訳さん」「通訳さん」と頼りにされ、町の人気者になった。

町の人に信頼され、物資不足の時代に、不自由なく暮らすことができたが、町民の手前もあり、世間並みに勤勉で堅実な生活になった。老母を抱えての通訳生活では、女房も必要になった。

町の人の世話で近くの町に東京から疎開してきた、子持ちの未亡人と結婚した。連れ子の娘は、国策会社の社員で、南洋パラオ島沖で戦死した前夫の遺児だった。

「お袋を抱え、女房につくし、子供をかわいがり、二宮尊徳先生みたいに、勤勉でまじめ人間として暮らしたよ」と今日泊は回想していた。

しかし、通訳の仕事がいつまでもあるわけではない。今日泊は、折からの文芸復興の波に乗って、文筆で暮らすことを考えた。

昭和二六年、今日泊は、夫人が前夫と暮らしていた目黒、洗足の家がそのまま使えたので、思い切って、そこに疎開先の小泉町から、移住した。そして、父の水島爾保布に改めて紹介してもらって、文壇の大家、佐藤春夫を訪ねた。門弟三千人と称された佐藤は、後輩には親切だった。佐藤は、

「自分の弟子筋に当たる大坪砂男という男がいる。彼は、探偵作家クラブ賞をとった探偵小

説界の有名人だ。いまは探偵小説が大流行している。衣食のためには、探偵小説をかくのがいい。大坪を紹介するから」と言った。

当時はまだ推理小説とは言われず、もっぱら探偵小説であった。その大坪の紹介で、「探偵実話」「探偵倶楽部」等に小説を発表するようになったし、また探偵小説専門誌であった「宝石」にも、昭和二九年五月号には、「夜想曲」という力作を発表している。

佐藤春夫は探偵小説執筆を薦めると同時に次のように言った。

「今私の周囲の弟子やその仲間たちが、本格的な文芸雑誌の『文藝日本』の再刊を計画している。これにも作品さえよければ、発表する道もつけてあげる。衣食の道は探偵小説でつけて、本格的な小説はこっちの方で勉強するといい」

まことに、親切な提言であった。「文藝日本」は戦前、日本浪漫派の系統の人たちによって創刊され、終戦で廃刊になった。戦後、佐藤春夫を顧問格に、牧野吉晴が中心となり、戦前同人だった人達によって、昭和二八年、再刊された。同人は浅野晃、大鹿卓、榊山潤、外村繁、富沢有為男、中谷孝雄、水谷清、それに牧野であった。今日泊が、佐藤の意を受けて最初に書いたのが、復刊第八号に、載った、「桜田門」だった。これは幻想怪奇小説の形をとり、日本社会の過去と未来を問うた、思想的作品だった。同人たちの評判もよく、浅野晃をして「大傑作だ」と叫ばせた。

ついで、「不安魔」「三つのアナロジー」「ひと夜」そして直木賞候補となった「河太郎帰化」の四作品を書いた。「河太郎帰化」は河童の掟に従って人間に奉仕するが、最後に酷い目に遭うといった風刺小説であった。

残念なことに、「文藝日本」は経済面を担った牧野吉晴の急死により、運営がうまくゆかなくなり、廃刊に追い込まれた。今日泊の純文学的な作品の発表の場が無くなり、今日泊は自然、探偵小説、それから派生していった科学小説(後のSF)に関心が向いていった。

今日泊の洗足の家の近くに、若いころアテネ・フランセで一緒に学んだ日影丈吉が住んでいることを知り、連絡して、交際をするようになった。それに大坪砂男が加わり、大岡山の駅近くの喫茶店で、喋りあった。何回か集まるうちに、定期的に集まり、語り合うことになった。都築道夫、夢座海二を仲間に入れ、渡辺啓助も誘った。

彼等の話題は次第に科学小説に傾いた。日本では、科学小説と言えばジュール・ベルヌ、H・G・ウェルズなどが読まれていたにすぎず、当時はアメリカでも、ようやくSFが興隆し始め、ブラッドベリーやフレドリック・ブラウンが、話題になりだした。今日泊の会合でも、もっぱら、科学小説、最近のアメリカのSFを論じた。

この仲間に、矢野徹が加わったことが、会を大きく進展させることになった。矢野は、昭和二八年、アメリカに行き、フィラデルフィアとロサンゼルスの、世界SFファン大会にも出席してきたほどのアメリカのSF通で、帰国後はもっぱら、SFの紹介、評論を書き、テレビ、ラジオSFドラマの原作を書く、俊英であった。

矢野は、これだけの人が集まったのだからと、雑誌の出すことをすぐ提案した。今日泊は直ちに賛成、皆の意見を出しあって、雑誌の名前を「科学小説」とすることに決めた。会の名前も今日泊の発案で「おめがクラブ」と名付けた。二〇世紀後半の文学は科学小説が、文学のオメガという意気込みで付けたという。

その会員は、改めて言うと、今日泊、大坪、都築、夢座、矢野、渡辺のほか潮寒二、丘美丈二郎が加わった。日影は、科学小説は好まないといって参加しなかった。

矢野は「日本空飛ぶ円盤研究会」という会にも属していたが、その会員の中で、自分より二、三年若い文学好きの青年を連れてきて、会員として推薦した。一人は星新一、一人は柴野拓美といった。この二人は「おめがクラブ」の最も若い会員になった。

この二人について今さら説明をする必要はないだろう。二人は前から円盤研究会の中で、SFファンの同人雑誌「宇宙塵」の発行を計画し、柴野は編集事務を担当していた。柴野は「宇宙塵」同人第一号に矢野になってくれるように頼んだ。矢野は当然OKである。

それで、矢野が「宇宙塵」同人の第一号となり、二号が柴野、三号が星ということになった。今日泊も「宇宙塵」の客員となった。「宇宙塵」の同人は年が若く、文学的素養も少ないので、同人会に出て、文学的な指導をしてほしいと頼まれたわけだった。

ともあれ「おめがクラブ」より若い同人の多い「宇宙塵」の方が、ことが早く進んだ。昭和三二年五月には創刊号が出た。その代り手書き謄写印刷であった。その後次第に改善され、ついには活版印刷となり、数年前、柴野が亡くなるまで続いた。

ところが二号が出て大騒ぎになった。それには、星新一が全くの処女作「セキストラ」を発表したが、この一作で星はいっぺんにショートショート作家として文壇に登場してしまったのだ。これを読んだ大下宇陀児が感心し、すぐにそのころ「宝石」の編集を担当していた江戸川乱歩に転載を薦めた。乱歩も同様に感服し、直ちに「宝石」に転載した。星がその次に書いた「宇宙塵」九月号の「ボッコちゃん」も直ちに「宝石」に買われた。

今日泊達の「科学小説」は「宇宙塵」に遅れること半年、昭和三二年秋、誕生した。その代り表紙とも八〇頁、堂々たる活版刷りであった。しかも単なる同人誌でなく、原稿の展示誌と銘打ってある。便宜上活字化して展示したが需要があれば、これを生原稿にして印刷して利用されたいと書いてあった。まさに新形式の雑誌だ。

今日泊の「完全な侵略」は江戸川乱歩に買われ、星に続いて「宝石」一二月号に掲載された。さすが乱歩に認められただけあって、「完全な侵略」は、今日泊の数多い短編小説を代表する傑作と言われている。

また渡辺啓助の「ミイラは逃走する」と夢座海二の「惑星一一四号」は「実話」（三三年一月増刊号）に買われた。展示誌の効果はあったわけだ。

かくして今日泊は、プロのSF作家として文壇に登場した。時に芳紀（?）四七歳だった。やがて代表作、長編「光の塔」を「宇宙塵」に、「我が月は緑」を「SFマガジン」に連載するに至る。（文中敬称は略させていただきました。筆者）

（みねしま・まさゆき／評論家）

本書は一九七四年一〇月にハヤカワ文庫ＪＡより刊行された『最終戦争』に、未発表原稿「空族館」と単行本未収録作品十四篇を増補した、ちくま文庫のためのオリジナル編集です。

なお本書のなかには今日の人権意識に照らして不適切な語句や表現がありますが、時代的背景と作品の価値にかんがみ、また、著者が故人であるためそのままとしました。

また言語学者でもあった今日泊亜蘭独自の表記方法を尊重し、明らかな誤植の他は原文どおりの表記（「〻」「〳〵」「：」「・」など）を採用しました。

真鍋博のプラネタリウム
真鍋博
星新一
名コンビ真鍋博と星新一。二人の最初の作品『おーい　でてこーい』他、星作品に描かれた插絵と小説冒頭をまとめた幻の作品集。（真鍋真）

超発明
真鍋博
昭和を代表する天才イラストレーターが、唯一無二のＳＦ的想像力と未来的発想で〝夢のような発明品〟129例を描き出す幻の作品集。（川田十夢）

日本幻想文学大全
幻妖の水脈
東雅夫編
『源氏物語』から小泉八雲、泉鏡花、江戸川乱歩、都筑道夫……。妖しさ蠢く日本幻想文学、ボリューム満点のオールタイムベスト。

日本幻想文学大全
幻視の系譜
東雅夫編
世阿弥の謡曲から、小川未明、夢野久作、宮沢賢治、中島敦、吉村昭……。幻視の閃きに満ちた日本幻想文学の逸品を集めたベスト・オブ・ベスト。

日本幻想文学大全
日本幻想文学事典
東雅夫
日本の怪奇幻想文学を代表する作家と主要な作品を、第一人者の解説と共に網羅する空前のレファレンス・ブック。初心者からマニアまで必携！

世界幻想文学大全
幻想文学入門
東雅夫編著
幻想文学のすべてがわかるガイドブック。澁澤龍彦、中井英夫、カイヨワ等の幻想文学案内のエッセイも収録し、資料も充実。初心者も通も楽しめる。

世界幻想文学大全
怪奇小説精華
東雅夫編
ルキアノスから、デフォー、メリメ、ゴーチエ、ゴーゴリ……時代を超えたベスト・オブ・ベスト。岡本綺堂、芥川龍之介等の名訳も読みどころ。

世界幻想文学大全
幻想小説神髄
東雅夫編
ノヴァーリス、リラダン、マッケン、ボルヘス……時代を超えたベスト・オブ・ベスト。松村みね子、堀口大學、窪田般彌等の名訳も読みどころ。

名短篇、ここにあり
北村薫
宮部みゆき編
読み巧者の二人の議論沸騰し、選びぬかれたお薦め小説12篇。となりの宇宙人／冷たい仕事／隠し芸の男／少女架刑／あしたの夕刊／網／誤訳ほか。

名短篇、さらにあり
北村薫
宮部みゆき編
小説って、やっぱり面白い。人間の愚かさ、不気味さ、人情が詰まった奇妙な12篇。華燭／骨／雲の小径／押入の中の鏡花先生／不動図／鬼火／家霊ほか。

とっておき名短篇　北村薫・宮部みゆき編

「しかし、よく書いたよね、こんなものを……」北村薫を唸らせた、とっておきの名短篇。愛の暴走族／運命の恋人／絢爛の椅子／悪魔／異形ほか。

名短篇ほりだしもの　北村薫・宮部みゆき編

「過呼吸になりそうなほど怖かった！」宮部みゆきを震わせた、ほりだしものの名短篇。だめに向かって／三人のウルトラマダム／少年／穴の底ほか。

読まずにいられぬ名短篇　北村薫・宮部みゆき編

松本清張のミステリを倉本聰が時代劇に⁉ あの作家の知られざる逸品からオチの読めない怪作まで厳選の18作。北村・宮部の解説対談付き。

教えたくなる名短篇　北村薫・宮部みゆき編

宮部みゆきを驚嘆させた、時代に埋もれた名作家・長谷川修の世界とは？ 人生の悲喜こもごもが詰まった珠玉の13作。北村・宮部の解説対談付き。

短篇小説日和　西崎憲編訳

短篇小説は楽しい！ 大作家から忘れられたマイナー作家の小品まで、英国らしさ漂う一風変わった傑作を集めました。巻末に短篇小説論考を収録。

怪奇小説日和　西崎憲編訳

怪奇小説の神髄は短篇にある。ジェイコブズ「失われた船」、エイクマン「列車」など古典的怪談から異色短篇まで18篇を収めたアンソロジー。

鬼譚　夢枕獏編著

夢枕獏がジャンルにとらわれず、古今の「鬼」にまつわる作品を蒐集した傑作アンソロジー。坂口安吾、手塚治虫、山岸凉子、筒井康隆、馬場あき子、他。

リテラリーゴシック・イン・ジャパン　高原英理編

世界の残酷さと人間の暗黒面を不穏に、鮮烈に表現する「文学的ゴシック」。古典的傑作から現在第一線で活躍する作家まで、多彩な顔触れで案内する。

ファイン／キュート 素敵かわいい作品選　高原英理編

文学で表現される「かわいさ」は、いつだって、どこかファイン。古今の文学から、あなたを必ず「きゅん」とさせる作品を厳選したアンソロジー。

ラピスラズリ　山尾悠子

言葉の海が紡ぎだす、〈冬眠者〉と人形と、春の目覚めの物語。不世出の幻想小説家が20年の沈黙を破り発表した連作長篇。補筆改訂版。（千野帽子）

増補 夢の遠近法
山尾悠子

「誰かが私に言ったのだ／世界は言葉でできていると」。誰も夢見たことのない世界が、ここではじめて言葉になった。新たに二篇を加えた増補決定版。

柳花叢書 山海評判記／オシラ神の話
泉鏡花／柳田國男 東雅夫 編

泉鏡花の気宇壮大にして謎めいた長篇傑作とそのアイディアの元となった柳田國男のオシラ神研究論考を網羅して一冊に。小村雪岱の挿絵が花を添える。

柳花叢書 河童のお弟子
泉鏡花／柳田國男／芥川龍之介 東雅夫 編

大正・昭和の怪談シーンを牽引し、「おばけずき」師弟でもあった鏡花・柳田・芥川。それぞれの〈河童〉作品を集めた前代未聞のアンソロジー。

文豪怪談傑作選 吉屋信子集
吉屋信子 東雅夫 編

少女小説の大家は怪奇幻想短篇小説の名手でもあった。闇に翻弄される人の心理を鮮やかに美しく描きだす異色の怪談集。文庫未収録を多数収録。

文豪怪談傑作選 柳田國男集
柳田國男 東雅夫 編

日本にはかつてたくさんの妖怪が生きていた。各地に伝わる怪しの者たちの痕跡を丹念にたどった柳田民俗学のエッセンスを1冊に。遠野物語ほか。

文豪怪談傑作選 三島由紀夫集
三島由紀夫 東雅夫 編

川端康成を師と仰ぎ澁澤龍彦や中井英夫の「兄貴分」であった三島の、怪奇幻想作品集成。「英霊の聲」ほか怪談入門に必読の批評エッセイも収録。

文豪怪談傑作選 室生犀星集
室生犀星 東雅夫 編

失った幼子への想い、妻への鬱屈した思い、幻惑される都市の暗闇……すべてが幻想恐怖譚に結実する。身震いするほどの名作を集めた珠玉の一冊。

文豪怪談傑作選・特別篇 鏡花百物語集
泉鏡花 東雅夫 編

大正年間、泉鏡花肝煎りで名だたる文人が集まって行われた怪談会。都新聞で人々の耳目を集めた怪談会の記録と、そこから生まれた作品を一冊に。

文豪怪談傑作選 太宰治集
太宰治 東雅夫 編

祖母の影響で子供の頃から怪談好きだった太宰治。表題作「哀蚊」や「魚服記」はじめ、本当は恐ろしい幽暗な神髄を一冊にまとめる。

文豪怪談傑作選 折口信夫集
折口信夫 東雅夫 編

神と死者の声をひたすら聞き続けた折口信夫の怪談アンソロジー。物怪たちが跋扈活躍する「稲生物怪録」を皮切りに日本の根の國からの声が集結。

ちくま文庫

最終《さいしゅう》戦争《せんそう》／空族館《アエリウム》

二〇一六年十月十日　第一刷発行

著者　今日泊亜蘭（きょうどまり・あらん）
編者　日下三蔵（くさか・さんぞう）
発行者　山野浩一
発行所　株式会社　筑摩書房
東京都台東区蔵前二―五―三　〒一一一―八七五五
振替〇〇一六〇―八―四一二三
装幀者　安野光雅
印刷所　中央精版印刷株式会社
製本所　中央精版印刷株式会社

乱丁・落丁本の場合は、左記宛にご送付下さい。
送料小社負担でお取り替えいたします。
ご注文・お問い合わせも左記へお願いします。
筑摩書房サービスセンター
埼玉県さいたま市北区櫛引町二―六〇四　〒三三一―八五〇七
電話番号　〇四八―六五一―〇〇五三

ISBN978-4-480-43393-0 C0193